Ella Wünsche

Die Brandung der Erinnerung

TINTE & FEDER

Das Buch

Für Marie ist Süderwieks Leuchtturm das perfekte Atelier, in das sie so schnell wie möglich einziehen möchte. Sobald die Renovierung beendet ist, will sie hier ihren Traum verwirklichen und als Illustratorin einen Neuanfang wagen. Bis es so weit ist, zeichnet sie einfach erst mal in der Pension Meerblick, wo sie sich dank der Wirtinnen Inga und Helene gleich wohlfühlt. Als Marie ein Medaillon findet, das auf ein Familiengeheimnis um den alten Turm deutet, führt sie das ausgerechnet mit dem Meeresbiologen David zusammen – der auch Ansprüche auf den Turm erhebt. Ihr Traum droht zu zerplatzen. Es sei denn, die beiden finden einen Weg …

1866: Arne, der Sohn des Leuchtturmwärters, rettet Hannah nach einem Schiffbruch aus den Fluten, als sie noch Kinder sind. Jahre später verlieben sie sich ineinander. Doch Hannah kann die Vergangenheit nicht vergessen. Wo kommt sie her? Was ist damals passiert? Und was hat Arnes Vater damit zu tun?

Die Autorin

Ella Wünsche liebt es schon seit ihrer Kindheit, zu schreiben. Bereits in der Schule verfasste sie die ersten Kurzgeschichten, später folgten Drehbücher für Filme. Ihr erster Roman »Das Leben ist (k)ein Brautstrauß«, den sie 2013 veröffentlichte, war ein Überraschungserfolg. Mit »Das Geheimnis der Zitronen« und »Der Geschmack von Mandeleis« erreichte sie Platz 1 der Kindle-Bestsellerliste. Mit ihrer Familie lebt die Autorin in der Nähe von Heidelberg. Ihre Liebe für die Küste hat sie vor einigen Jahren bei den Dreharbeiten für eine Kinderserie entdeckt.

ELLA WÜNSCHE

Die Brandung der Erinnerung

NORDSEETRÄUME

2. Teil

Roman

TINTE & FEDER

Deutsche Erstveröffentlichung bei
Tinte & Feder, Amazon Media EU S.à r.l.
38, avenue John F. Kennedy, L-1855 Luxembourg
Februar 2023

Umschlaggestaltung: zero-media.net, München
Umschlagmotiv: © Potapov Alexander © Qlona © Nemeziya © ElizaVasay
© foxaon1987 © Rudmer Zwerver © MartiniDry / Shutterstock;
© Shelley Richmond / ArcAngel; © Westend61 / Getty
1. Lekotrat: Marketa Görgen
2. Lektorat und Korrektorat: VLG Verlag & Agentur, Haar bei München,
www.vlg.de
Gedruckt durch:
Amazon Distribution GmbH, Amazonstraße 1, 04347 Leipzig /
Canon Deutschland Business Services GmbH, Ferdinand-Jühlke-Straße 7,
99095 Erfurt /
CPI books GmbH, Birkstraße 10, 25917 Leck

ISBN 978-2-49671-210-0
e-ISBN 978-2-49671-209-4

www.tinte-feder.de

1.

Arne

1866

Die Kerze auf dem kleinen Nachttisch war fast abgebrannt. Arne liebte es, den Finger an den Rand unterhalb der Flamme zu halten, damit die heißen Wachstropfen darauf fielen. Dann knetete er damit kleine Kugeln und hielt sie sich unter die Nase. Sie dufteten so schön nach Bienenwachs. Hoffentlich kam sein Vater nicht herein, denn sein Sohn hätte schon längst schlafen und nicht unnötig die kostbaren Kerzen verbrauchen sollen.

Arne blickte zum kleinen Fenster hinauf. Heute Nacht stürmte es. Die schrillen Pfiffe des Windes wechselten sich mit den peitschenden Geräuschen der Wellenbrandung ab. Draußen war es ungewöhnlich dunkel, kein Stern war zu sehen. Wenn er nicht die Sterne sah, konnte er nicht einschlafen. Sie waren wie eine Gutenachtgeschichte für ihn. Gerade als er die Kerze auspusten wollte, hörte er ein lautes Krachen, das sich von den anderen Klängen abhob. Es war, als hätte jemand einen riesigen Baum angesägt, der jetzt umfiel. Doch hier am Leuchtturm gab es keine Bäume. Dann hörte er ein weiteres Geräusch, das sich dem Wind beimischte. Es klang wie Schreie. Er horchte einen Moment. Schließlich kletterte er zum Fenster hoch und öffnete es. Die kalte Luft ließ ihn zurückschrecken. Den Tag über war es warm gewesen, der erste richtige Frühlingstag. Nun fröstelte es ihn.

Der Sturm schien nachzulassen. Der Wind wurde weicher. Doch er hörte wieder dieses Heulen – wie ein Rufen. Arne spitzte die Ohren – und tatsächlich, jemand schien um Hilfe zu schreien.

Es war immer noch stockfinster. Das war ungewöhnlich. Etwas stimmte hier nicht. »Vater, Vater!«, rief er.

Hastig schloss er das Fenster, nahm die Kerze und rannte die gewendelten Treppenstufen hinauf ins Laternenhaus. Doch dort war es genauso dunkel wie im ganzen Turm. Das Petroleum in der großen Laterne war erloschen.

Warum war das Licht aus, fragte er sich. Hatte sein Vater vergessen, das Petroleum rechtzeitig nachzufüllen? Und wo war er überhaupt?

Ohne groß nachzudenken, rannte Arne zurück nach unten in den Schlafraum, zog sich an und nahm eine Petroleumlaterne mit, die er mit dem Kerzenstumpen entzündete. Während er die Treppe nach unten lief, richtete er mit einer Hand seine Mütze.

Die Eingangstür war nicht abgeschlossen. Vielleicht wollte sein Vater noch nach den Hühnern sehen. Aber wie hatte er das Leuchtfeuer im Turm dabei vergessen können? Und das ausgerechnet in einer Nacht wie dieser. Arne war es nicht gewohnt, dass es derart dunkel war. Normalerweise strahlte das Leuchtfeuer rund um den Turm bei Nacht hell genug, um sich zurechtzufinden.

Immerhin schien sich der Sturm tatsächlich zu verziehen. Es tröpfelte noch, aber der Wind hatte sich beruhigt.

Er rief nach seinem Vater, doch statt seiner Stimme hörte er immer lauter ein verzweifeltes Schreien. »Hilfe … Hilfe …«

Er rannte über den Deich, der sich direkt an den Turm anschloss, und hinunter Richtung Steg, an dem ihr Ruderboot befestigt war.

War da tatsächlich Licht auf dem Meer zu sehen? War vielleicht ein Schiff gekentert? Er sah hoch zum Turm – alles war dunkel. War womöglich ein Schiff in Not geraten, weil das Licht im Turm nicht funktionierte?

Je näher er zum Wasser kam, desto deutlicher wurden die Rufe. Das waren nicht nur ein, zwei Menschen, sondern viele, die dort im Dunkel der Nacht irgendwo auf dem Meer trieben. Schweiß brach auf seiner Stirn aus und sein Herz pochte. Jemand war vielleicht dabei zu ertrinken. Er musste helfen.

An dem kleinen Steg war das Holzboot vertäut. Ohne groß darüber nachzudenken, was er tat, stieg er ein, löste das Tau und ruderte in Richtung der Rufe. Auch der Regen hatte mittlerweile aufgehört, die dunklen Wolken lichteten sich. Langsam gewöhnten sich seine Augen an das schwache Mondlicht. Zum Glück war sein Gehör gut und er kannte die Umgebung wie seine Westentasche. Unter Einsatz seiner ganzen Kraft kam er den Rufen und dem verzweifelten Weinen immer näher.

Er kniff die Augen zusammen. Lag da etwas im Wasser? Balken? Arne ruderte vorsichtig darauf zu. Tatsächlich hingen an einem Brett zwei Personen. Er leuchtete mit seiner Petroleumlampe. Es waren eine Frau und ein Kind. Sie wirkten fast apathisch. Konnten kaum rufen. Mit großen verängstigten Augen sahen sie zu Arne, der doch selbst noch ein Kind von zehn Jahren war.

»Kommt, ich helfe euch!«, rief er, war sich aber nicht sicher, ob sie ihn verstanden.

Die Frau und das Kind waren blass und ihre Lippen bebten. Das Wasser musste bitterkalt sein. Er vermochte nicht zu sagen, wie er die Kraft aufbrachte, doch er schaffte es mühelos, das Kind, ein vielleicht vierjähriges Mädchen, ins Boot zu hieven. Viel schwieriger war es für die Frau. Sie klammerte sich mit einer Hand an den Bootsrand, schien jedoch keine Kraft zu haben, sich daran hochzuziehen. Er griff sie an der freien Hand und versuchte, sie zu sich zu zerren. Doch sie war viel schwerer als das Mädchen. Das Boot legte sich bedrohlich zur Seite, während er sie nur ein kleines Stück anhob. In einem Moment dachte Arne, alle würden über Bord gehen. Die Frau kniff die Lippen zusammen, und mit ihren letzten Kräften zog auch sie sich mit seiner Hilfe hoch.

In der Ferne waren weitere Rufe zu hören. Gerade als er weiterrudern wollte, zog Nebel über dem Wasser auf, so wie es manchmal im Frühjahr nach Regen über der See geschah. Er atmete tief ein. Arne blickte in die Richtung, aus der er gekommen war. Er musste unbedingt zurückrudern, bevor der Nebelschleier noch dichter wurde. Er musste die Frau und das Kind an Land bringen. Und sich selbst. Während die Sicht immer schlechter wurde, steuerte er nach Gefühl.

Wieder kniff er die Augen zusammen, um seinen Blick zu fokussieren. Wurde dort der Nebel erleuchtet? Es musste ein kleines Licht sein, das vom Strand her kam. Und es konnte nicht weit entfernt sein, wenn er es durch den mittlerweile dichten Nebel sehen konnte.

Er ruderte in diese Richtung, während die Frau und das Mädchen husteten und zitterten. Es war seine einzige Chance. Verschwitzt und mit letzter Kraft erreichte er einen Steg. Das musste der Anleger von Alma sein. Das Boot blieb fast stecken, das Wasser war hier nicht mehr tief. Er sprang aus dem Boot ins Wasser und zuckte zusammen, so kalt war es.

»Arne, was machst du da?«, hörte er eine Stimme rufen. Das Licht kam näher. Alma hielt eine Öllampe in der Hand und sah ihn an. Die Schäferin war ihre nächste Nachbarin, hatte ihren

Hof einen Kilometer südlich vom Leuchtturm. Direkt hier hinter dem Deich.

»Hier sind Schiffbrüchige.«

Die Schäferin stieg vom Steg ins Boot. Jetzt konnte er sie endlich sehen. Auch sie hatte es in dieser Nacht nach draußen getrieben. Hatte sie auch die Schreie gehört?

Die Frau und das Kind rührten sich kaum, ihre Kraft war aufgebraucht. Gemeinsam zogen sie erst das Kind auf den Steg, dann halfen sie der Frau. Ihre Kleider waren nass und schwer. Das Wasser tropfte von ihren nassen Haaren. Sie zitterten sichtlich, und vor allem das Mädchen hatte ganz blaue Lippen.

»Kommt mit zu mir ins Warme!«, befahl die Schäferin und alle folgten ihr den Deich hinauf. »Es ist gleich auf der anderen Seite des Deichs.«

»Irgendwie ist das Licht im Leuchtturm aus!«, rief Arne ihr zu. »Und Vater ist nicht da. Ich hab die Schreie gehört und musste raus.«

Die Schäferin sah ihn verwundert an. »Dein Vater ist nicht im Leuchtturm?«

Arne keuchte vor Anstrengung. »Ich weiß auch nicht. Mit dem Boot ist er nicht rausgefahren. Vielleicht ist er losgegangen, um Hilfe für die Reparatur zu holen«, überlegte er laut.

»Ja, vielleicht«, murmelte Alma. Sie sah ihn einen Moment lang nachdenklich an, als versuchte sie, sich einen Reim auf das zu machen, was er ihr gerade erzählt hatte. Irgendwie wirkte sie misstrauisch, als könnte sie ihm nicht recht glauben. Doch dann sagte sie: »Nun ja, wie dem auch sei. Du bist tatsächlich ein Held, mein Junge. Wie du das geschafft hast!«

Sie klopfte ihm auf die Schulter.

»Komm, wir bringen sie ins Warme, und zwar schnell.«

Alma war Mitte vierzig, sah jedoch aus wie eine Greisin, gezeichnet durch die harte Arbeit und das unbarmherzige Leben an der Küste. Sie war dürr, das Gesicht durchzogen von tiefen Falten. Nur ihre blauen Augen zeugten davon, dass sie einst eine schöne Frau gewesen war. Alma war klug und nach seinem Vater die wichtigste Person für ihn. Sie kümmerte sich um ihn, seit er ein Säugling gewesen war. Seine Mutter und sie waren zeitgleich schwanger gewesen. Doch seine Mutter war im Wochenbett gestorben, damals vor zehn Jahren, Almas Tochter nur wenige Monate später noch im Säuglingsalter. Alma hatte seinem Vater geholfen, ihn aufzuziehen.

Alma stützte die Frau. Arne merkte, dass das Mädchen kaum laufen konnte. So nahm er es kurz entschlossen huckepack auf den Rücken. Auf der anderen Seite des Deichs lichtete sich der Nebel, der nun ruhig und schwer über der See lag. Ohne ein Wort liefen sie die letzten hundert Meter zu Almas Haus. Das Mädchen konnte sich kaum festhalten mit ihren zierlichen, dünnen Ärmchen. Zum Glück war das Haus nicht weit entfernt. Arne trug sie, ohne eine Pause einzulegen, bis zum Gebäude. Es war ein kleines Steinhaus mit einem Reetdach, direkt neben dem Schafstall gelegen, und es besaß nur zwei Zimmer, von denen Alma allerdings nur eines als Wohnraum nutzte.

Als sie hineinkamen, befahl die Schäferin: »Schnell, zieht euch aus, sonst werdet ihr noch krank.« Sie bekräftigte dies noch, indem sie ihnen zeigte, was sie zu tun hatten. Die Frau begann ihre Tochter auszuziehen, und Alma holte schnell ein paar Decken. Sie musste der Frau helfen, ihr schweres Kleid aufzuknöpfen. Obwohl beide durchnässt waren, konnte Arne sofort erkennen, dass die Frau und ihre Tochter wohlhabend waren. Wenn auch nass und verdreckt, waren ihre Kleider schön. Das Mädchen hatte hellbraunes Haar, das zu zwei langen Zöpfen geflochten war. Das Haar der jungen Frau war hochgebunden.

Sie entledigten sich ihrer Kleidung mit Mühe und standen schließlich splitternackt vor dem Feuer der Kochstelle. Es war ihnen sichtlich unangenehm, außerdem zitterten sie nun noch stärker.

»Arne, gib ihnen die dicken Decken, die sollen sie sich überwerfen.«

Das war Arne sehr unangenehm, doch er tat, wie ihm geheißen, sah dabei aber weg. Während die Frau ihre Tochter in die Decke einwickelte, hängte Alma die nasse Kleidung überall im Zimmer auf. Auf dem Herd kochte Milch, die sie ihnen in Becher schöpfte, dazu gab sie großzügig Honig hinein.

Die Frau nahm den Becher entgegen. »Danke schön«, murmelte sie.

Die beiden saßen dicht aneinandergedrängt am knisternden Feuer. Die angenehme Wärme ließ ihr Zittern allmählich abnehmen.

Auch Arne bekam eine Milch und versuchte, seine Hosenbeine zu trocknen. »Das Schiff ist wahrscheinlich gekentert«, sagte er. »Der Sturm war so wild. Glaubst du, die anderen haben es geschafft?«

Die Schäferin sah ihn ernst an. »Wer weiß, wie viele an Bord waren. Ich habe auch Schreie gehört und bin zum Ufer gelaufen.«

Sie sah zu der Frau hinüber. Die hatte ihre Tochter auf dem Schoß und beide tranken die heiße Milch, ohne etwas zu sagen. Plötzlich begann die Frau zu weinen. Sie sprach in gutem Deutsch, aber mit starkem dänischem Akzent: »Wir waren eingeschlafen, als es krachte … als wäre das Schiff auf einen großen Stein aufgefahren. Dann ging alles sehr schnell. Es begann zu sinken. Alle schrien in Panik und als wir an Deck gerannt waren, begann es sich schon fast zu drehen. Es war kein sehr großes Schiff, ich weiß nicht, wie viele an Bord waren und ob sie es geschafft haben.« Weiter konnte sie nicht sprechen. Sie schluchzte. Dann sagte sie nur noch: »Danke, dass Sie uns gerettet haben.«

Beide wirkten erschöpft. Das Mädchen war ruhig, es weinte nicht und sagte nichts. Verstohlen blickte es sich immer wieder um; die großen smaragdgrünen Augen leuchteten wie Edelsteine.

»Ruht euch aus, und morgen sehen wir weiter«, sagte Alma. »Arne, erzähl erst einmal niemandem, dass du die beiden gerettet hast und ich sie aufgenommen habe. Nicht einmal deinem Vater.«

Arne sah sie verwundert an. »Aber …«, setzte er zu einer Frage an.

Doch die Schäferin blickte ihn mit einem scharfen Blick an, der ihn verstummen ließ.

Schließlich nickte er.

2.

Marie

Trotz der Strahlen der Morgensonne war es noch recht kühl. Es war Ende Mai und die Sonne hier an der Küste schon lange aufgegangen. Marie zitterte ein wenig, während sie auf den alten Backsteinturm blickte, der einsam vor ihr auf einer Erhöhung direkt hinter dem Deich am Strand stand. Eigentlich war es keine Erhöhung, sondern eine Warft, wie man ihr bei ihrem ersten Besuch im letzten Jahr erklärt hatte. Sie hatte sich mittlerweile eingelesen, schließlich wollte sie gut informiert sein, wenn sie hierherzog. Warften waren Erdhügel, die die Menschen zum Schutz vor den Fluten in den letzten Jahrhunderten hier in der Gegend vielerorts aufgeschüttet hatten. Mittlerweile üppig bewachsen, wirkten sie wie natürliche Erhebungen. Und hier hatte man Mitte des 19. Jahrhunderts diesen Leuchtturm gebaut, weithin sichtbar und direkt hinter dem Deich, der wohl zur selben Zeit an dieser Stelle errichtet worden war.

Der Leuchtturm war weiß angestrichen, mit einem breiten roten Streifen in der Mitte. Das Laternenhaus, das auf der Spitze des Turms thronte, war aus Messing. Von Weitem wirkte er sehr romantisch mit den vielen Rosensträuchern, die um ihn herum wuchsen.

Stolz blickte Marie darauf und dann auf ihre Hand. Darin hielt sie einen Schlüssel. »Mein neues Zuhause«, flüsterte sie und schloss ihre Finger um den frisch erworbenen Schatz.

Hier würde sie also mit Anfang dreißig ihr neues Leben beginnen. Sie sah sich um. Weit und breit war fast nichts zu sehen. Auf der einen Seite des Deichs gab es nur grüne Felder, lediglich in der Entfernung einen kleinen Wald. Auf der anderen Seite des Deichs waren Gräser, Sanddünen und am Horizont das Meer zu sehen. Es war Ebbe und der Strand reichte weit hinaus. Eine leichte Brise wehte ihr schulterlanges, leicht lockiges Haar nach hinten. Sie mochte den Wind, hatte ihn schon als Kind gemocht. Wind gab ihr das Gefühl von grenzenloser Freiheit und beruhigte sie gleichzeitig. Wind bedeutete Bewegung. Als sie das letzte Mal hier gewesen war, hatte es geregnet und war kalt gewesen. Trotzdem hatte sie sich sofort entschieden, den Turm zu mieten. Sie hatte sich ausgemalt, wie schön es hier im Frühling und Sommer sein musste. Außerdem hoffte sie, an diesem Ort Kreativität für ihre Arbeit zu schöpfen. Kein Großstadtlärm, kaum Menschen, keine dicht an dicht gereihten Gebäude. Das nächstgelegene Städtchen in einigen Kilometern Entfernung war Husum.

Zufrieden lächelte sie, während sie den schmalen Schotterweg zum Turm lief. Sie hatte nur eine kleine braune Ledertasche bei sich. Der Rest ihres Gepäcks befand sich in ihrem Fiat Punto, den sie hinten am Parkplatz am Deich abgestellt hatte.

Erst ein paar Meter vor der Eingangstür des Turms wurde sichtbar, dass die von Weitem noch strahlende Farbe schon sehr in die Jahre gekommen war und an vielen Stellen abblätterte. Es war ihr bereits bei der Besichtigung aufgefallen. Sie hatte angenommen, dass die Fassade bei der Renovierung gleich mit ausgebessert werden würde. Doch Marie störte es nicht, dass dies nicht der Fall war. Sie sah auf die vielen Rosensträucher mit unzähligen Knospen, die eine prachtvolle Blüte versprachen, und freute sich darauf, den frisch renovierten Turm zu bewohnen.

Vorsichtig schloss sie auf und öffnete die schwere Holztür. Neben der Tür befanden sich mehrere volle Müllsäcke. Die Ziegel an der Wand rochen modrig, Spinnweben breiteten sich aus wie ein großer Teppich. Einige morsche Holzbalken standen an der Wand gestapelt. Hier unten war auch noch nichts erneuert worden. Dabei hatte der Bürgermeister damals erzählt, dass alles bis ins letzte Detail renoviert werden würde. Deshalb verlangte die Gemeinde auch eine recht hohe Miete, wie sie fand, obwohl der Turm doch eigentlich junge Künstler anziehen sollte.

Marie seufzte. Nun gut, sie wollte nicht kleinlich sein, der Aufgang war nicht so wichtig. Hauptsache, in den Wohnräumen war alles fertig. Vorsichtig lief sie die Treppe hoch. Schnell merkte sie, dass die Treppenstufen nicht zu unterschätzen waren. Sie machte eine kurze Verschnaufpause und ging weiter. Bei der Besichtigung war es ihr gar nicht so aufgefallen, wahrscheinlich war sie an dem Tag besser ausgeschlafen gewesen.

Doch die Neugier auf ihr neues Zuhause war groß und sie stieg weiter hinauf. Wie ein Kind, das gleich alle Geburtstagsgeschenke auspacken durfte, strahlte sie, als sie die Tür zum obersten Raum im Turm öffnete. Hier im Wachzimmer hatten die Leuchtturmwärter einst ihre Werkzeuge aufbewahrt und ihre Schreibarbeiten verrichtet. Es gab vier große Fenster in alle Himmelsrichtungen und eine Tür, die auf einen 360-Grad-Balkon führte, der den Turm umrundete. Außerdem führte eine gusseiserne Treppe zum Laternenhaus hinauf, der Messingkonstruktion, die auf den Backsteinturm aufgesetzt war. Dort hatte einst das Leuchtfeuer gebrannt, das den Schiffen bis weit auf die Nordsee hinaus den Weg gewiesen hatte. Nun hatte die Gemeindeverwaltung hier oben das Atelier geplant. Mit Logenaussicht hinter der großen Fensterfront im Laternenhaus – viel Platz, um sich auszubreiten, im Wachzimmer und auf dem Rundum-Balkon.

Marie legte ihre Brille weg, rieb sich die Augen und blickte sich um. Was sie sah, war kein schöner, frisch renovierter Raum, sondern eine Baustelle. Mitten im Raum stand eine Leiter, überall lag Folie herum, der Lichtschalter funktionierte nicht. Außerdem waren da einige Koffer mit Baumaschinen. Man konnte sich kaum bewegen. Hier konnte sie ihren Zeichentisch aktuell noch nicht aufbauen. Marie atmete tief ein. Sie wusste, dass der Bürgermeister im Urlaub war, seine Assistentin hatte ihr zuvor im Amt die Schlüssel ausgehändigt.

Was war hier nur passiert, fragte sie sich. Die Holzdielen quietschten, während sie darauf lief. Sie musste einige Kisten und Werkzeugkoffer beiseiteschieben, um sich den Weg zur Eisentreppe zu bahnen. Im Laternenhaus sah es nicht besser aus. Hier standen verstaubte Umzugskartons, die historische Laterne in der Mitte des Raums war von Spinnweben überzogen, die Panoramafenster waren staubig und mussten dringend geputzt werden.

Sie beschloss, wieder ein Stockwerk tiefer zu gehen, wo sich ihr Schlafzimmer und das Bad befanden. Vielleicht war nur hier oben noch nicht alles fertig. Also lief sie hinunter. Sie öffnete vorsichtig die Tür und merkte, dass hier rein gar nichts passiert war. Alles sah genauso aus wie das letzte Mal, als sie hier gewesen war und den Vertrag unterschrieben hatte. Der Raum war nicht einmal gestrichen.

Plötzlich ging die Tür des Badezimmers auf und ein Mann in Boxershorts kam heraus. Marie schrie auf, holte in Sekundenschnelle aus ihrer Jackentasche das

Desinfektionsspray, das sie immer bei sich trug, und sprühte es dem Fremden ins Gesicht.

Dieser schrie jetzt auch, hielt sich die Hände auf die Augen. »Au! Sind Sie irre?«

»Was machen Sie hier?«, schrie sie ihn an.

»Was geht Sie das an?«, antwortete er mit schmerzerfüllter Stimme, noch immer seine Augen haltend. »Was haben Sie mir ins Gesicht gesprüht? Das ist Körperverletzung!«

»Körperverletzung! Das ist Einbruch.«

»Scheiße, tut das weh!«, fügte er verzweifelt hinzu.

»Ich möchte, dass Sie hier sofort verschwinden!«, rief sie wütend.

»Und wie? Ich sehe nichts.«

Marie dachte kurz nach. »Stimmt.« Sie holte eine kleine Wasserflasche aus ihrer Handtasche. »Hier, spülen Sie damit die Augen aus.« Dann fragte sie sich, ob es richtig war, was sie hier tat. Schließlich half sie einem Typen, der vielleicht ein Einbrecher war. Aber warum hätte er dann in Boxershorts herumlaufen sollen?

»Was machen Sie hier?«, fragte sie noch einmal, während er sich vorsichtig das Wasser in die Augen rieb. »Hier, Taschentücher.« Sie gab ihm eine Packung. Dann beschlich sie ein Gedanke: »Sie sind doch kein Handwerker, oder?«, fragte sie. Aber nein, warum sollte er dann in Boxershorts aus dem Bad kommen?

»Handwerker?«, entgegnete er. »Hier im Turm ist seit Jahrzehnten nichts gemacht worden.«

»Ja, aber jetzt sollte er eigentlich renoviert werden! Haben Sie nicht die Werkzeuge oben gesehen?«

»Ich war noch nicht oben. Dort wollte ich nachher in Ruhe meinen Kaffee trinken und die Aussicht genießen. Hier unten habe ich nur übernachtet.«

»Aber warum? Was machen Sie hier?«

»Dieser Turm gehörte meiner Familie«, entgegnete er. Er sah sie an, und sie blickte in zwei geschwollene und gerötete Augen.

Ich wusste nicht, dass Desinfektionsspray so gut zur Selbstverteidigung taugt, dachte sie und musste schmunzeln.

»Das ist nicht lustig.«

»Was sollte ich denn sonst machen? Sie haben in meiner Wohnung übernachtet.«

Er sah sie entsetzt an. »Wie? Ihre Wohnung?«

Sie zeigte ihm die Schlüssel. »Meine rechtmäßig gemietete Wohnung.«

Der Mann, der die ganze Zeit geduckt und mit den Händen vor seinem Gesicht dagestanden hatte, richtete sich jetzt auf und sah sie an, als hätte sie ihm gerade erzählt, dass ein Meteorit auf die Erde zuraste. Marie musste ihrerseits feststellen, dass der Einbrecher sehr gut gebaut war. Kein Gewichtestemmer oder Ähnliches, sondern dieser natürlich wirkende Schwimmertyp: breites Kreuz und definierte Muskeln. Sie hatte sich immer gefragt, wie es normale Menschen überhaupt schafften, solch einen Körper zu bekommen. Sie war eher der bequeme Typ, der zwar Sport mochte und auch aktiv war; aber Essen fand sie noch viel besser. Marie war nicht dick, aber als schlank konnte sie sich auch nicht bezeichnen. Wie sagte ihre Mutter immer zu ihr? »Du bist eben eine richtige Frau und hast eine weibliche Figur, das lieben die Männer.« Die paar Pfunde zu viel waren am ganzen Körper gut verteilt. Marie störte das nicht. Sie war mit sich zufrieden.

»Und jetzt?«, hörte sie den Mann sagen, der nun anscheinend verstanden hatte, dass er hier nicht bleiben konnte.

»Sie packen Ihre Sachen und verschwinden, sonst …« Sie zeigte auf das Spray, das sie die ganze Zeit in der Hand gehalten hatte.

Er verdrehte seine stark geröteten Augen. »Es ist unglaublich, dass ich aus dem Turm rausmuss, in dem ich meine Kindheit verbracht habe«, beschwerte er sich, während er Jeans, Pulli und Socken anzog.

Marie zuckte mit den Schultern. »Wie sind Sie überhaupt hier reingekommen?«, fragte sie.

»Ich habe auch einen Schlüssel.«

»Aber bestimmt nicht von der Gemeinde ausgehändigt«, fügte sie hinzu.

Er wollte etwas sagen, biss sich aber auf die Lippe.

»Bitte gehen Sie jetzt, sonst muss ich die Polizei rufen.«

Sie merkte, wie Wut in ihm aufstieg, doch er beherrschte sich, nahm Schuhe und Tasche und lief an ihr vorbei. Er roch nach Meer. In der Tür blieb er stehen, schaute sich noch einmal kurz um, als wollte er sich verabschieden, dann sah er sie an und seufzte. Ohne ein weiteres Wort verschwand er. Sie konnte seine Schritte hören, als er das Treppenhaus hinabstieg und hinausging. Schnell rannte sie zu einem der Fenster, die den halbrunden Raum umgaben. Er lief den Schotterweg entlang zum Deich – in die Richtung, aus der sie gekommen war. Marie realisierte, dass er immer noch seinen Schlüssel zum Leuchtturm haben musste. Den hätte sie unbedingt von ihm zurückfordern sollen! Sie ärgerte sich über sich selbst, weil sie nicht sofort daran gedacht hatte. Andererseits würden die Renovierungsarbeiten noch eine Weile dauern, und sie konnte ja verlangen, dass die Arbeiter ein neues Schloss einbauten. Dieser Gedanke beruhigte sie etwas.

Sie sah ihm hinterher. Tatsächlich drehte der Eindringling sich mehrmals um und schien den Turm zu betrachten. Sie duckte sich. Wahrscheinlich konnte er sie gar nicht sehen, aber sie wollte nicht, dass er den Eindruck gewann, sie würde ihm hinterherschauen. Schließlich verschwand er hinter dem Deich.

Sie drehte sich um und ging ins Bad. Auch hier war nichts renoviert worden. Das Bad war gefühlt noch aus den Siebzigerjahren. Die ehemals weißen Fliesen waren vergilbt, die alte Badewanne war mittlerweile wieder modern. Sie stand auf Füßen, die an Katzenpfoten erinnerten. Etwas musste hier schiefgelaufen sein. Hier war nichts wie versprochen renoviert worden.

Marie war wütend und enttäuscht, dass sie so hinters Licht geführt worden war, und das vom Bürgermeister höchstpersönlich. Sie holte ihr Telefon heraus und wählte seine Nummer. Natürlich ging die Assistentin dran.

»Hallo, Marie Hahnke hier, die Mieterin des Leuchtturms.«

»Frau Hahnke, hallo. Na, wie gefällt es Ihnen in Ihrem neuen Zuhause?«, fragte die Dame.

»Es gefällt mir ganz und gar nicht, denn hier wurde nichts renoviert. Der Turm sieht genauso aus – nein, noch schlechter als damals, als ich zur Vertragsunterzeichnung da war.«

»Das kann doch nicht sein.«

»Doch, kann es. Schließlich stehe ich hier. Sie können gern vorbeikommen und es sich persönlich ansehen.«

Die Dame wusste in diesem Moment nicht, was sie antworten sollte. »Ja, was machen wir denn da?«

»Das müssen Sie mir sagen, schließlich haben wir einen Vertrag geschlossen und der ist von Ihrer Seite in keiner Weise eingehalten worden.«

»Frau Hahnke, ich melde mich bei Ihnen.«

»Machen Sie das, ich werde währenddessen ins Dorf fahren und mir etwas zum Essen kaufen. Hier ist nichts angeschlossen, daher kann ich mir nicht mal einen Tee machen.«

Kaum fünf Minuten später – Marie befand sich immer noch im Turm – klingelte ihr Telefon. »Frau Hahnke, Bürgermeister Müller am Apparat. Moin. Was ist denn passiert?«

»Nichts ist passiert und genau das ist das Problem. Hier ist nichts renoviert worden. Waren Sie nicht zur Abnahme hier?«

Der Bürgermeister schien zu überlegen. »Ich habe meinem Bauleiter vertraut, dass alles fertig ist.«

»Ich weiß nicht, wer Ihr Bauleiter ist, aber ich würde ihn rausschmeißen. Außerdem müssen Sie mir ein Hotelzimmer bezahlen, bis die Bude hier fertig ist. Oder möchten Sie so Ihren Ort attraktiv machen?«

»Nein, nein, natürlich nicht. Meine Assistentin wird sich um eine adäquate Unterbringung kümmern. Ich bin gerade in Spanien im Urlaub, aber wir werden das aufklären. Da muss es sich um ein Missverständnis handeln.«

»Ein Missverständnis könnte es nur sein, wenn ich im falschen Turm bin.«

»Sind Sie im falschen Turm?«, fragte er.

Jetzt wurde Marie wütend. »Natürlich nicht. Denken Sie, dass ich blöd bin? Außerdem passen die Schlüssel, und ich kenne hier keine anderen Leuchttürme.«

»Natürlich. Ich würde vorschlagen, Sie gehen etwas frühstücken. Es gibt hier eine sehr nette Pension, auch mit Terrasse für Essensgäste. Meine Assistentin gibt Ihnen die Adresse.«

»Ihnen ist klar, dass Sie für die entstehenden Unkosten verantwortlich sind.«

»Hm, ja, natürlich. Wie gesagt, meine Assistentin kümmert sich um alles.«

Schließlich legten sie auf und Marie seufzte. Dass auch nichts glattgehen konnte. Sie hatte sich so sehr auf den Neuanfang hier gefreut und jetzt musste sie erst in eine Pension. Und wer wusste schon, wann die Renovierungsarbeiten abgeschlossen wären.

»Tschüss, liebes neues Zuhause.«

Marie ging hinaus. Schlecht gelaunt fuhr sie zum Büro des Bürgermeisters. Die Assistentin war eine freundliche Frau Mitte zwanzig. Joy Petermann hatte dunkle Haut, und ihr pechschwarzes lockiges Haar war mit einem auffälligen ockerfarbenen Tuch zusammengebunden, auf dem Motive von afrikanischen Frauen abgebildet waren, die Körner zerstießen– was hervorragend zu der schwarzen Hose und dem ockerfarbenen Oberteil ohne Muster passte. Marie konnte sich vorstellen, dass diese quirlige junge Frau mit ihrem besonderen Stil in diesem etwas spießig wirkenden Arbeitsumfeld auffiel.

»Schönes Tuch!«, stellte Marie fest.

Sie lächelte. »Danke schön. Das habe ich heute schon ein paar Mal gehört.«

»Es ist ein schöner Farbtupfer in diesem eher grauen Büro«, meinte Marie.

Beide lachten.

»Zu Ihrer Situation. Es tut mir sehr leid. Ich habe gerade die Baufirma angerufen, um herauszufinden, was schiefgelaufen ist.«

»Und?«

»Sie meinten, sie hätten bereits mit den Arbeiten begonnen, aber dann eine andere Baustelle vorziehen müssen. War denn überhaupt noch nichts fertiggestellt?«

»Nun, ich kann Ihnen sagen, dass entweder nichts gemacht wurde oder nur solche Kleinigkeiten, dass ich sie nicht einmal bemerkt habe. Außer im obersten Raum, dort steht alles voll mit Baugeräten.«

Frau Petermann seufzte. »Es tut mir sehr leid. Der Chef der Baufirma meinte, er habe den Bürgermeister schon vor einem Monat informiert. Da war ich leider im Urlaub. Und jetzt ist der Bürgermeister im Urlaub und kann sich anscheinend nicht mehr an die Mail der Baufirma erinnern.«

»Ist denn niemand zum Turm gekommen, um die Arbeiten abzunehmen oder wenigstens zu kontrollieren? Und kann denn eine Baufirma einfach so alles stehen und liegen lassen?«

Frau Petermann seufzte. »Heutzutage muss man froh sein, wenn man eine Baufirma bekommt. Aber Sie haben ganz recht, hier ist irgendetwas grundsätzlich schiefgelaufen. Es tut mir leid. Ich werde versuchen, mich schlauzumachen, und dann werden wir das Problem schnellstmöglich lösen. Versprochen. Ich habe gerade in der Pension Meerblick angerufen. Dort können Sie erst einmal unterkommen.«

»Die Kosten für meine Unterbringung darf aber die Gemeinde tragen, die werden die Miete übersteigen.«

»Geben Sie mir Zeit, mich um die Situation zu kümmern. Ich fahre Sie erst mal zur Pension. Dann melde ich mich bei Ihnen. Die Kosten übernehmen wir selbstverständlich.«

Es gab noch zwei Sachbearbeiterinnen in den Gemeindebüros, bei denen sich Frau Petermann abmeldete. Dann fuhren sie zur Pension, die sich unmittelbar am Meer auf der anderen Seite von Süderwiek befand.

Marie war die Frau sehr sympathisch. Sie schien mehr Durchblick zu haben als der Bürgermeister und sie wurde sofort aktiv. Das milderte ihre Wut und Enttäuschung.

Schließlich kamen sie an der Pension an. Das reetgedeckte ehemalige Gutshaus wirkte trotz seines Alters frisch renoviert. Daneben befand sich ein großer Schuppen, der wohl auch erst vor Kurzem zu einem Nutzgebäude umgebaut worden war. Um die Pension herum wuchsen Blumen, von denen einige bereits in bunten Farben blühten. Marie fiel die große Terrasse auf. An der Eingangstür hing ein großes Schild in Form einer Wolke mit der Aufschrift »Willkommen«.

Frau Petermann klingelte, und eine grauhaarige Dame in einem bunten Sommerkleid öffnete. Ihre Augen strahlten, während sie freundlich »Moin« rief.

»Moin, Inga.« Die beiden kannten sich offensichtlich und umarmten sich herzlich. »Das ist Marie Hahnke, wegen der ich dich angerufen habe.«

»Schön, euch zu sehen«, erwiderte Inga.

Die Freude der älteren Dame, die ähnlich wie Frau Petermann auch ein buntes Tuch im kurzen Haar trug, war ansteckend. Jedenfalls besserte sich Maries Laune.

»Inga«, stellte sich die Hausherrin vor.

»Marie.«

»Komm herein«, sagte die Wirtin und duzte sie damit direkt. »Ich habe gerade einen Butterzopf gemacht. Joy, du kannst auch ein Stück haben.«

Joy lächelte. »Da kann ich wohl nicht Nein sagen.«

»Kindchen, du siehst gut aus.«

»Danke«, lächelte Frau Petermann. »Du aber auch.«

Inga kicherte, während sie in die große Küche liefen. Marie konnte sich nicht sattsehen. Hier sah alles aus wie im Katalog. Die Küche war im Landhausstil gehalten, jedoch mit Großküchengeräten.

»Kommt, setzt euch.« Auf einem großen Holztisch, an dem gut zehn Personen Platz hatten, stand schon der Butterzopf samt Marmelade und Butter. »Wir haben seit Neuestem sogar eine Espressomaschine!« Inga zeigte auf ein Büfett mit einer glänzenden Edelstahlsiebdruckmaschine. »Die ist unser ganzer Stolz.«

»Ich nehme einen Tee«, erklärte Frau Petermann.

Marie schloss sich an. »Für mich auch«, sagte sie. »Ich trinke keinen Kaffee, obwohl ich sagen muss, die Kaffeemaschine sieht klasse aus.«

»Schade, ich wollte euch damit verwöhnen.« Inga war tatsächlich etwas enttäuscht.

Joy lächelte. »Du verwöhnst uns doch schon mit deinem Kuchen.«

Sie setzten sich. »Bedient euch, ich mache den Tee«, rief Inga und lief zum Wasserkocher.

»Und wie läuft es seit der Wiedereröffnung?«, wollte Frau Petermann wissen.

»Sehr gut; Helene und ich sind ein super Team.«

»Das freut mich«, erwiderte Frau Petermann. »Wo ist denn die neue Chefin?«

»Helene ist mit Lasse und den Kindern über das verlängerte Himmelfahrtswochenende nach Holland gefahren. In Süddeutschland fangen doch bald die Pfingstferien an, und ab da herrscht hier bei uns in der Pension Hochbetrieb, eigentlich für den Rest des Jahres. Es ist die letzte Gelegenheit für die junge Familie, noch mal eine kleine Auszeit zu nehmen, bis der große Run losgeht. Und deshalb schmeiße ich den Laden für vier Tage allein, so wie früher.« Sie lächelte. »Wobei ich jetzt ja auch noch Jasper habe. Er greift mir beim Service unter die Arme.«

»Da wir uns hier alle duzen … ich bin Joy«, sagte die Assistentin des Bürgermeisters und wandte sich Marie zu.

»Marie«, erwiderte sie lächelnd.

»Und was ist mit dem Leuchtturm passiert?«, wollte Inga wissen, während Marie sich Marmelade auf den noch warmen Butterzopf schmierte.

»Leider nichts«, antwortete Joy. »Der Leuchtturm sollte doch zu einer Wohnung umgewandelt werden, die dann an Künstler vermietet wird. Nach Maries Schilderung sind die Renovierungsarbeiten nicht sehr weit fortgeschritten.«

»Ha, das passt zu unserem Häuptling – großes Mundwerk, aber sonst nichts drauf. Hat das niemand abgenommen oder überwacht?«

Marie nickte. »Das habe ich auch gefragt.«

Joy zuckte mit den Schultern. »Das ist nicht mein Zuständigkeitsbereich, ich habe es nur am Rande verfolgt. Der Chef war vielleicht so naiv zu glauben, dass alles gut lief.«

Sie konnte sich natürlich nicht abfällig über ihren Chef äußern, aber schon das Schulterzucken und ihr Blick verrieten, dass auch sie nicht von den Leistungen ihres Arbeitgebers überzeugt war.

»Keine Sorge, Marie. Joy wird das schaukeln, sie ist unsere eigentliche Bürgermeisterin.« Dabei zwinkerte Inga Joy zu.

»Inga!«, tadelte sie Joy.

Maries Mund war voll mit dem warmen, fluffigen Butterzopf, deshalb konnte sie nichts sagen.

»So schlecht ist er nun auch nicht«, entgegnete Joy.

Inga sah sie ungläubig an. »Er ist dein Vorgesetzter, du darfst nichts gegen ihn sagen. Trotzdem, wir bräuchten mal eine junge, energische und schlaue Frau hier als Repräsentantin des Volkes.«

Joy lächelte. »Ob das Volk jemanden möchte, der nicht blond und blauäugig ist?«

»Das sollte doch heutzutage keine Rolle mehr spielen«, wandte Inga ein.

Joy zuckte mit den Schultern. »Bin mir nicht so sicher. Du denkst vielleicht nicht so, aber die anderen.«

Inga stellte Teetassen auf den Tisch und setzte sich zu den beiden. Sie tranken ihren Tee, ohne etwas zu sagen. Joy blickte immer wieder auf ihr Telefon.

Inga sah zu Marie. »Bei uns in der Pension Meerblick wird es dir gut gehen; so gut, dass du gar nicht mehr wegmöchtest.«

Marie lächelte. »Das klingt gut, denn so wie der Zustand meiner Wohnung jetzt ist, möchte ich auch nicht in den Turm.«

»Wer arbeitet denn dort?«, fragte Inga Joy.

»Wer wohl? Jansens und Söhne.«

»Na, dann wundert mich nichts. Der Jansen ist doch auch mit dem Bürgermeister befreundet, das ist immer schwierig. Mein Sohn kennt viele Handwerker, auch aus anderen Dörfern. Frag Lasse mal, er kann dir bestimmt weiterhelfen.«

»Ein guter Tipp«, meinte Joy und trank ihren Tee aus.

»Wie kommt es, dass du hierherziehst?«, wollte Inga von Marie wissen.

Marie blickte aus dem Fenster. »Ich mag die Natur hier und habe mich in den Leuchtturm verliebt.«

»Der ist wirklich schön«, fand auch Inga. Beide hatten das Bild des Turmes vor ihrem inneren Auge.

»Ich kann mich sogar noch erinnern, als dort noch ein Leuchtturmwärter arbeitete und wohnte«, erzählte Inga. »Aber das ist schon Jahrzehnte her. Irgendwann zog der alte Leuchtturmwärter in das nächstgelegene Haus, einen alten Bauernhof. Und schließlich wurde der Leuchtturm komplett stillgelegt.«

»Seitdem wurde er wahrscheinlich auch nicht mehr renoviert.« Marie seufzte.

Inga zuckte mit den Achseln. »Ich bin noch nie oben gewesen.«

»Noch etwas ist mir passiert«, fügte Marie hinzu und merkte, dass sie jetzt bereits über die seltsame Begegnung heute Morgen schmunzeln konnte.

»Was denn?«

»Da hat ein Mann übernachtet.«

Beide Frauen sahen sie erschrocken an.

»Wie, ein Mann?«, rief Joy.

»Ein Einbrecher?«, fragte Inga.

»Das dachte ich zuerst. Ich habe ihm sofort mein Desinfektionsspray in die Augen gesprüht.«

»Autsch!«, rief Joy.

Marie lachte. »Das sagte er auch.«

Die Frauen kicherten.

»War es vielleicht ein Handwerker?«, wollte Inga wissen.

»Nein, obwohl er einer hätte sein können. Es war ein auf den ersten Blick normaler Mann, der nicht wusste, dass der Turm vermietet wird. Er hat da übernachtet.«

»Aber der Turm steht doch seit Jahren leer. In der Vergangenheit gab es immer Streitereien, ob der Turm der Gemeinde gehört oder in Privatbesitz ist, aber dass Menschen heimlich dort übernachten …« Inga war offensichtlich überrascht.

»Behaltet es für euch. Ich möchte nicht auch noch die Polizei ins Spiel bringen. Der wird sich so bald bestimmt nicht mehr dort blicken lassen.«

Beide nickten. »Ich frage mich, ob es ein Tourist war oder jemand aus dem Dorf. Was hat er da nur gemacht?«, überlegte Inga.

»Vielleicht eine Frau getroffen«, meinte Joy.

»Ah«, brummte Inga. Der Gedanke, dass der Turm für Sexaffären benutzt wurde, stimmte sie wohl nicht gerade fröhlich.

»Ich habe keine Frau gesehen. Vielleicht ist sie schon früher weg.«

»Bestimmt ein Tourist, der schon immer mal dort übernachten wollte«, sagte Joy. »Ihr kennt doch diese Typen, die per Autostopp reisen und mit hundert Euro die ganze Welt umkreisen.«

»Nein, wohl kein Tourist«, erwiderte Marie. »Er meinte, dass der Turm seiner Familie gehört … oder gehört hat? So etwas in der Art. Er hatte sogar einen alten Schlüssel.«

»Was? Hat er ihn noch?«, fragte Joy. »Dann müssen wir unbedingt den Schlosszylinder austauschen lassen.«

Marie nickte.

»Ein Nachfahre des ehemaligen Leuchtturmwärters?«, fragte Inga.

»Ich weiß gar nicht, aus welcher Familie die Leuchtturmwärter stammten«, gab Joy zu.

»Ich auch nicht. Das ist alles so lange her. Ich kann mich auch nicht erinnern, dass der alte Wärter eine Familie im Dorf hatte«, sagte Inga.

»Aber es lässt sich sicherlich herausfinden, was das für ein Typ war«, meinte Joy. »Ich könnte mal in der Dorfchronik nachsehen.«

»Ist nicht so wichtig«, entgegnete Marie. »Ich glaube wirklich nicht, dass er sich so schnell wieder in den Turm traut. Aber ein neues Schloss wäre trotzdem beruhigend.«

»Rechtlich hat er jedenfalls nichts in der Hand. Der Gemeinderat war sich einig, dass die Gemeinde der rechtmäßige Besitzer des Leuchtturms ist.«

»Es ist traurig, dass sie den Turm überhaupt haben so herunterkommen lassen«, seufzte Inga.

»Normalerweise werden Leuchttürme gepflegt und gehegt«, meinte Joy.

»Und warum hier nicht?«

Inga sah sie an. »Zu viele Streitigkeiten.«

»Davon wusste ich nichts«, antwortete Marie.

»Das ist wirklich geklärt, mach dir keine Sorgen. Der Turm gehört der Gemeinde und es wurde beschlossen, dass er an eine Künstlerin oder einen Künstler vergeben werden soll.«

Das hörte Marie gern. Sie war jetzt eine Künstlerin. »Warum eine Künstlerin?«

»Ist eine gute Werbung für den Ort«, meinte Inga. »Und so ein Leuchtturm eignet sich ja bestimmt auch wunderbar als Künstleratelier.«

»Das stimmt«, erwiderte Marie.

Joy nickte stumm. »Es ist sehr gesellig hier mit euch, aber ich muss mich jetzt um die Baustelle kümmern.« Sie stand auf und verabschiedete sich.

»Wie kommst du ins Büro?«, wollte Marie wissen.

»Ich laufe, das Büro ist doch nicht weit. Wir leben eben im Dorf.«

Alle drei lachten und dann ging sie hinaus.

Marie stellte fest, dass sie nicht mehr so aufgebracht war. Inga war solch eine freundliche Gastgeberin, dass es sie gar nicht störte, für einige Zeit hierzubleiben. Der leckere Kuchen und Tee trugen zur Entspannung bei. Außerdem schien Joy tatsächlich etwas zu unternehmen.

Inga zeigte ihr noch die Terrasse hinter dem Haus. »Wenn du irgendwelche Bedürfnisse hast … Wir servieren hier seit Neustem jeden Nachmittag Getränke und Kuchen. Auch für Gäste, die nicht in der Pension wohnen.«

»Es ist wirklich schön hier«, stellte Marie fest und deutete auf die Blumenbeete, die rund um die Terrasse angelegt waren. Es blühten bereits lilafarbene Hyazinthen und Clematis. Auch die Rosensträucher, der Lavendel und andere Pflanzen würden bald in voller Pracht erstrahlen. Zwischen den Beeten standen Eimer mit Kübelpflanzen; eine Holzbank unter einem jungen Apfelbaum lud zum Verweilen ein. Von der Terrasse zur Scheune führte ein Pfad, der mit Steinplatten ausgelegt und auf beiden Seiten von niedrigen Buchsbaumhecken gesäumt war. Zu beiden Seiten des Weges erstreckte sich ein weitläufiger, üppig mit Sträuchern, Kräutern, Blumen und Bäumen bepflanzter Garten. Sie konnte das alles gar nicht so schnell überblicken.

Auf der Terrasse standen sechs Holztische mit Stühlen und am Rand zwei große Strandkörbe, in denen man es sich wohl richtig gemütlich machen konnte. Es war deutlich zu sehen, dass alles mit Bedacht eingerichtet und angelegt worden war und mit Liebe gepflegt wurde. Eine Mischung aus maritimem Stil und einem typischen Landhausgarten.

»Meine Schwiegertochter Helene hilft mir mit dem Garten«, erklärte Inga. »Sie hat wirklich ein Händchen dafür. Ich denke, ihr beide werdet euch gut verstehen. Aber du wirst sie ja bald kennenlernen. Am Dienstag ist sie wieder da.«

»Auf jeden Fall ein toller Ort, um sich wohlzufühlen«, entgegnete Marie. »Trotzdem hoffe ich, dass mein Turm irgendwann fertig wird.«

»Glaub mir, Joy kriegt das hin. Ich meinte das vorhin ernst, sie würde wirklich eine gute Bürgermeisterin abgeben. Wir müssen die anderen nur davon überzeugen.«

Marie nickte. »Das ist gut möglich.«

3.

Nachdem der Tee ausgetrunken war, ging sie mit Inga hoch, um ihr Zimmer zu beziehen.

»Das sieht alles so neu aus.« Marie mochte das Zimmer; es war schlicht, mit weiß lasierten Holzmöbeln. Bett, Schrank und Nachttisch harmonierten wunderbar mit dem Belag in Holzoptik. Die Wände schimmerten in Sandfarben. Sie hatte das Gefühl, am Strand zu liegen. Türkisfarbene Gardinen umrahmten die Fenster, die zum Lüften offen standen. Das Bad war klein, aber auch renoviert und ebenso schlicht weiß. Bilder vom Meer und der Umgebung hingen an den Wänden. Auf dem Tisch und auf der Fensterbank standen kleine Vasen mit frischen Schnittblumen. Wahrscheinlich stammten sie aus dem Garten der Pension.

»Du kannst auspacken, dich ausruhen und dann sehen wir weiter.«

»Danke!«, rief Marie und umarmte Inga spontan.

Inga lächelte und ging aus dem Zimmer.

Marie legte sich aufs Bett. Es roch nach frischer Wäsche. Durch das Fenster konnte sie den klaren Himmel sehen. Das Telefon klingelte. Ihre Mutter.

»Hallo, Mama.«

»Na, mein Schatz, wie ist es im Turm?«

»Na ja, ich mache gerade einen Umweg mit Zwischenstopp.«

»Wie?«

»Du wirst es nicht glauben, aber der Turm ist noch nicht bezugsfertig, also haben sie mich in eine Pension einquartiert.«

»Das ist nicht dein Ernst! Dann musst du sofort zum Anwalt.«

»Ach, Mama, ich habe keine Rechtsschutzversicherung.«

»Die musst du unbedingt abschließen. Oder du gehst zum Mieterschutzbund.«

»Das ist ein guter Punkt. Sie haben noch nicht einmal richtig angefangen mit den Renovierungen.«

»So eine Unverschämtheit. Sie zahlen dir doch hoffentlich die Unterkunft?«

»Na klar. Ich bin gerade in eine Pension eingezogen.«

»Und wie ist die Pension?«, fragte ihre Mutter zögerlich.

»Wunderbar!«, rief Marie begeistert. »Nette Inhaberin, wunderschönes, neues Haus.«

»Und wann kannst du in deine Wohnung?«

Marie zuckte mit den Schultern. »Keine Ahnung. Hier mahlen die Mühlen langsam.« Sie stand vom Bett auf und ging zum Fenster. »Ich stehe gerade am offenen Fenster und blicke aufs Meer. Ich sehe Möwen fliegen und kann die salzige Luft von hier aus riechen.« Die Brise, die vom Meer herüberwehte, war wirklich wunderbar. Sie atmete tief ein und spürte, wie der Salzduft ihre Poren weitete. Es roch nach Urlaub. Bald würde es der Duft ihrer neuen Heimat sein.

»Schön.« Ihre Mutter klang nicht sehr überzeugt.

»Es ist wirklich toll hier, eine gute Entschädigung.«

Plötzlich sah sie weiter unten einen Mann aus dem Wasser kommen, der dem Einbrecher zum Verwechseln ähnlich sah. Er trug einen Neoprenanzug und lief zum Strand. »Ha!«, entwich es ihr.

»Was ist denn?«, fragte ihre Mutter.

»Ach, nichts. Mama, ich rufe dich später an.« Sie legte auf, trat näher ans Fenster und lehnte sich hinaus. So ganz genau konnte sie den Mann nicht erkennen. Dafür war er doch zu weit entfernt.

Die Neugier trieb sie hinunter zum Strand. Der Mann hatte seine Tasche neben einem Sandhügel abgestellt und trocknete sich gerade die Haare. Als Marie etwa fünf Meter hinter ihm stand, konnte sie immer noch nicht mit Sicherheit sagen, ob es der Eindringling war. Aufgrund des leichten Windes und des Meeresrauschens hatte er sie noch nicht bemerkt. Er streifte den Neoprenanzug von seinem Oberkörper ab, sodass er an seiner Hüfte herunterhing. Marie war nun etwas peinlich berührt. Was, wenn er sich gleich völlig entblößte, darauf vertrauend, dass er sich allein am Strand befand?

Genau in diesem Moment drehte er sich in ihre Richtung. Wahrscheinlich, um sicherzugehen, dass niemand zusah, wie er sich des Anzugs entledigte. Umso größer war sein Schock. Er schrie tatsächlich vor Schreck auf. »Was?« Er schien sie erst auf den zweiten Blick zu erkennen. »Sie?« Dann sah er sich noch einmal um. »Sind Sie mir gefolgt?«

Marie, die sonst um keinen Spruch verlegen war, wusste nicht so recht, was sie sagen sollte. »Äh, nein, natürlich nicht. Warum auch?«

»Wollen Sie mir wieder Spray in die Augen sprühen?«

»Hey, beruhigen Sie sich. Ich bin hier in friedlicher Absicht.«

Das schien er ihr nicht abzunehmen. Ihr fiel auf, dass seine Augen immer noch gerötet waren. Oder kam das vom Salzwasser? Ihr Blick wanderte unbewusst immer wieder an seinem Oberkörper entlang.

Wenigstens ist ein gut gebauter Typ bei mir eingebrochen, dachte sie bei sich und musste innerlich schmunzeln.

Das schien ihm nicht zu entgehen. »Ich möchte mich umziehen, also würden Sie bitte weitergehen? Oder haben Sie den Strand auch gemietet?«

Marie lachte. »Nein, das habe ich nicht. Obwohl es eine gute Idee wäre.«

Er sah sie weiterhin ernst und genervt an.

»Ich gehe dann mal.« Sie winkte ihm zu, drehte sich um und lief zurück zur Pension. Irgendwie fand sie es amüsant, dass sie diesem Typ wieder begegnet war.

Links neben der Eingangstür befand sich die großzügige Terrasse mit den Tischen für die Gäste. Marie setzte sich auf einen der Stühle. Sie fand es so idyllisch hier, dass sie tatsächlich kurz die Augen schloss und nur dem leichten Rauschen des Windes zuhörte. So hatte sie sich ihr neues Leben am Meer vorgestellt.

Sie wurde aus ihrer entspannten Ruhe herausgerissen, als sie Inga reden hörte. »David, wie geht es dir?«

»Moin, Inga.«

Marie öffnete die Augen. Die Stimme kannte sie.

»Möchtest du einen Kaffee? Wir haben eine nigelnagelneue Kaffeemaschine.«

»Sehr gern. Einen Kaffee könnte ich gebrauchen, sogar mit Schuss.«

»Das lässt sich einrichten.« Inga lachte. »Setz dich doch, und ich bringe ihn dir, dann musst du mir erzählen, was du so treibst.«

Marie richtete sich unbewusst auf. Hoffentlich kommt er nicht hierher, dachte sie nur.

Selbstverständlich kam er auf die Terrasse und lächelte Inga noch zu, bevor sie durch die breite Balkontür hineinging, um ihm den Kaffee zuzubereiten. Es war zu spät, um wegzulaufen. Irgendwie fand Marie es sogar amüsant, diesem inzwischen gar nicht mehr so Fremden immer wieder zu begegnen. Der arme Kerl würde noch Albträume bekommen.

Tatsächlich versteinerte sich sein eben noch freundlicher Blick. Er traute wohl seinen Augen nicht.

Sie lächelte freundlich und winkte ihm zu. »Keine Angst, ich wohne hier«, sagte sie. Dabei zeigte sie auf die Pension.

»Ich dachte, Sie wohnen im Turm«, entgegnete er trocken.

»Eigentlich schon, doch der ist nicht bewohnbar; deshalb muss ich erst mal hier unterkommen«, erklärte sie.

»Dafür brennen mir immer noch die Augen. Ich musste das Surfen abbrechen.«

»Tut mir leid, aber was sollte ich denn sonst machen?«

»Anstatt mich anzusprühen? Fragen, was ich dort mache?«

»Das war eine Reflexhandlung.«

Inga kam wieder heraus. »Hier ist der Kaffee.« Die Wirtin bemerkte, dass sich ihre beiden Gäste unterhielten. »Kennt ihr euch schon?«, fragte sie.

Beide blickten peinlich berührt zu Inga.

»Nein, wir kennen uns nicht, aber gesehen haben wir uns schon«, sagte Marie schließlich.

»Aha«, sagte Inga, offensichtlich etwas verwundert. »Soll ich euch dann lieber allein lassen?«

Beide riefen gleichzeitig: »Nein, nein.«

»Also muss ich euch einander kurz vorstellen?«, fragte Inga. »Marie ist unser Gast, da unser Bürgermeister es wieder einmal nicht geschafft hat, ein Versprechen einzuhalten.« Dann zeigte sie auf den jungen Mann. »David ist ein bekannter Meeresforscher; er kennt alle Tiere in diesem Meer und ist ihr Freund.«

»Inga übertreibt, ich bin nicht bekannt.«

»Das kommt noch«, meinte sie lächelnd.

Marie nickte. »Hallo, David.«

Nachdem sich Inga zu David an den Tisch gesetzt und Marie bedeutet hatte, es ihr gleichzutun, blieb dieser nichts anderes übrig, als dem nachzukommen. Er trank von seinem Kaffee, der in einer schönen grauen, handgemachten Keramiktasse serviert wurde. Während Inga David von der Pension und dem Wohlbefinden ihrer Familie erzählte, beobachtete Marie den Mann. Seine Augen waren immer noch leicht gerötet. Aber es schien nachzulassen. Das erste Mal sah sie ihn direkt an und stellte fest, dass diese Augen ohne Rottönung wohl stahlblau waren. Sein dunkelblondes Haar trug er kurz. Das Meer passte zu ihm – oder umgekehrt. Jetzt erinnerte sie sich, dass sie bei ihrer ersten Begegnung bereits wahrgenommen hatte, dass er nach Meer roch.

David hörte konzentriert zu und hatte einen ernsten Gesichtsausdruck. Immer wieder blickte er zu Marie. Eigentlich ein netter und gut aussehender Typ, fand sie. Unter anderen Umständen hätte sie vielleicht sogar mit ihm geflirtet. Wer wusste das schon.

»Erzähl, David. Was bringt dich hierher?«, erkundigte sich Inga.

»Tatsächlich habe ich ein Auftragsprojekt hier in der Gegend. Ich bin gerade erst im Ort angekommen und mache mich mit allem vertraut. Es hat sich ja eine Menge geändert, seit ich zuletzt hier war.« Bei seinem letzten Satz warf er Marie einen Blick zu.

»Spannend, was musst du machen? Krebse zählen wie letztes Mal?«, fragte Inga.

Er lachte. »Das Zählen gehört tatsächlich auch dazu, aber nicht wieder Krebse.«

»Was sagen deine Eltern?«

»Warum ich so lange studiert habe, um Krebse zu zählen?«

Inga lachte. Marie lächelte.

»Und du bist also Künstlerin von Beruf, Marie?«, wollte Inga wissen.

»Ich bin Illustratorin.« Es war schön, das endlich einmal so direkt aussprechen zu können, fand sie. Noch nie hatte sie sich so vorgestellt, fiel ihr auf. Aber es fühlte sich gut an.

»Schön, und was illustrierst du?«, fragte Inga.

»Alles, was sich anbietet.«

Weder Inga noch David sahen sie komisch an, weil sie gesagt hatte, dass sie Illustratorin sei. In ihrem alten Leben war das ganz anders gewesen. Wenn sie in den letzten Monaten ihren Bekannten, Arbeitskollegen oder Verwandten erzählt hatte, dass sie einen beruflichen Neuanfang wagen wollte, hatte sie nur irritierte Blicke geerntet. Ob sie sich das auch wirklich gut überlegt habe? Man könne doch von so einem künstlerischen Beruf sicherlich nicht leben. Und ganz bestimmt könne man nicht einfach von heute auf morgen neu anfangen.

Und doch saß sie nun hier.

»Bist du hierhergekommen, um neue Inspirationen zu finden?«, fragte Inga.

Marie nickte. »Unter anderem. Aber auch, weil ich es hier schön finde.«

»So geht es tatsächlich vielen«, meinte Inga verträumt.

»Außer man wächst hier auf, dann möchte man am liebsten weg«, stellte David fest.

»Das stimmt. Jedenfalls, wenn man jung ist. Mit dem Alter wünscht man sich immer stärker an den Ort seiner Kindheit zurück«, erwiderte Inga.

Für einen Moment waren alle drei in Gedanken versunken. Das schrille Klingeln des Festnetztelefons weckte sie aus ihren Träumen. »Entschuldigt, ich muss rein«, sagte Inga und stand auf.

Die zwei saßen ein paar Momente still da. David trank schnell seinen Kaffee aus und meinte dann: »Wie es aussieht, werden wir uns bestimmt wieder über den Weg laufen. Hier scheint sich ja wirklich viel geändert zu haben seit meinem letzten Besuch.« Dann erhob er sich.

Das war der erste nette Satz von ihm, dachte Marie. »Ich verspreche, dass ich dir kein Spray mehr ins Gesicht sprühen werde.« Sie hob ihre Hand und formte ihre Finger zu einem V.

Er nickte. War das ein Lächeln auf seinen Lippen? Irgendwie war sie enttäuscht, als er seine Tasse in die Küche brachte, von dort aus nur kurz die Hand hob und dann verschwand.

Schließlich kam Inga zurück. »Ist David schon weg?«, fragte sie.

»Ja, mit mir allein wollte er nicht bleiben«, entgegnete Marie und zuckte mit den Schultern.

»Quatsch, wahrscheinlich hatte er einen Termin.«

»Na ja, unsere erste Begegnung war nicht wirklich angenehm für ihn.«

Inga sah sie fragend an. »Warum?«

»Nun, er ist der Typ, dem ich Desinfektionsspray ins Gesicht gesprüht habe.«

Inga fing schallend an zu lachen. »Nicht dein Ernst! David?«

Marie nickte und zuckte mit den Schultern.

»Ich dachte schon, dass er vom vielen Tauchen so rote Augen hat.« Inga konnte kaum aufhören zu lachen. »David als Einbrecher.« Sie schaffte es schließlich, sich wieder einzukriegen, und schmunzelte nur noch. »Und ich dachte, ihr flirtet.«

»Das Gegenteil ist der Fall. Sobald er mich sieht, bekommt er Panik.«

»Aber ihr habt euch doch so nett unterhalten.«

»Er hat mittlerweile eine Phobie, dass ich überall, wo er ist, auch auftauche und behaupte, dort zu wohnen.«

Inga konnte nicht aufhören zu lächeln. »Reizend.«

»David sieht das ganz und gar nicht so.«

»Dann hat seine Familie einst den Leuchtturmwärter gestellt?«, überlegte Inga laut. »Hm, seine Eltern und Großeltern haben im Dorf eine Bäckerei betrieben. Die führt nun seine Schwester Emma weiter. Es muss sich wohl um einen entfernten Verwandten gehandelt haben.«

4.

Arne

1866

Als er zurück zum Turm lief, merkte er, dass ihn Angst ergriff. Er hörte keine Schreie mehr. Hatten es die anderen Passagiere geschafft, sich zu retten? Oder hatten die Frau und das Mädchen einfach nur Glück gehabt und als Einzige überlebt?

Oft war er nach Einbruch der Dunkelheit noch hier draußen unterwegs. Doch heute fühlte es sich so an, als müsste er nachts über den Friedhof laufen. Er beschleunigte seinen Schritt und rannte schließlich nach Hause.

Hastig schloss er die Tür auf und lief hoch. Oben war alles dunkel und still. Sein Vater schien immer noch nicht zurückgekehrt zu sein. Er rief nach ihm. »Vater, Vater!«

Doch niemand antwortete.

Arne ging in sein Zimmer. Ursprünglich war es das Schlafzimmer seiner Eltern gewesen, doch sein Vater schlief die meiste Zeit oben im Wachzimmer, dem Raum, in dem er auch arbeitete. Arne zog sich um und legte sich auf die Strohmatratze.

Seine Augenlider waren schwer, trotzdem fand er nicht in den Schlaf. Ständig hörte er in Gedanken diese Geräusche und die Schreie der Menschen, die immer noch in seinem Kopf nachhallten. Er bekam Gänsehaut und schließlich erschienen die großen, ängstlichen grünen Augen des kleinen Mädchens vor ihm. Er spürte, wie sich ein Kloß in seinem Hals bildete und musste plötzlich weinen. Er konnte nichts dagegen tun. Es schüttelte ihn am ganzen Körper und die Tränen strömten ihm nur so übers Gesicht.

Es dauerte, bis sich sein Körper wieder beruhigte. Er fühlte sich leer. Leer geweint. Arne sah zum Fenster. Nichts als Dunkelheit.

Schließlich hörte er Schritte im Gang. »Vater!«, rief er, sprang auf und lief zur Tür. »Vater!«

»Ja, Arne!« Die Schritte wurden schneller. Der Vater leuchtete mit einer Lampe in seine Richtung. »Warum schläfst du nicht?«

»Ich konnte nicht schlafen, ein Schiff ist gekentert und ich habe die Rufe der Menschen gehört. Weißt du, ob sie überlebt haben?«

Der Vater sah müde aus, seine Kleidung war nass und überall klebte Sand an ihm. »Deine Augen sind ganz rot, Junge. Du solltest schlafen.« Nun seufzte er. »Wie hast du sie gehört?«

»Es war so laut.«

Sein Vater war kurz still; er überlegte. Auch seine Augen sahen rot aus, bemerkte Arne. Hatte er ebenfalls geweint? Oder waren sie vom Wind und dem Meerwasser gerötet? Sein Vater wirkte überhaupt ganz sonderbar. Zitterte er? Vielleicht setzten ihm die Schreie der Menschen auch so zu. So kannte er seinen Vater nicht, er war doch immer stark und besonnen.

»Ja, ein Schiff ist gekentert, und wahrscheinlich sind alle umgekommen, ein paar Männer und ich waren dort, um zu helfen, doch …« Das Sprechen fiel ihm schwer. Er zuckte mit den Schultern. »Wir konnten niemanden lebend retten.«

Arne musste sich zusammenreißen, um seinem Vater nicht zu erzählen, dass er es geschafft hatte, Menschen zu retten, sogar ein Kind.

Doch Almas Blick und ihre Worte tauchten in seiner Erinnerung auf. Er durfte erst einmal nichts erzählen. Warum, war ihm nicht klar. Er verstand es nicht. War er wieder einmal zu jung? Aber Alma war seine Ersatzmutter. Auf sie hörte er.

»Warum war das Licht im Turm aus?«, fragte Arne seinen Vater.

»Du weißt, dass es immer wieder Schwierigkeiten macht.« Er blickte in die Augen seines Sohnes und wurde fast wütend. »Keine Fragen mehr. Ich habe keine Kraft, darüber zu sprechen. Geh jetzt schlafen. Schnell.«

Arne gehorchte. Normalerweise war sein Vater ein geduldiger Mann, der ausführlich auf die Fragen seines neugierigen Sohnes einging, doch diesmal war es anders. Bestimmt war er müde und traurig, dass das Licht nicht funktioniert hatte. Vielleicht machte er sich auch Vorwürfe. Sein Vater tat ihm leid.

»Gute Nacht«, sagte der Vater leise und stieg die Treppe hinauf.

Arne legte sich wieder ins Bett, und irgendwann war die Müdigkeit so stark, dass er einschlief.

Lautes Gerede aus dem unteren Stockwerk weckte ihn. Immer noch verschlafen, setzte er sich auf. War jemand bei seinem Vater? Er stand auf und lief die Stufen der Treppe hinab. Je näher er der Küche kam, desto deutlicher waren laute Stimmen zu hören. Als ob sein Vater mit jemandem stritt. Es war schwierig festzustellen, worum es ging, denn Arne war immer noch müde und sein Kopf schmerzte.

Die Tür war einen Spalt offen und er lugte durch die Öffnung. Er sah seinen Vater und zwei Fischer – Gustav und Otto. Mit verschränkten Armen standen sie seinem Vater gegenüber.

»Du weißt selbst, dass ein starker Sturm ging. Wie viele Schiffe sind schon diesen Unwettern zum Opfer gefallen? Und selbst wenn das Leuchtfeuer gebrannt hätte, wer weiß, ob das Schiff in dem dichten Nebel, der danach aufzog, seinen Weg gefunden hätte«, meinte Gustav.

Um sie besser sehen zu können, drückte Arne ganz leise die Tür etwas weiter auf, doch diese quietschte. Erschrocken drehten sich alle zu ihm herum und unterbrachen das Gespräch. Otto räusperte sich.

»Warum bist du schon wach?«, fragte sein Vater.

»Ich habe Hunger«, erwiderte Arne.

»Mach dir zwei Eier. Der Ofen ist an.«

Gustav, der stark nach altem Fisch roch, nahm seine Mütze ab, kratzte sich an seiner Halbglatze und sagte nur: »Los, Otto, Ernst hat zu tun, er muss die kaputte Lampe reparieren.«

Dabei sah er Arnes Vater an, als wollte er ihm mit seinem Blick etwas mitteilen. Der Junge verstand aber nicht, was.

»Gestern Nacht ist ein Schiff gekentert«, murmelte Arne.

»Ja, das hat mittlerweile jeder im Dorf mitgekriegt. Es hat wohl keiner überlebt«, entgegnete Gustav.

»Wir drei haben versucht zu helfen«, erklärte sein Vater mit schwacher Stimme. Dabei sah er zu Boden. Das fand Arne sonderbar. Sein Vater war immer noch so anders als sonst. Warum konnte er ihm nicht in die Augen sehen?

»Und Treibgut eingesammelt. Aber es waren wohl keine Schätze an Bord«, ergänzte Otto.

Arne fand es unpassend, dass er in dieser Situation so redete. Es waren Menschen in Not geraten und er dachte nur an Schätze?

Otto bemerkte wohl seinen Blick. Der Fischer sagte: »Was ist, Junge? Wir müssen auch von etwas leben! Strandgut ist ein gutes Zubrot.«

Arne wusste, dass es den Bewohnern erlaubt war, Strandgut, das sie nach einem Schiffbruch bargen, zu behalten. So war es immer schon gewesen. Bis zu dieser Nacht hatte er nicht weiter darüber nachgedacht, doch jetzt erschien ihm dieser Brauch mit einem Mal barbarisch.

»Und es ist ja nun bekanntlich schon seit Jahren bei uns kein Schiff mehr auf Grund gelaufen, trotz der Halligen in der Bucht«, erklärte Gustav. »Ich erinnere mich noch, als ich Kind war. Da war dieser Küstenabschnitt ein wahrer Albtraum für Seeleute.«

»Dein Vater macht eben gute Arbeit«, sagte Otto.

Der Blick seines Vaters verdüsterte sich. »Nicht in dieser Nacht.«

»Wie gesagt, bei diesem Nebel wärst du sowieso machtlos gewesen«, entgegnete Otto und schlug ihm auf die Schulter.

»Komm«, meinte sein Begleiter. »Wir reden später weiter.«

Dann drehten sie sich um und gingen.

Arne hörte noch, wie Otto zu Gustav sagte: »Lass uns noch mal rausfahren. Vielleicht wurde auf der Hallig noch etwas angeschwemmt.«

Arne merkte, dass sein Vater tief ausatmete, als die Männer weg waren. Auch ihn schien der Besuch aufgewühlt zu haben. Plagten ihn Schuldgefühle, weil er sich für das erloschene Licht verantwortlich fühlte? Jetzt fiel Arne auf, dass über dem Ofen die nasse und dreckige Kleidung seines Vaters hing.

»Vater, die Wäsche ist dreckig.«

»Du weißt doch, dass ich draußen am Strand war. Ich habe nicht wie die anderen nach Strandgut gesucht. Ich war dort, um zu sehen, ob Menschen in Not waren. Dabei bin ich nass geworden.«

»Und?«, fragte Arne.

Sein Vater schien mitgenommen zu sein. »Keine Überlebenden.« Mehr sagte er nicht.

Zu gern hätte Arne ihm mitgeteilt, dass er bei dem Unglück zwei Personen gerettet hatte, doch er hielt sich zurück. Sein Vater wäre bestimmt mächtig stolz auf ihn gewesen. Aber Almas Blick war so streng gewesen, als sie angeordnet hatte, es nicht weiterzuerzählen, also ließ er es sein.

»Möchtest du auch Eier?«, fragte Arne.

Der Vater schüttelte den Kopf. »Ich trinke einen Tee.«

»Ich gehe gleich noch zu Alma. Sie braucht Hilfe«, verkündete Arne.

Der Vater nickte. »Aber erst musst du dich um die Tiere kümmern.«

Arne nickte und aß sein Frühstück.

Sobald er fertig war, ging er hinaus zu den Hühnern und warf ihnen ein paar Essensreste vom Vortag hin. Dann sah er nach den zwei Schafen und der Ziege, die sie in einem Holzverschlag neben dem Leuchtturm hielten.

Sobald er fertig war, lief er zu Alma. Er wollte unbedingt wissen, wie es den beiden Geretteten ging. Draußen sah er auch die fleißige Schäferin. Sie ließ ihre Schafe gerade auf die Weide.

»Moin, Alma.«

»Moin«, sagte sie.

»Wie geht es der Frau und dem Mädchen?«, fragte er gleich.

»Der Mutter geht es nicht gut. Sie fiebert.«

»Und das Mädchen?«

»Sie ist gesund. Aber sie redet nicht. Sitzt die ganze Zeit neben ihrer Mutter und streichelt sie. Ich mache ihr ein paar Wadenwickel. Das habe ich damals bei meiner kleinen Harmke gemacht. Gott sei ihr gnädig.«

Arne erinnerte sich, dass die Mutter gestern mit dänischem Akzent gesprochen hatte. Vielleicht verstand das Mädchen auch nicht, was sie sagten, weil es ihre Sprache nicht sprach? Hier in der Gegend sprachen fast alle Menschen friesisch, platt oder deutsch. Die beiden Schiffbrüchigen mussten also weiter aus dem Norden stammen.

Er dachte einen Moment nach, dann hatte er eine Idee. »Ich gehe schnell nach Hause und hole etwas«, sagte er und rannte los, so schnell er konnte.

Im Schuppen neben den Hühnern rief er: »Miau, miau.« Dann schob er einen alten Lumpen zur Seite. Zum Vorschein kam eine grau-schwarz gestreifte Katze mit fünf Jungen. Die Katzenmutter ruhte auf Arnes altem Nachthemd, das im Heu ausgebreitet war. Als sie Arne sah, schnurrte sie zufrieden. Zwei ihrer Kinder schliefen neben ihr, zwei andere neckten sich und drehten sich zu einer, dann zur anderen Seite. Eins spielte ganz allein mit einem Faden, der aus dem alten Nachthemd hervorlugte. Das würde er nehmen und dem Mädchen schenken. Er lockte es in seine Arme, stand auf und ging hinaus. Die Katze, der Arnes Anwesenheit vertraut war, schien es nicht zu stören. Ihre Kätzchen waren bereits ein paar Wochen alt und schon ziemlich selbstständig.

Er wickelte das Kätzchen in sein Hemd und lief zurück. Das kleine Tier miaute aufgeregt. »Mach dir keine Sorgen, gleich hast du eine Spielgefährtin«, sagte er zu dem kleinen Fellbündel, das ihn mit großen ängstlichen Augen ansah und weitermiaute.

Er öffnete die Tür zu Almas Haus und rief: »Ich bin es.«

Alma stand am Ofen und rührte in einem Topf. »Ich mache eine Suppe. Arne, was haben wir uns da nur eingebrockt. Die Frau fiebert immer noch.« Sie zeigte auf das Bett in der Ecke. Die Frau sah schlecht aus, ganz blass, ihr Gesicht glänzte. Sie hatte die Augen geschlossen. Neben ihr lag das Mädchen.

Arne schnürte es das Herz zu. »Schau mal, was ich habe«, sagte er zu der Kleinen, die sich jetzt aufsetzte und zu ihm drehte.

Er holte das Kätzchen hervor, das in seinen Händen scheu um sich blickte und miaute. »Eine kleine Katze«, verkündete er.

Sie erwiderte nichts. Doch zum ersten Mal, seit er sie gerettet hatte, lächelte die Kleine.

Arne ging auf sie zu. Sie stieg vom Bett herunter und kam ihm etwas unsicher entgegen. Er legte ihr das Kätzchen in die Hände.

»Was hast du denn da mitgebracht?«, hörte er im Hintergrund Alma. Sie lächelte.

»Ich dachte, es würde ihr eine Freude machen.«

»Gott segne dein Herz, Arne. Das hast du von deiner seligen Mutter.«

Die Augen der Kleinen begannen zu leuchten. Das Kätzchen schnüffelte neugierig an ihrem Ärmel. Arne holte ein Schälchen Milch vom Tisch und hielt es dem Tier vors Näschen. Zufrieden begann es zu trinken.

Sie setzten die Katze auf den Boden vor dem Bett; das Mädchen streichelte sie liebevoll. Dann hörten sie seine Mutter. Sie sagte etwas zu ihrer Tochter, was Arne und Alma nicht verstanden. Das Mädchen nickte.

»Danke schön für eure Hilfe«, murmelte die Mutter mit brüchiger Stimme. Vor Dankbarkeit liefen ihr Tränen die Wangen entlang.

Alma nickte. »Wir werden dich schon noch gesund kriegen.«

Die Frau seufzte.

Arne fiel ein, dass er immer noch nicht wusste, wie die beiden hießen.

Das Mädchen lief zu ihrer Mutter und zeigte ihr das kleine Tier, das sich langsam an die neue Umgebung gewöhnte. Die Mutter lächelte.

»Ich bin Arne, und du?«, fragte er schließlich und zeigte erklärend erst auf sich selbst, dann auf das Mädchen.

»Hannah«, antwortete die Kleine.

»Hannah«, wiederholte Alma. »Das erinnert mich an meine Harmke«, seufzte sie.

»Wie willst du die Katze nennen?«, fragte Arne.

Sie verstand nicht, was er meinte. Er zeigte wieder auf sich – »Arne«, dann auf sie – »Hannah« und schließlich auf das Kätzchen.

Das Mädchen dachte nach. »Jette«, erwiderte sie dann und alle lächelten.

Arne nickte. »Jette. Ich weiß gar nicht, ob es ein Mädchen oder ein Junge ist.«

»Ich schaue gleich mal«, meinte Alma, ließ ihre Suppe köcheln und kam zu den beiden. Sie nahm das Kätzchen, drehte es schnell auf den Rücken und sagte dann: »Ein Mädchen. Bald wird es hier von Kätzchen nur so wimmeln.«

»Das wusste ich doch nicht«, brummte Arne.

Alma zuckte mit den Schultern. »Hättest du es mir erzählt, hätte ich dir sagen können, dass du darauf achten sollst.« Sie seufzte und sah dabei zu Hannah hinüber. »Wenigstens ist das Mädchen glücklich darüber und, na ja, es gibt hoffentlich weniger Mäuse.«

Hannahs Mutter schlief wieder. Ihre Wangen und Ohren glühten vom Fieber. Alma wechselte die Bandagen, die sie um ihre Waden gewickelt hatte. Dann legte sie die Hand auf ihre Stirn. »Schauen wir mal, ob es morgen besser wird. Hast du es deinem Vater erzählt?«, fragte Alma, während sie die bereits wieder trockenen Wickel in den Händen hielt. Ihr Satz klang fast beiläufig, als ob es sie nicht besonders interessierte.

Arne sah sie an. »Nein.«

»Gut so. Wollte er nicht wissen, wo du warst?«

»Er war gar nicht da, er war draußen, um Otto und Gustav zu helfen.«

Sie sah ihn an. »Den Fischern Otto und Gustav?« Sie verzog das Gesicht. Offensichtlich hielt sie nicht viel von den beiden.

Arne nickte. »Sie waren vorhin auch da. Es ist so furchtbar, das Licht im Laternenhaus war irgendwie defekt.«

Alma sah ihn an. Sie wollte etwas sagen, doch dann wiederholte sie nur seinen Satz: »Das Licht war irgendwie defekt.«

Er verstand häufig die Blicke oder Sprüche der Erwachsenen nicht. Manchmal sagten sie eine Sache und meinten eine ganz andere. »Ja, das hat Vater gesagt. Genau verstanden habe ich es auch nicht. Möglicherweise hat es mit der neuen Linse zu tun. Oder der Wind war zu stark. Ich weiß, dass er immer darauf achten muss, dass die Lüftungsklappen bei Sturm nicht offen stehen.«

Alma nickte. »Das ist wirklich ein Unglück. Wir lassen die zwei erst einmal zu Kräften kommen. Ich werde deinem Vater erzählen, dass ich die Schiffbrüchigen gerettet habe und du mir geholfen hast.«

Arne ging vor das Haus. An diesem Morgen schob sich Seenebel vom Meer kommend übers Land. Die Sonne schaffte es nur mit großer Mühe, durchzubrechen. »Wenn es später schöner ist, könnten wir die Frau raussetzen«, schlug er Alma vor, als sie kurz darauf zu ihm kam.

»Das können wir morgen machen, heute ist sie noch zu schwach. Die Kleine kann aber raus. Das tut ihr bestimmt gut.«

Leise ging Arne zurück in das Steinhaus. Hannah saß auf dem Schafsfell vor dem Bett ihrer Mutter und streichelte das mittlerweile zufrieden schnurrende Kätzchen. Erschrocken sah sie auf.

Arne versuchte zu lächeln. »Komm mit raus, ich zeige dir die Schafe.«

Das Mädchen blickte zu ihrer schlafenden Mutter. Arne bedeutete ihr mit der Hand, herauszukommen, und machte Schafe und Hühner nach. Sie musste lachen. Er lachte daraufhin auch. Schließlich stand sie auf und kam mit dem in den Pullover gekrallten Kätzchen heraus. Im Hintergrund hörten sie das Blöken der Schafe. Alma war gerade dabei, eins zu melken. Daneben sprangen vier Ziegen herum. Mit der Milch der Tiere verdiente sie sich ihren Unterhalt. Ihr Käse war beliebt.

Arne nahm das Mädchen an der Hand und führte sie zu den Schafen. Alma lächelte und zeigte auf ein Lamm: »Das kann sie auch streicheln.«

Hannahs Augen begannen zu strahlen. Das Lamm leckte erst Arnes Finger ab und dann Hannahs, während das Kätzchen sich erschrocken an sie schmiegte.

»Sie mag Tiere«, sagte er zu Alma.

»Alle Kinder lieben Tiere. Sie sind so viel klüger als wir Menschen.« Sie blickte zu den Kindern und strich sich eine Strähne von der Stirn, die aus dem umgebundenen Tuch herausgerutscht war.

»Wir müssen sie ein bisschen ablenken, bis ihre Mutter gesund wird«, meinte Arne.

»Und dann irgendwann überlegen, wie sie wieder nach Hause kommen.«

»Wo kommen sie denn her?«, wollte Arne wissen.

»Dänemark. Sie wollten Verwandte in Hamburg besuchen.«

»Vielleicht sucht ihr Vater sie schon?« Er traute sich nicht, es auszusprechen. »Ist er mit dem Schiff untergegangen?« Es war grauenhaft. Das kleine Mädchen tat ihm so leid.

»Wie ich die Mutter verstanden habe, ist der Vater schon länger tot.« Alma seufzte. »Dieser Tod, überall lauert er und macht nicht Halt vor Kindern, Frauen, Männern, Reichen oder Armen.« Doch plötzlich änderte sich ihr Gesichtsausdruck.

»Aber ihr seid gesund und wollt nicht auf das Geschwätz einer alten Frau hören. Spielt schön.«

Arne nahm das Kätzchen, während Hannah das Lamm streichelte. Für einige Zeit vergaßen sie die Geschehnisse der letzten Nacht.

Alma kam mit einem Holzeimer voller Milch zu ihnen. »Ich koche euch wieder eine heiße Milch mit Honig auf.«

Arne lächelte. »Kann ich Brot eintunken?«

Sie nickte. »Bleibt noch draußen und spielt.«

Das kleine Mädchen schien ihm mittlerweile zu vertrauen. Er nahm sie an der Hand und brachte sie zu den Hühnern. Sie suchten nach Eiern und fanden tatsächlich vier Stück.

»Vielleicht macht uns Alma Eierkuchen.« Er legte sie in einen kleinen geflochtenen Korb, der neben dem Hühnerstall hing.

Gemeinsam brachten sie das Körbchen ins Haus und sprangen sofort wieder hinaus. Draußen spielte Arne mit Hannah Fangen und dann Verstecken. Schließlich liefen sie wieder hinein, um die leckeren Eierkuchen zu verspeisen, die Alma ihnen tatsächlich bereitet hatte. Nur Hannahs Mutter ging es nicht besser. Sie war eine zierliche Frau, die immer nur kurz wach war. Das Fieber wollte einfach nicht verschwinden.

Am späten Nachmittag schickte Alma Arne nach Hause.

Traurig trottete er heim.

Sein Vater war damit beschäftigt, etwas zu schrauben. »Die Kartoffeln sind auf dem Herd.«

Arne nickte. Er hatte aber keinen Hunger. »Ich habe schon bei Alma gegessen.«

»Muss ich Alma noch etwas bezahlen, weil du ständig bei ihr herumlungerst?«

»Sie mag Gesellschaft.«

»Es hilft ihr gegen das Alleinsein«, stimmte sein Vater zu.

Arne musste das Geschirr sauber machen, nach den Tieren schauen und seine Wäsche waschen. All die Aufgaben, die sonst eine Mutter erledigte, teilten sich Arne und sein Vater. Vor ein paar Jahren hatte sein Vater noch das meiste im Haushalt selbst gemacht, Alma hatte ihnen vor allem mit der Wäsche und beim Putzen geholfen. Doch seit einer Weile war Arne groß genug, wie sein Vater fand, und musste selbst vieles übernehmen. Er hasste diese Hausarbeiten – im Gegensatz zur Versorgung der Tiere, die ihm große Freude bereitete.

Er kochte Tee und dann wusch er das wenige Geschirr, das sie besaßen.

»Haben wir noch genügend Wasser?«, fragte Ernst.

»Bis morgen reicht es. Kann ich wieder zu Alma gehen, wenn ich fertig bin?«

»Heute nicht mehr, du musst mir noch helfen, den Zaun auszubessern.«

Der Junge war enttäuscht. Sein Vater sprach nie viel. Nur ab und zu erzählte er von seinen zwei Reisen mit dem Schiff, für die er als Schiffsjunge angeheuert hatte. Darauf war er mächtig stolz; schließlich war er der Einzige weit und breit, der jemals mehr als die eigene Umgebung gesehen hatte.

* * *

In den nächsten drei Tagen verbrachte Arne jede freie Minute bei Alma. Er fühlte sich nicht nur für Hannah und ihre Mutter verantwortlich, sondern hatte das Mädchen ins Herz geschlossen. Ihre großen, neugierigen grünen Augen in dem freundlichen Gesicht folgten ihm, wohin er auch ging. Es war, als hätte diese verfluchte Nacht ihm eine Schwester geschenkt. Er fühlte sich nicht mehr einsam. Ihr konnte er alles zeigen, was er kannte. Wo es kleine Krebse gab, seine Muschel- und Steinsammlung. Sie schien ihn auch immer besser zu verstehen, wenn er mit ihr sprach. Kinder lernten neue Sprachen schnell, hatte Alma ihm erklärt.

Leider ging es Hannahs Mutter nicht besser. Im Gegenteil, ihr Zustand verschlechterte sich täglich. Sie wussten immer noch nicht viel über sie. Albertine hieß sie. Was für ein sonderbarer Vorname, fand Arne. Viel mehr, als dass sie aus Dänemark kamen und auf dem Weg zu Verwandten in Hamburg gewesen waren, hatte sie nicht berichtet. Zum Sprechen war sie zu schwach.

»Jetzt ist es an der Zeit, deinem Vater von unseren Schiffbrüchigen zu erzählen. Das Fieber lässt nicht nach, sie isst kaum etwas und ich mache mir Sorgen«, murmelte Alma.

Die Falten auf ihrer Stirn erschienen ihm noch tiefer. Hannah ging zwar immer wieder zu ihrer Mutter, streichelte sie und sprach mit ihr, verbrachte jetzt aber mehr Zeit draußen mit den Tieren und beim Spielen. Viel zu groß waren die Lebenslust und der Drang, Neues zu erleben.

»Geh und hol ihn«, beauftragte Alma Arne.

Es war Mittag. Sein Vater war in den letzten drei Tagen viel außerhalb des Turmes gewesen. Einmal hatte Arne ihn am Steg mit den Fischern Otto und Gustav gesehen. Wieder hatten sie etwas besprochen und erneut wirkte sein Vater dabei unglücklich.

Diesmal fand Arne ihn im Schlafzimmer. Er kniete an der Truhe seiner Mutter, die dieses Stück damals als Mitgift in die Ehe gebracht hatte. Es war eine Art Heiligtum für ihn. Offenbar hatte er gerade etwas hineingelegt.

»Vater, du musst mitkommen!«, rief Arne.

Erschrocken drehte Ernst sich um. »Kannst du nicht anklopfen!«

Verwirrt sah ihn sein Sohn an. Warum sollte er im eigenen Haus anklopfen? »Weshalb denn?«

»Oder du hättest Moin sagen können.«

»Moin«, sagte sein Sohn. »Du musst mitkommen!«

»Wohin? Was ist passiert?«

»Alma braucht dich.«

»Seit wann braucht Alma irgendjemanden?«

»Es ist wichtig, komm mit.«

Sein Vater stand auf und zog eilig seinen Mantel über. Während sie die vielen Treppen hinunter zum Ausgang liefen, fragte Ernst: »Ist ihr etwas zugestoßen?« Langsam schien er sich Szenarien auszumalen, warum sie ihn so dringend brauchte. An der Tür zog er seine Stiefel an.

»Du wirst es gleich sehen ... und nein, ihr ist nichts zugestoßen.«

Sein Vater war Anfang vierzig und sah im Gegensatz zu Alma recht jugendlich aus. Da er nicht so schwer und überwiegend drinnen arbeiten musste, wirkte er eher schmächtig und blass, hatte keine tiefen Falten im Gesicht. Durch seine ausgesprochen schüchterne und ernste Art wirkte er fast bubenhaft. Nicht einmal der dünne blonde Bart half, ihn älter aussehen zu lassen.

Während sie zu Alma liefen, knöpfte er seinen Mantel zu. »Ist etwas mit den Tieren?«

Arne schüttelte nur den Kopf, während er vor ihm herlief. Sein Herz pochte. Was würde sein Vater sagen, wenn er herausfand, dass Arne ihm nichts von den beiden Schiffbrüchigen erzählt hatte? Er hätte ihn schon längst eingeweiht, wenn Alma es ihm nicht verboten hätte. Vielleicht hatte sein Vater eine Idee, wie der Frau zu helfen war. Schließlich war er klug und Turmwärter.

Alma stand vor der Tür und wartete auf ihn.

»Alma, Moin!«, rief Ernst. »Was ist los?« Er blickte sie besorgt an.

»Moin, Ernst. Ich muss mit dir sprechen. Lass uns reingehen.«

Arne lief hinterher.

Sie zeigte auf das Bett. »Das ist los.«

Ernst war irritiert. »Wer ist das?«

»Eine kranke Frau mit Kind. Die Frau braucht Hilfe. Sie ist sehr krank.«

»Wer sind sie? Verwandte von dir?«

»Nein.«

»Schiffbrüchige«, erklärte Arne.

»Du weißt, dass vor ein paar Tagen ein Schiff gekentert ist.« Alma sprach ernst und sah ihm direkt in die Augen.

Er nickte stumm und konnte seinen Blick nicht von der kranken Frau und dem Kind neben ihrem Bett abwenden. Hannah streichelte das Kätzchen, das gerade mit einem alten Wollknäuel spielte. Sie traute sich nicht, hochzuschauen. Zu groß war wohl die Angst vor dem fremden Mann.

Sein Vater brauchte eine Weile, um zu sich zu kommen. Er schien überrascht. Er musste sich mehrmals räuspern, bis er seine Stimme wiederfand. »Bist du sicher? Wir haben den ganzen Strand abgesucht.«

»Ich bin mir sicher, ich habe sie aus dem Wasser gefischt in dieser Nacht.«

»Wer … wer sind sie?«

»Sie können mir nicht viel sagen, aber es sind vornehme Leute, nach der Kleidung zu urteilen. Die Frau fiebert, und ich mache mir Sorgen, dass ich ihr nicht helfen kann.«

»Wie meinst du das?«

Alma antwortete nicht, nur ihre Augen sprachen. Er blickte wieder zu der Frau im Bett. Sie lag da, mit immer noch roten Wangen, das Haar war nass und fettig vom Fiebern und von Almas Medizin.

»Sie isst kaum etwas, also es sieht …« Sie beendete den Satz nicht; stattdessen sah sie hinüber zu dem jungen Mädchen, das im Vergleich zu dem Abend, als sie gerettet worden war, noch blasser und schwächer wirkte. Dunkle Ringe umrandeten die schönen grünen Augen.

»Weiß jemand, dass sie da sind?«, fragte Arnes Vater.

Alma schüttelte den Kopf. »Ich wollte es erst mal nicht weitererzählen. Die Leute im Dorf interessieren sich nur für ihr Strandgut.«

Arnes Vater blickte zu Boden, als sie das sagte. Machte ihm das auch so zu schaffen?

»Aber bald wird es sich herumsprechen«, fuhr die Schäferin fort.

Ernst seufzte.

»Ich könnte einen Arzt aufsuchen, doch bis der kommt, würden zwei Tage vergehen«, erklärte Alma.

»Wie sollen wir ihn bezahlen?«, fragte Ernst.

»Das lass meine Sorge sein«, entgegnete Alma.

Ernst sah sie an. Die beiden kannten sich lange. Er bewunderte sie, das wusste Arne. Er war ihr dankbar, dass sie sich seines Sohnes angenommen hatte. Aber Arne konnte sich auch noch erinnern, wie Alma vor einigen Jahren gescherzt hatte, dass sie und Ernst ein gutes Ehepaar abgeben würden. Schließlich waren sie beide verwitwet. Doch sein Vater hatte ungewöhnlich schroff auf diese Bemerkung reagiert: »Ich bin doch mit meiner Gretje verheiratet«, hatte er gesagt. »Ist ja schon gut, Ernst. War doch nur ein Scherz, du alter Gnadderkopp«, hatte sie entgegnet.

Nun meinte sein Vater: »Wenn du nicht weiterweißt, Alma, dann wird vielleicht auch ein Arzt nicht helfen können, schließlich bist du unsere Kräuterfrau.«

Sie lächelte müde. »Gegen dieses Fieber sind die Kräuter aus meinem Garten leider nicht stark genug.« Sie ließ die Schultern sinken. »Nach Harmkes Tod habe ich viele Mischungen ausprobiert, und bis jetzt konnte ich auch allen im Dorf bei Fieber oder anderen Krankheiten helfen.« Sie sah wieder zu der jungen Frau, die ihren Kopf drehte und kurz die Augenlider öffnete. Alma ging zu ihr, streichelte ihr die Stirn, holte einen Becher Wasser und gab ihr zu trinken.

Die Frau war so schwach, dass sie kaum den Kopf heben konnte. Erschöpft ließ sie ihn sinken und schlief wieder ein. Es war nicht zu erkennen, ob sie Ernsts Anwesenheit überhaupt bemerkt hatte.

Arne ging zu Hannah, und beide spielten mit dem Kätzchen, indem sie mit einem kleinen Wollknäuel vor ihm wedelten. Das kleine Tier sprang immer wieder auf und versuchte, es zu fangen. Wenn es dann seine kleinen Krallen darin vergrub, kicherten Arne und Hannah. »Wir sollten Jette ›Wolle‹ nennen.«

Hannah verstand wohl nicht, was er meinte. Doch sie lachte mit ihm. Dann standen sie auf.

»Ich gehe mit ihr zu den Schafen«, sagte Arne und nahm sie an der Hand.

Sein Vater reagierte nicht. Stattdessen starrte er zu Alma. »Meinst du, es gibt noch weitere Überlebende?«, fragte er.

Alma zuckte mit den Schultern. »Das hätte sich doch inzwischen herumgesprochen, du kennst unser Dorf.«

Ernst nickte. »Tatsächlich wurden einige Leichen an Land gespült. Es waren alles Männer. Die meisten waren wohl Matrosen. Frauen und Kinder waren keine dabei.«

Arne blieb noch einen Moment mit Hannah stehen. Er wollte mitbekommen, was die Erwachsenen besprachen.

Alma seufzte. »Das Leben ist unbarmherzig.«

»Was soll ich machen, Alma?«, fragte Ernst.

»Einen Arzt holen.«

»Ja, stimmt.« Der sonst so gefasste Ernst wirkte zerstreut. »Ich nehme das Pferd meines Bruders.«

»Danke, Ernst. Das werde ich dir so wie damals nicht vergessen.«

Er nickte und drückte ihre Hand. »Ist gut, Alma.« Schnellen Schrittes verließ er das Haus.

Alma sah ihm durch das Fenster hinterher.

Arne indes zog Hannah mit sich. »Komm, lass uns zu den Schafen gehen.«

5.

Marie

Marie blickte auf den Wecker. Es war kurz nach sieben. Die Sonnenstrahlen brachen bereits hell durch die Vorhänge. Sie fühlte sich wunderbar ausgeschlafen, und das, obwohl sie in den letzten Tagen Zukunftssorgen plagten. Wie würde es mit dem Leuchtturm weitergehen? Und würde sie wirklich genug Aufträge als Illustratorin erhalten? Hatte sie sich vielleicht doch verrannt, als sie ihren Job und ihre Wohnung gekündigt hatte, um ihr bisheriges Leben hinter sich zu lassen und hier an der Nordsee einen kompletten Neuanfang zu wagen? Zum Glück hatte sich Joy bereit erklärt, mit ihr zur Baustelle zu gehen und nach den Arbeiten zu sehen. Für neun Uhr waren sie an ihrer neuen Wohnung verabredet.

Sie stand auf, streckte sich und zog die Vorhänge zur Seite. Es war ein wunderschöner, wolkenloser Tag. Am Strand ruhte sich eine Möwe aus. Es war gerade Flut, die Schaumkronen schlugen bis nah an den Deich. Inga hatte ihr einen Gezeitenkalender gegeben, in dem alle Hoch- und Niedrigwasserstände für das Jahr aufgeführt waren. Aber langsam bekam Marie selbst ein

Gefühl dafür. Es war wirklich ein wundervoller Ausblick, der sofort eine beruhigende Wirkung entfaltete.

Nachdem Marie sich angezogen hatte, ging sie hinunter. Inga war weder in der Küche noch im Frühstücksraum. Im Flur traf sie Jasper, Ingas Lebensgefährten. Er hatte seine schulterlangen grauen Haare zu einem Zopf gebunden und trug ein Deep-Purple-T-Shirt. Gut gelaunt begrüßte er Marie mit einem kraftvollen: »Moin.«

Inga hatte ihr vorgestern Abend bei einem Gläschen Wein die Geschichte von ihr und Jasper erzählt. Er war Ingas erste große Liebe gewesen, doch nach einigen Schicksalsschlägen hatten die beiden jahrzehntelang voneinander getrennt gelebt und erst vor Kurzem wieder zueinandergefunden. Nach mehreren Jahrzehnten! Wenn sie zusammen waren, turtelten sie miteinander wie ein frisch verheiratetes Ehepaar.

Marie fand ihre Geschichte wahnsinnig inspirierend. Sie selbst hatte sich von ihrer Jugendliebe Sebastian vor ein paar Monaten nach fünfzehnjähriger Beziehung getrennt; das war allerdings ein Befreiungsschlag gewesen, und sie konnte sich nicht vorstellen, ihm irgendwann nachzutrauern. Die Trennung war auch ein Grund für sie gewesen, den Sprung ins kalte Wasser zu wagen und einen Neuanfang zu planen.

»Ist Inga draußen?«, fragte Marie.

»Ich weiß nicht genau«, erwiderte Jasper. »Bin gerade erst reingekommen, war walken. Irgendwie muss man die alten Knochen ja fit halten. Aber schau doch mal auf der Terrasse oder im Garten nach.«

Marie schritt durch den Frühstücksraum und durch die offene Verandatür hinaus. Ihr Platz war wie immer an einem der Terrassentische gedeckt, ein Korb Brötchen stand bereit sowie selbst gemachte Marmelade und ein Teekännchen, auch wenn Inga nirgendwo zu sehen war. Marie sah sich um. In dem großen Garten hinter der Terrasse hörte sie ein Rascheln, sah hinter einem Strauch einen Strohhut. Wahrscheinlich war Inga mit der Gartenarbeit beschäftigt.

Marie lief auf den Weg, der in der Mitte durch den Garten führte. Ihr fiel auf, dass sie sich die Gartenanlage noch immer nicht in ihrer Gänze angesehen hatte. Immer wieder gingen schmale Trampelpfade vom Hauptweg ab und führten zu den unterschiedlichsten Gartenbereichen. Sie entdeckte mehrere Gemüsebeete, einen Kräutergarten mit einer aus Zweigen geflochtenen Beeteinfassung sowie ein kleines Gewächshaus, das ihr bisher noch gar nicht aufgefallen war. Es gab Obstbäume und Ziersträucher, Blumenbeete und überall wuchsen in geflochtenen Körben, Tonkrügen und in einer alten Gießkanne bunte Blumenkompositionen. Eine ausrangierte Blechwanne war zu einem Teich umfunktioniert worden. Etwas versteckt im Schatten eines Apfelbaumes stand ein Liegestuhl, der zum Verweilen einlud. Ein alter Tisch, von dem der Lack abblätterte, wurde wohl als Pflanztisch genutzt. Es standen einige leere Töpfe gestapelt darauf, Gartenwerkzeug lag herum. An einer anderen Stelle entdeckte sie eine Sitzgruppe mit zwei Klappstühlen an einem runden Tisch mit einer Steinplatte. Auf dem Tisch befand sich ein großes Einmachglas mit einer Solarlampe. Auch in den Sträuchern um die Sitzgruppe hingen solche Gläser und Lichterketten. Das war sicherlich ein sehr inspirierender Ort, um in einer lauen Sommernacht abends noch ein Buch zu lesen, dachte sie. Es war alles üppig bepflanzt, aber es wirkte nicht chaotisch, sondern im Gegenteil mit viel Bedacht angelegt. Dieser Garten wurde mit sehr viel Liebe gepflegt.

Bei einer Ansammlung von Rosenbüschen, an denen bereits die ersten Blüten zartrosa hervorschauten, erblickte sie die Frau mit Strohhut und buntem Blumenkleid, die ihr den Rücken zudrehte und gerade Rosen schnitt. Aber war das wirklich Inga?

Nun drehte sich die Frau zu ihr um. Sie war etwa vierzig Jahre alt, hatte dunkelbraunes Haar bis auf die Schultern und lächelte sie so herzlich an, als würde sie gerade eine langjährige Freundin wiedersehen.

»Hallo, ich bin Helene«, begrüßte sie Marie und reichte ihr die Hand, die in einem Gartenhandschuh steckte. »Du musst Marie sein, stimmt's?«

»Äh, genau. Und du bist Ingas Schwiegertochter?«

Helene nickte. »Wir sind heute Nacht von unserer Reise zurückgekommen. Jetzt muss ich erst einmal nach dem Garten sehen«, sagte sie und lächelte.

»Das ist wirklich viel Arbeit. Machst du das alles allein?«

»Für mich ist das keine Arbeit. Die Gartenarbeit beruhigt mich.«

»Echt, das freut mich für dich. Aber so eine große Anlage zu pflegen, muss doch viel Zeit kosten. Das sieht alles echt toll aus, muss ich sagen.«

»Danke. Der Aufwand verteilt sich ganz gut. Ich mache ja nicht alles auf einmal, sondern gehe immer wieder neue Projekte an. Ich bin jetzt seit drei Jahren dabei, den Garten zu erweitern, aber bevor ich hierhergezogen bin, gab es auch schon einiges. Inga hat jahrelang Vorarbeit geleistet«, meinte sie und zwinkerte.

»Du bist auch eine Zugezogene?«, fragte Marie.

»Merkt man das nicht an der Sprache?«, fragte Helene und lächelte. »Ja, ich war hier im Urlaub. Eigentlich wollte ich nach meiner Scheidung nur endlich mal wieder rauskommen mit meinen zwei Kindern. Aber dann bin ich hier hängen geblieben und habe die Pension von Inga übernommen. Ach so … und ich habe ihren Sohn Lasse kennengelernt.« Sie lächelte. »Mittlerweile sind wir verheiratet und haben noch unsere Finja neu in der Familie.«

»Spannend.« Marie lächelte ebenfalls.

»Ja, das war wirklich spannend, wie das alles zustande kam … Hier, guck mal, diese Rosenbüsche und auch die

Rosen direkt am Haus, die hat Inga schon vor Jahrzehnten gepflanzt und jetzt helfe ich ihr damit.«

»Die blühen wunderschön«, erwiderte Marie.

Helene nickte und wischte sich Schweißtropfen von der Stirn. »Ja, man merkt, dass es dieses Jahr etwas heißer ist als sonst. Normalerweise blühen sie erst Ende Juni zum ersten Mal. Jetzt schneide ich sie ein bisschen zurecht, damit die Blüten dann hoffentlich noch besser kommen.«

»Ich habe leider keine Ahnung von so was. Dabei habe ich jetzt bei meiner neuen Wohnung im Leuchtturm auch Rosen dazubekommen. Die wachsen schon ziemlich wild.«

»Vielleicht eine besondere Sorte, die früh blüht«, meinte Helene. »Wenn du willst, können wir uns deine Rosen mal gemeinsam ansehen und ich kann dir ein paar Tipps geben.«

»Das wäre supernett.«

»Kein Problem.«

Marie war von Helenes Herzlichkeit überwältigt. Sie schien genauso gastfreundlich zu sein wie ihre Schwiegermutter. Etwas Ähnliches hatte sie einmal bei einem Urlaub in der Türkei erlebt. Da hatte die Pensionswirtin sie auch gleich an ihre Lieblingsstrände mitgenommen.

In diesem Moment wurde es laut. Zwei Kinder, ein Junge und ein Mädchen, liefen »Mami!« rufend durch den Garten auf sie zu. Hinter ihnen folgte ein Mann.

Die beiden stürzten sich auf ihre Mutter und umarmten sie, jeder von einer Seite.

»Sie wollten dir noch Tschüss sagen, bevor ich sie in die Schule bringe«, erklärte der Mann.

Helene lächelte und drückte die beiden fest an sich. Dann wandte sie sich an Marie: »Darf ich vorstellen, das sind meine Kinder Johanna und Simon. Und das ist Lasse, mein Mann.«

»Moin«, sagte Lasse und reichte Marie die Hand. »Freut mich.«

»Ah, und da kommt auch schon die Letzte im Bunde«, verkündete Helene und deutete mit dem Kopf in Richtung Weg. Dort lief Inga mit einem etwa einjährigen Mädchen auf dem Arm.

»Moin, Marie. Wie ich sehe, hast du meine Familie schon kennengelernt. Das ist Finja, die Jüngste. Ich habe Lasse mit dem Frühstück geholfen. Es ist gar nicht so leicht mit drei so lebendigen Rackern am Morgen. Ich hoffe, du hast gesehen, dass ich dir auf der Terrasse alles bereitgestellt habe.«

»Ja, habe ich. Ich kam nur noch nicht zum Essen.« Marie sah auf die Uhr. »Aber ich glaube, das muss ich jetzt sofort nachholen. Um neun Uhr bin ich mit Joy am Leuchtturm verabredet.«

»Und ihr müsst in die Schule«, sagte Helene.

»Och, menno«, brummte Johanna, das größere der beiden Schulkinder. Sie war vielleicht neun oder zehn Jahre alt. Doch dann gingen die beiden doch mit ihrem Vater mit.

Auch Marie verabschiedete sich. »Es war schön, dich kennenzulernen, Helene«, sagte sie.

»Ganz meinerseits«, erwiderte diese.

Als Marie etwa eine Stunde später am Leuchtturm stand, verdunkelte sich der Himmel mit einem Mal. Sie sah auf und blickte auf die immer näher kommenden schwarzen Wolken. Es war ein beeindruckendes Schauspiel. Seit ihrer Ankunft hatte immer die Sonne geschienen, auch den ganzen heutigen Morgen über. Doch nun hatte sich die Witterung auf einen Schlag geändert und der Himmel hatte sich zugezogen.

Joy stand schon in der Tür. »Komm rein. Sie haben gestern mit den Arbeiten begonnen. Und das neue Schloss ist tatsächlich schon eingebaut«, sagte sie und überreichte Marie einen Ring mit drei glänzenden, neuen Schlüsseln.

Neugierig lief Marie die Stufen hoch in ihre Wohnung. Sie hörte Musik und Stimmen, die durch die Tür zum Wachzimmer dröhnten. Joy klopfte vorsichtig und öffnete die Tür. Zwei Handwerker saßen auf Campingstühlen zwischen den Abdeckplanen und Werkzeugen und aßen ihre Brote.

Es würde noch ein weiter Weg sein, bis das ihr Atelier sein konnte, in dem sie ihr neues Leben als Illustratorin begann, dachte Marie. Nun ja, besonders viele Aufträge hatte sie ja auch noch nicht. Die letzten Jahre über hatte sie nebenbei angefangen, kleinere Aufträge für Freunde zu übernehmen, Zeichenkurse zu besuchen und Kontakte zu knüpfen. Erst letztes Jahr hatte sie das erste Mal ein gesamtes Kinderbuch für einen kleinen Verlag illustriert. Daraufhin hatte sie den Schritt in die freiberufliche Tätigkeit gewagt. Und nun stand sie hier.

»Moin!«, rief Joy.

Die beiden Männer sahen überrascht zu ihnen herüber. »Moin.«

»Frau Petermann vom Büro des Bürgermeisters. Ich wollte mich erkundigen, wie die Arbeit voranschreitet.« Joy sah die Männer ernst an. Sie hatte die Haare streng zurückgekämmt, trug einen blauen Hosenanzug und eine Brille, die sie das letzte Mal, als Marie sie gesehen hatte, nicht aufgehabt hatte. Trotz ihres jungen Alters strahlte sie eine gewisse Autorität aus, fand Marie.

Die zwei Männer standen auf und wussten nicht so recht, was sie sagen sollten. »Na ja, der Chef ist nicht da und wir haben erst gestern angefangen. Wir machen erst das Bad, und das wird einige Zeit in Anspruch nehmen.«

»Was bedeutet *einige Zeit* in Arbeitstagen?«, wollte Joy wissen und notierte etwas auf ihrem Block.

Einer der Männer, dessen Arme mit unzähligen Tattoos geschmückt waren, kratzte sich am mit Gel streng und ordentlich zurückgekämmten Haar. »Zwei Wochen.«

»Zwei Wochen nur fürs Bad!«, entfuhr es Marie.

»Haben Sie gesehen, in welchem Zustand hier alles is? Dat is ja älter als mein Großvater, und der is schon fünfundsiebzig!«

Marie musste lächeln. Ihre Großmutter war Ende siebzig und fühlte sich so fit wie Anfang fünfzig, für ihn hingegen schien das ein hohes Alter. Außerdem konnte man einen Menschen ja nicht mit einem Bauwerk vergleichen.

»Ihr Chef hat uns versichert, seine besten Leute herzuschicken, und ich habe keinen Zweifel, dass er damit Sie meinte.«

»Hat er dat gesagt?«, fragte der Arbeiter und lächelte etwas schief.

»Ich bin mir sicher, Sie schaffen das schneller.«

Er sah sie an und meinte: »Schon möglich. Wir sind aber auf der Arbeit und nicht auf der Flucht.«

Der andere lachte.

Joy nickte. »Das sehe ich. Dann viel Erfolg bei der Arbeit.«

Die beiden nickten, und die Frauen gingen hinunter ins Schlafzimmer.

»Es sieht nicht so aus, als ob ich in den nächsten Wochen hier einziehen könnte.«

Joy verzog den Mund. Sie blickte um sich. »Wenn die zwei alles allein machen müssen, könnte es zwei Monate dauern.« Sie sah sich um. »Ich werde mit ihrem Chef sprechen.«

»Die Brille steht dir gut.«

Joy lächelte das erste Mal, seit sie den Turm betreten hatten. »Ja, wirklich? Hab sie nur aufgesetzt, um etwas strenger zu wirken.«

Beide Frauen lachten. »Ich muss meinem Chef verklickern, dass es teuer wird, wenn du zwei Monate in der Pension wohnst.«

»Ich bin auch sehr gern bei Inga und ihrer Familie, würde mir aber wünschen, endlich in meine eigene Wohnung zu ziehen.«

»Das verstehe ich.« Joy blickte auf die Uhr. »Ich muss zum nächsten Termin. Kommst du ohne mich zurecht?«

»Klar.«

Joy verabschiedete sich. Marie blieb noch ein Weilchen in ihrem zukünftigen Schlafzimmer und überlegte, wie sie ihr Bett stellen würde. Sie sah zum Fenster hinaus. Es war gerade Ebbe und das Meer nur in der Ferne zu sehen. Schafherden grasten auf den grünen Salzwiesen, die sich um den Deich herum erstreckten. In einiger Entfernung, nur wenige Meter hinter dem Deich, entdeckte sie ein kleines Steinhaus, das ihr zuvor noch nie aufgefallen war und auf einer kleinen Anhöhe stand. Es war schwer zu sagen, wie weit das Haus vom Turm entfernt war. Einige Hundert Meter, vielleicht auch weniger, es war wirklich nicht einfach zu schätzen. Um das Haus herum zog sich eine großzügige Holzumzäunung, daneben ein Schuppen, möglicherweise war das ein kleiner Stall. Vielleicht ein altes Bauernhaus. Als sie das erste Mal zur Besichtigung am Turm gewesen war, hatte sie kein weiteres Gebäude in der Umgebung wahrgenommen. Sie entschied sich, hinzulaufen, um zu sehen, ob dort jemand wohnte. Denn wenn, waren das ihre nächsten Nachbarn.

Der Himmel war immer noch dunkel, doch es hatte nicht zu regnen begonnen. Hatte es sich nicht sogar wieder etwas aufgehellt? Vielleicht zog das schlechte Wetter ja auch vorbei. Marie hoffte, dass sie recht hatte, und entschied sich, einen Spaziergang zu dem Haus zu unternehmen.

Während sie lief, schienen die dunklen Wolken näher zu kommen. Sie hatte sich verschätzt; das Haus war weiter entfernt, als sie gedacht hatte. Vielleicht war es doch einen Kilometer weg, aber von der Turmspitze aus hatte es näher gewirkt.

Dort angekommen sah sie, dass das Häuschen offenbar sehr alt war. Aber im Gegensatz zum Turm war das Haus renoviert. Die Fenster und die Eingangstür schienen erst vor einigen Jahren neu eingebaut worden zu sein. Es wirkte jedoch nicht bewohnt, eher, als ob schon seit Längerem niemand hier übernachtet hätte. Sie blickte durch die kleinen Fenster und sah einen Raum mit einem winzigen Wohn- und Küchenbereich. Dann gab es noch eine Tür, die zu einem zweiten Zimmer führte. Sie fragte sich, ob die Schafe, die sie in der Nähe gesehen hatte, vielleicht zu dem Haus gehörten. War es vielleicht eine Art Schäferhütte, in der nur hin und wieder ein Schafhirte übernachtete? Oder grasten die Schafe das ganze Jahr über draußen?

Gerade als Marie sich auf den Rückweg machen wollte, brach der Regen über sie herein. Von einem Moment auf den nächsten schüttete es so stark, dass Marie um das Haus lief, um eine Überdachung zu finden. Doch es schien, als würde es von allen Seiten gleichzeitig regnen, der Vorsprung des Daches bot ihr an keiner Stelle einen geeigneten Unterstand.

Ihr Blick fiel auf den Schuppen hinter dem Haus. Sie rannte hinüber. Hier sah die Steinmauer nicht mehr so schön herausgearbeitet aus. Der Stein wurde mit Putz verstärkt, der schon etwas abbröckelte. Das Dach, auch schon in die Jahre gekommen, war ziemlich marode. Marie war mittlerweile vollständig durchnässt. Das T-Shirt klebte an ihrem Körper. Sie versuchte, die Holztür aufzudrücken. Es gab einen rostigen Hebel, der in die Mauer eingelassen war und sich zunächst nicht bewegte. Marie rüttelte daran und schließlich sprang die Tür auf. Sie rettete sich in den fensterlosen Schuppen. Es war so dunkel, dass sie die Taschenlampe an ihrem Handy anschaltete. An einer Stelle tropfte es durch das Dach, an einer anderen Stelle wurden die Dachbalken von einem langen Holzscheit provisorisch gestützt. Das wirkte nicht sehr einladend. Ansonsten lagen überall altes Werkzeug und Holzstapel herum, eingestaubt und von der Patina der Zeit überzogen. Die Scheune war in die Renovierungsarbeiten nicht einbezogen worden, so viel stand fest.

Marie blickte noch einmal durch die offen stehende Tür, durch die nur wenig Licht in den Raum fiel. Es war schwer einzuschätzen, ob der Regen in der nächsten Zeit aufhören würde. Die Wolkendecke war durchgehend schwarz. Aber vielleicht verzog sich das Unwetter ja doch so schnell, wie es begonnen hatte.

Sie konnte sich die Zeit vertreiben und etwas zeichnen. Ihren Skizzenblock trug sie bei sich. Sie benötigte nur etwas, worauf sie sich setzen konnte. Marie leuchtete noch einmal jede Ecke des Schuppens ab. Der Holzstapel sah nicht einladend aus. Aber vielleicht konnte sie sich mit ein paar Holzscheiten einen Hocker bauen. Sie stapelte mehrere Hölzer in drei versetzten Schichten übereinander. An einer Wand lehnte ein kleines, fast quadratisches Holzbrett, das konnte sie als Sitzplatte nehmen. Als sie das Brett von der Wand nahm, merkte sie, dass dahinter der Putz von den Steinen abbröckelte. Hoffentlich stürzte nicht das gesamte Gebäude ein!

Vorsichtig betastete sie die Stelle an der Wand. Der ganze Mauerstein war locker! Und er gab nach. Er löste sich und fiel krachend zu Boden. Erschrocken machte sie einen Schritt zurück und schrie auf. Aber zumindest schien die Mauer zu halten.

Als Marie sich hinunterbeugte, um die Steinbrocken aufzuheben, bemerkte sie, dass hinter dem herausgebrochenen Stein ein Hohlraum war. Sie nahm das Handy und leuchtete hinein. Steckte dahinter etwas in der Wand?

Ihre Neugier war geweckt. Sie spürte, wie ihr Puls schneller wurde. Vorsichtig tastete Marie in den Hohlraum. Tatsächlich stieß sie auf etwas, das sich nicht wie Stein anfühlte. Es war nicht glatt und hatte eine grobe Struktur.

War sie auf ein Versteck gestoßen? Hatte jemand in der Vergangenheit hier etwas verborgen, was ihm wichtig gewesen war?

Sie ging in die Knie und leuchtete wieder in den Hohlraum. Dort am Ende schimmerte etwas Weißes. Sie streckte ihre Hand hinein und ertastete etwas Unebenes, es hatte die Form eines Rechtecks. Ein Kästchen? Es ließ sich ganz einfach herausziehen.

Zum Vorschein kam eine gut erhaltene Schatulle aus Lehm, die mit Muscheln besetzt war. Sie wirkte brüchig. Vorsichtig nahm sie den Deckel ab.

In der Schatulle befand sich eine kleine Kette mit einem ovalen Medaillon, das sich aufklappen ließ. Eines dieser Medaillons aus Gold, die aussahen wie ein kleiner Spiegel. Behutsam legte sie die Schatulle und deren Deckel im Hohlraum ab, um beides nicht zu beschädigen. Dann nahm sie die Kette. Neugierig öffnete sie das Medaillon.

Innen waren zwei Zeichnungen eingefasst. Auf der einen Seite das Porträt eines Mannes. Er trug einen Seitenscheitel, dicke Koteletten und einen Bart. Ganz so, wie es im Moment bei jungen Männern auch sehr beliebt war. Doch diese Zeichnung war nicht modern. Marie vermutete, dass sie bereits im 19. Jahrhundert entstanden sein musste. Wer konnte das sein? Ganz unten, sehr klein geschrieben, stand »Henrik Doostberg«. Auf der anderen Seite befand sich das Bildnis eines Mädchens, vielleicht drei Jahre alt. Darunter stand »Hannah«. Beide Gesichter schauten Marie ernst an. Sie fühlte sich fast unwohl. Vielleicht waren es Bewohner dieses kleinen Hauses gewesen? Doch dafür wirkten die Porträtierten viel zu vornehm, das Medaillon viel zu teuer. Sie konnte sich nicht vorstellen, dass vor mehr als hundert Jahren wohlhabende Menschen in einem kleinen Bauernhaus an der Küste gewohnt hatten.

Marie traute sich nicht, den kleinen Schatz mitzunehmen. Er war bestimmt aus gutem Grund hier versteckt. Warum hatte ihn in all den Jahren keiner gefunden, fragte sie sich.

Sie nahm ihr Smartphone und schoss ein Foto von der Innenseite des Medaillons.

Erst jetzt bemerkte sie, dass der Regen mittlerweile aufgehört hatte. Marie legte den Fund zurück in die Schatulle, schloss den Deckel und schob alles wieder in den Hohlraum. Vorsichtig verschloss sie diesen.

Dann trat sie vor die Scheune. Die Sonne brach durch die dunklen Wolken, die sich von einem Moment auf den nächsten ganz aufzulösen schienen.

Marie wusste in diesem Moment gar nicht, was sie tun sollte. Sie musste mehr über dieses Anwesen herausfinden.

Sie beschloss, zurück in die Pension zu gehen.

6.

Inga war gerade dabei, ihre Katzen zu füttern, als Marie ankam. Neben ihr stand Jasper, der eine Katze auf dem Arm hielt und streichelte.

»Moin«, sagte er und lächelte sie an.

Sie musste sich noch daran gewöhnen, dass man hier den ganzen Tag »Moin« zur Begrüßung sagte. Für sie klang es eher wie ein »Guten Morgen«. Doch sie gab sich Mühe, sich anzupassen, und sagte ebenfalls: »Moin.«

»Na, wo warst du?«, fragte Inga. »Du siehst ja aus wie ein begossener Pudel. Bist du in den Regen geraten?«

»Es geht schon wieder. Zum Glück hatte ich noch ein Wechselshirt im Auto. Ich war in meiner Wohnung«, entgegnete Marie.

»Und, haben die Arbeiten angefangen?«

»Ja, aber es geht nur langsam voran.«

»Das kommt mir bekannt vor. Wenn nicht einer die Arbeiten beaufsichtigt, zieht es sich in die Länge.«

»Ich werde jeden Tag vorbeischauen und nach dem Rechten sehen.«

Inga streichelte ihre Katzen. Marie sah ihr zu.

»Inga, was ist das eigentlich für ein Steinhaus unweit des Leuchtturms?«

Inga sah auf. »Ah, das gehört einem wohlhabenden Hamburger, der schnelles Geld machen wollte, indem er das Haus an Touristen vermietet. Eine alte Schäferei. Er hat es ruckzuck renoviert. Man muss sagen, vorher war es jahrelang eine Ruine. Kann mich nicht erinnern, dass dort früher jemals jemand wohnte, außer Hirten, die ab und zu Unterschlupf brauchten. Es wurde immer wieder weitervererbt und hätte eine gute Einnahmequelle werden können, wenn die Familie nicht immer Streitigkeiten wegen des Erbes gehabt hätte.«

»Ist damals nicht der alte Leuchtturmwärter dort eingezogen?«, warf Jasper ein.

»Der Leuchtturmwärter?«, fragte Inga irritiert.

»Ja, das muss gewesen sein, kurz bevor ich nach Hamburg gezogen bin.«

»Das war Ende der Sechziger«, meinte Inga.

»Ja, damals wurde doch der Leuchtturm außer Betrieb genommen.«

»Kann sein.« Inga nickte.

»Und warum wird das renovierte Schäferhaus jetzt nicht genutzt?«

»Der Mann lebt wohl in Scheidung. Kann sein, dass sie noch nicht klären konnten, was mit dem Häuschen passiert.«

Marie nickte. »Spannend.«

»Das Haus ist sehr niedlich, das muss man sagen«, bemerkte Inga.

»Ja, vor allem habe ich dort zufällig etwas im Schuppen entdeckt«, berichtete Marie. »Eine kleine, selbst gemachte Kiste mit Muscheln und einem Medaillon samt Bild eines Mannes und eines Kindes.«

»Nein!«, gab Inga staunend zurück.

Marie holte ihr Telefon heraus und zeigte ihr das Foto.

»Wirklich. Es muss ein Original sein. Der skizzierte Mann sieht echt aus. Als hätte es jemand vor hundert Jahren dort versteckt und dann vergessen.«

»In was für einem Zustand ist es denn?«, erkundigte sich Jasper.

»In einem guten. Unten stehen sogar die Namen, aber sie sagen mir nichts.«

»Doostberg«, las Jasper vor. »Eine Familie Doostberg kenne ich nicht im Ort.«

»Ich auch nicht«, meinte Inga.

»Ganz bestimmt sind das nicht die alten Schäfer«, sagte Jasper. »Viel zu vornehm.«

»Das habe ich mir auch gleich gedacht«, entgegnete Marie.

»Ein spannender Fund.« Inga runzelte die Stirn. »Und jetzt willst du mehr über das Haus herausfinden?«

Marie nickte.

Inga überlegte einen Moment. »Nun ja, weißt du, wer dir vielleicht weiterhelfen kann?«

Marie sah sie gespannt an. »Der Bürgermeister?«

»David.«

Marie musste lachen. »Er wird sich bestimmt freuen, wenn ich mich bei ihm melde.«

»David hat dir doch erzählt, dass seine Familie etwas mit dem Leuchtturm zu tun hat. Dann weiß er vielleicht auch etwas über die alte Schäferei.«

»Wo finde ich David denn?«

»Er wohnt bei seiner Schwester, wenn er hier ist. Sie besitzt eine Bäckerei hier im Ort.«

Marie überlegte. »Ich glaube, da bin ich schon ein paarmal vorbeigelaufen.«

»Emma backt das beste Brot weit und breit«, schwärmte Inga.

»Wenn ich dort auch noch aufkreuze, wird er wahrscheinlich die Polizei rufen.«

Inga lachte, während sie ihre neue Kaffeemaschine betätigte. »Das glaube ich nicht. Bist du sicher, dass du keinen Kaffee möchtest? Dieser hier schmeckt wirklich köstlich.«

Marie schüttelte den Kopf. »Nein, danke. Ich gehe mich mal frisch machen.«

»Tu das.«

Im Laufe des Nachmittags schien die Sonne so stark, dass Marie ihre Jacke auszog und nur noch im T-Shirt herumlief. Inga lud sie zum gemeinsamen Mittagessen mit ihr, Jasper und Lasses Familie ein.

»Wirklich?«, fragte Marie. »Ich will nicht in der Familienrunde stören.«

»Du störst doch nicht. Du bist neu hier in Süderwiek und kennst niemanden. Also müssen wir dir dabei helfen, dich hier einzuleben. Das ist doch klar.«

»Danke.«

Nach dem Essen versuchte Marie, in ihrem Zimmer ein paar Skizzen für einen Verlag zu fertigen, der sie nach Entwürfen für eine neue Kinderbuchreihe zu den Themen Natur, Meer und Artenvielfalt gebeten hatte. Es war eine große Chance. Wenn der Verlag wirklich mehrere Geschichten mit ihr veröffentlichte, hätte sie das erste Mal ein Projekt gehabt, das regelmäßig Einnahmen generierte. Marie hatte eine grobe Idee vorgestellt, die der Lektorin so weit gefallen hatte: Wie wäre es, die Abenteuer eines Wattwurms und seiner Freunde zu erzählen? Der Vorschlag schien beim Verlag gut anzukommen, auch wenn man ihr keinen Vertrag versprechen wollte, ehe sie nicht mehr Skizzen und einen ausgearbeiteten Handlungsbogen sowie mögliche Ideen für Folgebände vorlegen konnte. So war es in der Verlagswelt nun einmal, das hatten ihr auch befreundete Kinderbuchautorinnen versichert, die sie bei einem Workshop kennengelernt hatte. Aber dass der renommierte Verlag sie überhaupt auf ein bestimmtes Thema angesetzt hatte, war ein gutes Zeichen dafür, dass sie eine realistische Chance hatte, ihre Buchreihe veröffentlicht zu sehen. Sofern das fertige Konzept überzeugte, natürlich. Marie hatte der Lektorin versichert, dass sie weitere Inspirationen erwarte, sobald sie in Süderwiek ankam, und dass sie ihr bald etwas zusenden könne. Doch nun fehlte ihr die richtige Stimmung. Ihre Gedanken sprangen buchstäblich, aber sie konnte keinen festhalten, um wirklich originelle Charaktere entstehen zu lassen.

Stattdessen skizzierte sie das Bild des Mannes aus dem Anhänger. Sie fragte sich, ob das Bild wohl einer Frau gehört hatte. Vielleicht einer Frau, die heimlich in ihn verliebt gewesen war? Sie konnte nicht genau sagen, wieso ihr ausgerechnet dieser Gedanke kam. Genauso gut hätte das Medaillon der Ehefrau gehören können. Aber dennoch gefiel ihr die Idee und sie merkte, wie sie ihre Fantasie beflügelte.

Dann musste Marie an die Schatulle mit den Muscheln denken. Wenn sie jetzt darüber nachdachte, hatte diese eigentlich nicht zu dem kostbaren Schmuckstück gepasst. Die Dose sah nicht sehr fachmännisch gefertigt aus, sondern wirkte eher wie von Kinderhand gebastelt. Wer hatte diese Dose wohl gemacht und in dem alten Schafstall versteckt?

Die Wahrheit würde sie wahrscheinlich niemals erfahren. Schade.

Marie blickte aus dem offenen Fenster. Ein paar Möwen waren zu hören, sonst war es still. Kein Wind, keine Wolken, nur Sonne und blauer Himmel. Sie konnte immer noch nicht glauben, dass sie endlich am Meer wohnte. Wieso machte sie nicht einfach einen Spaziergang am Wasser entlang? Etwas, das sie sich schon immer gewünscht hatte. Sie ließ den Zeichenblock auf dem kleinen Tisch zurück. Vielleicht würde das Wasser ihr neue Ideen liefern.

Am Strand angekommen, zog sie schnell ihre Schuhe aus, denn die hatten sich rasch mit Sand gefüllt und es war unmöglich geworden, darin zu laufen. Der Sand war angenehm warm. Die Wellen rauschten im immer selben Takt, und Schaumkronen umspülten ein paar Holzbalken, die als Strandbefestigung aus dem Wasser ragten. Ein wunderschön beruhigendes Schauspiel. Barfuß am Strand entlangzulaufen, fühlte sich an wie eine sanfte Massage. Zudem war niemand außer ihr zu sehen, der breite Strand gehörte in diesem Augenblick nur ihr.

Marie setzte sich auf eine kleine Sandanhöhe, auf der Schilfgräser wuchsen, die durch den leichten Wind in alle Richtungen tanzten. Sie fragte sich, wie das Leben hier wohl vor hundert Jahren ausgesehen haben mochte. Ob der Mann und das Kind von den Porträts auch an diesem Strand spazieren gegangen waren?

Ein plötzliches »Hallo! Hallo!« riss sie aus ihren Gedanken.

Marie drehte sich um und sah zwei Männer mit einem Bollerwagen, die ihr zuwinkten. Sie standen mit Eimern dort, wo sie losgelaufen war, waren also mindestens drei- oder vierhundert Meter weit entfernt.

Was wollten die denn? Sie war sich nicht sicher, ob wirklich sie gemeint war, deshalb drehte sie sich um. Doch außer ihr war weit und breit niemand zu sehen. Hatte sie irgendeine Gefahr übersehen, die hinter ihr lauerte? Schnellen Schrittes eilte sie zu den Männern. Als sie näher kam, musste sie schmunzeln. Denn da stand David mit einem anderen Mann und hielt ihre nassen Ballerinas in den Händen.

»Ich habe es mir fast gedacht!«, sagte er mit einem schiefen Lächeln.

»Moin, lange nicht mehr gesehen«, erwiderte Marie.

»Langsam habe ich den Eindruck, dass du der einzige Tourist weit und breit bist«, stellte er fest.

Der andere fügte hinzu: »Um diese Jahreszeit könnte es passen.«

Sie zeigte auf die Schuhe in seiner Hand. »Danke, die gehören tatsächlich mir.«

»Die Wellen hätten sie beinahe geschluckt«, erklärte der andere Mann. Er erinnerte sie mit seinem langen Bart ein wenig an diesen Typ aus dem Medaillon. Mit schwarzer Wollmütze, Hornbrille und den obligatorischen Tattoos wirkte er wie eine moderne Mischung aus Hipster und Fischer. Außerdem trug er eine Anglerhose, ebenso wie David. Sie fragte sich, was die zwei vorhatten.

»Es sind tatsächlich meine Lieblingsschuhe«, sagte Marie.

»Dann ist es ja gut, dass sie nicht im Meer gelandet sind. Da befindet sich bekanntlich genug Müll«, erklärte David.

Charmant war er nicht, musste sie feststellen. Aber auf eine unerklärliche Weise fand sie ihn trotzdem sympathisch.

»Wir müssen jetzt zurück an die Arbeit«, verkündete er.

»Was für eine Arbeit ist das?«

»Eigentlich müssen wir nur Erde in die Eimer füllen und dann schauen wir uns in unserem Labor an, welche Lebewesen darin enthalten sind.«

Sie hob den Finger, wie früher in der Schule. Die beiden Männer sahen sie überrascht an. »Hier gibt es bestimmt Wattwürmer«, sagte sie.

Der Mann mit den Tattoos lachte. »Gut aufgepasst in der Schule«, meinte er.

»Seid ihr beide Meeresforscher?«

Sie sahen sich an.

»Ich bin nur Hobbyforscher und assistiere David. Jan«, stellte sich Davids Begleiter vor.

»Marie.«

»Machst du Urlaub hier?«, wollte er wissen.

»Eigentlich bin ich gerade hierhergezogen.«

Jetzt lächelte er. »Cool. Es zieht in letzter Zeit viele Menschen hierher.«

»Aus gutem Grund«, fand sie.

»Ich kann dir gern ein paar Sehenswürdigkeiten zeigen.«

Im Gegensatz zu David war er ihr gegenüber sofort aufgeschlossen und zeigte Interesse. Und sie musste sagen, das gefiel ihr. »Das wäre toll.«

»Aber nicht den Turm, der gehört ihr schon und den verteidigt sie wie ein Soldat«, mahnte David.

Jan nickt anerkennend. »Bist du die Künstlerin, die dort einzieht?«

Sie nickte stolz. »Nur ist der Turm noch nicht renoviert.«

Jan lachte. »Das hab ich schon befürchtet. Unser Bürgermeister! Erst erzählt er allen, dass er Künstler ins Dorf holen möchte und dem Turm zu neuem Glanz verhelfen will, und dann schafft er es nicht mal, alles rechtzeitig renovieren zu lassen.«

»Du weißt ja Bescheid«, stellte David fest.

»Natürlich, schließlich lebt meine Familie seit Generationen hier.«

»Dann hätte ich tatsächlich eine Frage zu diesem Dorf«, sagte Marie.

Jan sah sie erwartungsvoll an.

»Unweit des Turms gibt es ein Steinhaus. Wem gehört es, beziehungsweise wem gehörte es früher?«

»So ein Unternehmer aus Hamburg hat es sich unter den Nagel gerissen, es teilweise renoviert und jetzt passiert seit Längerem nichts mehr.« Er zuckte mit den Schultern.

»Jan, wir müssen zurück an die Arbeit!«, mahnte David. Er kniete im Sand und schaufelte vorsichtig, fast minutiös Erde in einen der Eimer.

»Entschuldige, Kumpel, ich habe mich von dieser schönen Frau ablenken lassen«, entgegnete Jan und lächelte sie an.

Marie kicherte. Mit einem gut aussehenden Mann zu flirten, fühlte sich an, wie frisch gebackene Schokoeclairs zu essen. »Wisst ihr etwas über die Geschichte des Hauses?«

»Warum interessiert es dich so sehr?«, wollte Jan wissen.

»Weil es irgendwie so mysteriös wirkt«, druckste sie herum. Sie wusste nicht, ob sie ihm die Wahrheit sagen konnte.

»Zur Geschichte des Hauses kann ich nichts sagen. Es war halt irgendwie schon immer da«, meinte Jan und zuckte mit den Schultern. Dann beugte er sich zu David und schaufelte mit ihm mehrere Eimer voll.

Anschließend fuhren sie diese im Bollerwagen zur Pension, wo ihr Wagen parkte. Marie begleitete sie.

Während Jan die Eimer in den Kofferraum lud, drehte sich David zu ihr. »In dem Haus lebte bis vor vielleicht hundert Jahren eine Hirtenfamilie. Dann stand es lange leer. Mein Großonkel hat eine Zeit lang dort gewohnt.«

»War er der letzte Leuchtturmwärter?«

»Ja. Als der Leuchtturm außer Betrieb genommen wurde, ist er für eine Zeit dort eingezogen. Im Dorf hat man sich erzählt, dass es dort spukt. Es gibt sogar ein Steingrab.«

»Das habe ich nicht gesehen.«

»Es befindet sich neben einem Rosenstrauch.«

»Der ist mir auch nicht aufgefallen. Aber es hat in Strömen geregnet. Sagt dir der Name Doostberg etwas?«, wollte sie wissen.

David dachte nach und schüttelte den Kopf. »Hier im Ort kenne ich niemanden, der so heißt.«

Auch Jan wusste mit dem Namen nichts anzufangen. »Sagt mir auch nichts«, meinte er.

»Ob die Familie, der dieses kleine Steinhaus gehört hat, so hieß?«, überlegte sie.

Beide dachten nach.

»Wer weiß schon, wie die Leute, die vor hundert Jahren dort lebten, hießen.« David zuckte mit den Schultern. »Mein Großonkel hat dort gewohnt, nachdem er den Turm verlassen musste. Aber ich habe keine Ahnung, was davor war.«

»Hast du den Namen schon mal gegoogelt?«, wollte Jan wissen.

»Gute Idee!«

Jan griff sofort zum Smartphone in seiner Hosentasche und tippte den Namen ein. Nachdem er sich die ersten Suchergebnisse angesehen hatte, sagte er: »Hm, das ist interessant. Mit Süderwiek und Doostberg finde ich nichts. Aber es gibt ein altes Adelsgeschlecht, das an der Nordsee verbreitet war. Ursprünglich stammte die Familie aus Deutschland, hat sich dann aber wohl vor allem in Dänemark und sogar bis nach Norwegen ausgebreitet. Dänemark ist ja nicht so weit von hier aus.«

»Adelige? Dann können sie schlecht in diesem Steinhaus gelebt haben«, meinte Marie.

»Warum bringst du den Namen denn eigentlich mit dem Steinhaus in Verbindung?«, erkundigte sich Jan.

»Ich habe da zufällig etwas entdeckt im Schuppen hinter dem Haus«, antwortete Marie.

»Eine alte Inschrift?«, fragte Jan.

»Nein, nicht ganz. Aber so etwas Ähnliches.«

»Klingt ja geheimnisvoll«, meinte David. »Worum geht es denn da?«

»Ich weiß es noch nicht genau«, druckste sie herum. »Aber ich finde es megaspannend, was für verrückte Dinge einem vor die Füße fallen. Habt ihr euch nicht auch als Kinder so etwas gewünscht? Einem alten Rätsel auf der Spur zu sein?«

»Du meinst wie die drei Fragezeichen!«, rief Jan begeistert.

Sie lachte.

»Genau so.«

Die beiden Männer schienen nachzudenken.

»Du leistest aber gute Überzeugungsarbeit«, sagte Jan und lächelte. »Hier heißen die meisten nach ihren Vätern … Jansen, Petersen, Holgersen, Peters«, erklärte er.

»Wenn sie verarmter Adel waren?«, warf Marie ein.

»Vielleicht«, meinte David. Marie hatte offensichtlich sein Interesse geweckt.

»Eventuell waren sie auf Durchreise oder haben Handel getrieben«, überlegte Jan laut.

»Es gab wie überall viel Durchmischung mit dem Nachbarland Dänemark. Häufig waren die Grenzen fließend. Oder es handelte sich um den deutschen Zweig der Familie«, mutmaßte David. »Jetzt müssen wir aber schnell weiter. Die Arbeit ruft. Vielleicht erzählst du uns ein andermal mehr über deine geheimnisvolle Entdeckung, okay?«

»Vielleicht«, sagte sie und musste unwillkürlich schmunzeln.

Jan seufzte enttäuscht. »Er ist der Chef. Hast du eventuell Lust, mal was mit uns zu trinken? Schließlich sind hier nicht viele junge Leute zu dieser Jahreszeit.«

Marie lächelte. »Ich würde euch gern einladen, als Dankeschön für die Rettung meiner Schuhe.«

Sie tauschte Nummern aus, auch mit David, und ging erst einmal ins Haus. Doch statt weiterzuarbeiten, stieg sie wenige Minuten später in ihr Auto und fuhr zu dem Steinhaus. Sie wollte unbedingt das Grab finden.

Bei einem Rosenstrauch, hatte David gesagt. Sie sah sich um. Hier gab es doch nirgendwo Rosen … Hinter der Scheune standen einige verwilderte Büsche. Vorsichtig schob sie ein paar Äste zur Seite. Und tatsächlich: Zwischen all dem Gestrüpp wuchs, etwas versteckt, auch ein Rosenstrauch. Zwischen alten Blättern waren frische Triebe gesprossen, alte, erfrorene Knospen ragten aus dem Geäst.

Auf den ersten Blick erkannte sie keinen Grabstein. Erst als sie den Strauch etwas zur Seite bog, entdeckte sie etwas Graues, mit Moos Bedecktes. Dabei verletzte sie ihre Finger an den Dornen der Rose.

»Autsch!«, rief sie.

Marie zog ihre Jacke über und schob den Strauch erneut zur Seite. Tatsächlich, das war wohl ein alter Grabstein. Sie suchte nach Inschriften, doch diese waren kaum zu erkennen. Wer lag hier, fragte sie sich. Der Mann auf dem Bild?

7.

Arne

1866

Die Sonne strahlte, während Arne und Hannah das Grab der Mutter verschönerten. Sie knieten auf der immer noch feuchten Erde. Ohne etwas zu sagen, drückten sie die fleißig gesammelten Muscheln um den Grabstein herum fest. Es war Ende April. Wegen des harten Winters hatte lange Zeit nichts geblüht, erst langsam zeigten sich die ersten Knospen an den Sträuchern. Deshalb konnten sie keine Blumen legen.

Verstohlen beobachtete Arne Hannah. Sie saß ruhig da, vertieft in ihre Arbeit und bemüht, die Muscheln ordentlich aufzureihen. Sie summte dabei ein ihm nicht bekanntes Lied. Es war ungefähr eine Woche vergangen, seit ihre Mutter den Kampf gegen das Fieber verloren hatte. Schon einige Tage vorher war Hannah nur noch widerwillig ans Krankenbett gekommen. Lieber verbrachte sie Zeit mit Jette. Als hätte sie ihre Mutter nicht wiedererkannt. Auch der Arzt hatte nicht mehr helfen können. Die Krankheit hatte Albertine verändert und ihr jegliche Kraft und Schönheit geraubt. Arne wusste nicht einmal, wie sie als gesunde Frau ausgesehen hatte. Er hatte sie im Wasser kennengelernt, danach war sie krank geworden. Das Mädchen tat ihm so leid. Warum nur war es nicht gut verlaufen? Dann wäre sie genesen und Hannah hätte immer noch eine Mutter gehabt. Es war nicht schön, mutterlos zu sein. Er wusste zwar nicht, wie es mit einer Mutter war, aber immer, wenn er mit Alma zusammen war, bekam er einen kurzen Einblick. Sie war freundlich und streichelte ihm oft sanft über den Kopf, bot ihm etwas Leckeres zu essen an. Manchmal erzählte sie ihm sogar Geschichten über gruselige Seemonster.

Arne seufzte. Es musste etwas Schönes sein. Wenn er in der Kirche die Frauen beobachtete, wie sie ihre Kleinen an sich drückten, sie trösteten, umarmten, auch wenn sie oft schimpften, fühlte er sich fremd, irgendwie nicht dazugehörig. Die Frauen im Dorf sprachen häufig über ihre Kinder, was sie alles konnten, wie schön und wie gut sie waren. Als er kleiner gewesen war, hatte sein Vater ihn auch noch umarmt, doch das tat er schon seit einigen Jahren nicht mehr. Arne seufzte erneut. Etwa in Hannahs Alter hatte er seinen Vater einmal gefragt, ob er vielleicht eine neue Mutter bekommen könnte. Das hatte er bei zwei anderen Jungen im Dorf gesehen, deren Mütter früh gestorben waren. Sein Vater hatte gelächelt, ihn auf den Schoß genommen und gesagt: »Keine Stiefmutter wird so gut zu dir sein wie ich.« Damit war das Thema für ihn erledigt.

Nun hoffte er, dass Alma sich Hannahs weiterhin annahm.

Hannah sah zu ihm. »Arne, fertig?« Sie blickte ihn mit ihren großen grünen Augen durchdringend an, sodass er sie am liebsten umarmt hätte.

»Nein, noch nicht. Soll ich dir helfen?«

Er gab sich Mühe, deutlich zu sprechen, und sie nickte. Mittlerweile verstand sie immer besser, was er sagte. Er trat auf ihre Seite, streichelte ihr übers Haar, wie es Alma tat, und half ihr. Arne ordnete die Muscheln noch ordentlicher aneinander, und als sie die letzte platzierten, lag sie im Schatten des Grabsteines. Arne berührte ihn. Er war durch die Sonnenstrahlen warm.

Bei der Beerdigung vor einer Woche waren nur sein Vater, Alma, Hannah und er anwesend gewesen. Alma hatte nicht einmal den Pfarrer gerufen. In dieser Hinsicht war sie eigen und stur. Sein Vater hatte versucht, sie zu überreden, doch sie wollte niemanden aus dem Dorf dabeihaben.

Die Zeremonie war schnell vorbei gewesen. Alma sprach das Vaterunser und betete, dass Gott die Seele der Verstorbenen zu sich nähme. Dann sagte sie zu Hannah: »Deine Mutter ist jetzt im Himmel, es geht ihr gut. Sie schaut von oben immer auf dich herab und hat dich sehr lieb. Ab jetzt kümmere ich mich um dich.« Die ganze Zeit hielt sie Hannah im Arm. Ließ sie nicht los. Das Kind hatte sein Gesicht an Almas Brust vergraben. Erst dachte Arne, dass sie weinte. Doch sie schien nur zu warten, dass alles vorbeiging. Es kostete sie offensichtlich viel Kraft.

Am Grab stand kein Kreuz, nur oben auf dem Grabstein hatte Arne eins eingraviert. Alma hatte Ernst erklärt, wie die Beerdigung ablaufen sollte. Ernst hatte eine lange Truhe besorgt, in die sie den Körper hineingelegt hatten. Bevor die Kinder wach waren, hatten Alma und er die Frau in ein von beiden ausgeschaufeltes Grab gelegt und die Truhe mit Erde bedeckt. Sie wollten das Hannah nicht zumuten.

Am Abend zuvor hatten Arne und sein Vater den Stein zu der von Alma angeordneten Stelle gerollt. Hannahs Mutter sollte hinter den Gemüsebeeten bei den Büschen begraben werden. Dort, auf einer kleinen Lichtung, war bereits das Grab von Almas Tochter Harmke.

Alma hatte ihnen genau gezeigt, welchen Stein sie nehmen sollten. Einen großen runden – er hatte eine schöne braune Farbe, die an den Strand erinnerte.

Arne hatte sich bereit erklärt, ihn zu waschen, von Moos und Dreck zu befreien und den Namen der Verstorbenen einzuritzen. Was nicht einfach gewesen war. Der Stein war hart und sein Messer nicht gut dafür geeignet. Er brauchte lange, bis ansatzweise ein Name zu erkennen war. Dann erinnerte er sich, wie es der Steinmetz machte. So nahm er sein Messer erneut und schlug mit einem anderen Stein darauf.

Stolz wischte er sich am Ende den Schweiß von der Stirn und betrachtete das Ergebnis.

ALBERTINE HANNAH DOOSTBERG
† 1866

Leider wussten sie nicht, wie alt die Frau gewesen war. Anfang dreißig, vermutete Alma. Deshalb schrieben sie nur das Todesjahr.

Arne hatte keine Angst vor den Toten. Bis zum Tod von Hannahs Mutter hatte er die aufgebahrten Leichname auf Beerdigungen in der Dorfkirche faszinierend gefunden. Diese leblosen Körper, die bis vor Kurzem Menschen gewesen und nun in einen ewigen Schlaf gefallen waren. Gelb wie Wachs. Er fand sie fast schön, sie wirkten entspannt.

Auch Albertine schien endlich zufrieden und entspannt. Das lange Fieber hatte ihr die letzte Kraft geraubt; sie war am Ende blass und erschöpft gewesen und hatte nur noch vor sich hingedämmert. Dann war Albertine schließlich von ihnen gegangen.

Und nun, gerade einmal sieben Tage später, freute sich die Natur auf das neue Leben nach dem langen Winter. Die Bäume blühten endlich und überall schwirrten Bienen und andere Insekten herum.

Arne beobachtete seine Freundin. Sie summte wieder ihr Lied und ordnete mit höchster Präzision Muschel an Muschel.

Er fragte sich, ob Hannah begriffen hatte, was passiert war. Ihre Mutter war gestorben. Aber er sah sie nie weinen. Nur an dem Tag, als die Mutter nicht mehr aus dem Schlaf erwacht war, waren ihr die Tränen heruntergelaufen. Verständnislos hatte sie den leblosen Körper betrachtet. Bei der Beerdigung hingegen hatte sie nur schweigsam vor sich hingestarrt. Arne hatte es furchtbar wehgetan, sie so zu sehen. Die ganze Zeit musste er darüber nachdenken, ob Hannah überhaupt verstanden hatte, was passiert war, und was die Folgen waren.

Seit diesem Moment ließ sie Jette, die Katze, nicht mehr aus ihren Händen.

Nachdem sie gemeinsam zurück zum Haus gegangen waren, spielte Hannah wieder mit der Katze.

Arne ging zu Alma, die gerade dabei war, die Schafe hinter die Umzäunung zu treiben. »Warum trauert Hannah nicht mehr um ihre Mutter?«, fragte er. »Ich sehe sie nie weinen.«

»Nur weil sie nicht weint, musst du nicht glauben, dass sie nicht trauert. Sie hat dieses Ereignis tief in ihrem Herzen verborgen, so tief, dass sie manchmal nicht daran denkt. Aber es ist in ihrem Herzen.«

Der Junge verstand nicht genau, was Alma da erklärte. »Und wenn man es versteckt, dann ist es besser?«, fragte er.

Alma nickte. »Es ist einfacher.«

»Meinst du, dass irgendwann ihr Vater kommt und sie holt?«

»Ich glaube, der lebt auch nicht mehr. So habe ich die Mutter verstanden.«

»Vielleicht kommt bald jemand anderes, um sie abzuholen.«

Alma zuckte mit den Schultern. »Glaube ich nicht. Sonst wäre doch schon jemand hier. Ein Schiff ist untergegangen und ich habe niemanden aus der Stadt hier gesehen.«

Insgeheim hoffte Arne, dass niemals jemand aufkreuzen würde und Hannah für immer hierbleiben konnte.

»Ich habe nur eine Sorge«, murmelte Alma. »Sie hat sich so sehr verschlossen. Sie redet nicht einmal mehr mit mir. Will sich auch nicht mehr in den Arm nehmen lassen. Ich habe Angst um sie. Ich darf sie nicht einmal anfassen, so kann ich sie kaum versorgen.«

»Am besten wäre es, wenn du ihre neue Mutter wirst«, erwiderte Arne.

Die Schäferin nickte stumm.

* * *

Als er an diesem Abend nach Hause ging, saß sein Vater allein am Tisch und aß Brot und ein Stück Wurst. »Wo warst du?«

»Bei Alma.«

»Hast du schon gegessen?«

Arne nickte stumm.

»Bist du auch mal woanders als nur bei Alma?«

Arne zuckte mit den Schultern. Er mochte es nicht, wenn sein Vater schlecht gelaunt war. Er war seit jener nebligen Nacht häufig gereizt, was Arne umso mehr zum Haus der Schäferin trieb.

»Sie braucht meine Hilfe.«

»Was ist mit den anderen Jungen im Dorf?«

Arne zuckte mit den Schultern. »Die wollen nur dumme Jungenstreiche spielen.«

Ernst betrachtete seinen Sohn einen Moment, dann sagte er: »Streiche gehören zum Kindsein. Geh raus zu ihnen, spiel mit.«

»Ich spiele doch mit Hannah.«

Arnes Vater sah ihn ernst an. »Das ist ein kleines Mädchen. Außerdem kennst du sie kaum, und wer weiß, aus was für einer Familie sie stammt.«

»Ich glaube, sie sind vornehme Leute«, stellte Arne fest und lächelte.

»Aber das heißt nicht, dass sie gut sind.« Sein Vater blickte zum Fenster. »Außerdem schaut sie so komisch, es macht einem fast Angst.«

Überrascht sah sein Sohn ihn an. »Sie schaut nicht komisch, nur traurig, weil ihre Mutter gestorben ist. Ich bin auch ohne Mutter, deshalb verstehe ich sie.«

Der Vater biss sich auf die Lippe. »Arne, sie ist viel zu klein, um deine Spielgefährtin zu sein.«

»Das ist egal, schließlich habe ich sie gerettet!«, rief er.

Sein Vater blickte überrascht zu ihm. »Was erzählst du da? Alma hat sie gerettet.«

»Ich habe sie an diesem Abend gemeinsam mit Alma gerettet«, versuchte er, sich zu erklären, ohne Almas Version zu verändern.

»Willst du sagen, dass du mit Alma rausgefahren bist in dieser gefährlichen Nacht?« Sein Vater sah ihn so an, dass er das Gefühl bekam, in einer Falle zu sitzen.

Obwohl er sich die meiste Zeit gut mit seinem Vater verstand, hatte er Angst vor ihm und entschied, ihm nicht die ganze Wahrheit zu erzählen. »Nun ja, ich hab ihr ein bisschen geholfen. Der Sturm hatte sich gerade gelegt.«

»Habt ihr noch jemanden gesehen, als du ihr geholfen hast?«

Arne schüttelte den Kopf. »Nein, aber die Schreie habe ich gehört«, erinnerte er sich. Solange er lebte, würde er diese furchtbaren Schreie nicht vergessen. Sein Vater war ebenfalls anders seit jener Nacht. Er war reizbarer. Gingen ihm die Toten auch nicht aus dem Kopf? Schließlich hatte er versucht, zu helfen. Aber warum war es ihm so wichtig, ob sie in der Nacht noch andere Menschen gesehen hatten? Arne traute sich nicht zu fragen. Es war die Welt der Erwachsenen und die war schwer und unverständlich. Sein Vater war, wie sein Name schon ahnen ließ, ein ernster und schweigsamer Mann.

An diesem Abend dachte Arne an seine Mutter. Er hatte sich im Lauf der Jahre ein Bild in seinem Kopf gemacht, wie sie ausgesehen haben könnte. Alma hatte ihm früher erzählt, wie sie selbst gleichzeitig mit ihr schwanger gewesen war und dass er ihr ähnlich sah. Sie war nett und hilfsbereit gewesen, ein sehr liebes Mädchen. Alma sprach von ihr immer als Mädchen, obwohl sie doch eine Frau und Mutter gewesen war. Es ergab nicht alles Sinn, was die Erwachsenen erzählten, und vieles verstand er nicht. Wie gern hätte er sie kennengelernt, nur einmal gesehen, wie sie aussah, sie gestreichelt, geküsst!

In dieser Nacht fühlte er sich furchtbar einsam und fand keinen Schlaf.

* * *

Als er am nächsten Morgen zum Steinhaus ging, war Alma bei den Tieren. Hannah saß mit ihrer Katze vor dem Haus und kraulte sie.

»Moin, Hannah«, begrüßte er sie. »Sollen wir nach den Muscheln auf dem Grab sehen, ob sie immer noch so schön daliegen?«

Sie schüttelte schweigend den Kopf.

Er merkte, dass sie das Thema aufwühlte. Hatte er etwas Falsches gesagt? »Wollen wir Verstecken spielen?«, fragte er.

Doch wieder schüttelte sie den Kopf. Sie wirkte viel trauriger als gestern, fand er. Und das gefiel ihm nicht.

Arne blickte zu der Wiese, auf der die Schafe grasten. Alma saß gerade auf ihrem Schemel und melkte ein Schaf. Er erinnerte sich, dass ihm Alma gezeigt hatte, wie man das machte. Da musste er selbst noch ganz klein gewesen sein, nicht viel älter als Hannah. Er hatte es geliebt, wenn er der Schäferin helfen durfte, und hatte sich wie ein großer Junge gefühlt. »Komm, Hannah. Gehen wir zu Alma.«

Er benötigte einen Moment, um sie zu überzeugen. Immer wieder ermunterte er sie, aufzustehen, bis sie ihm schließlich folgte.

Die Schäferin lächelte, als sie die beiden sah.

»Moin, Alma. Ich dachte, du könntest Hannah zeigen, wie man ein Schaf melkt. Du weißt ja, wie du es mir beigebracht hast.«

»Das würde ich gern«, antwortete sie. »Kommst du zu mir?«, fragte sie Hannah.

Doch das Mädchen entgegnete nichts und hielt die Katze auf ihrem Arm fest umklammert.

»Es hilft wohl nichts, Arne.«

Doch er lächelte Hannah freundlich an, ging zu dem Schaf und fuhr ihm durch die dicke Wolle. »Guck mal, die Wolle ist noch ganz weich. Es sind die jungen Schafe, die Milch geben. Hier, fühl mal.«

Hannah sah ihn einen Moment misstrauisch an, doch dann machte sie einen Schritt vor und strich dem Schaf mit einer Hand durch die Wolle.

»Fühlt sich gut an«, sagte er.

Sie nickte.

»Komm, setz dich bei Alma auf den Schoß. Sie zeigt dir, wie man Milch holt«, forderte er sie auf und deutete auf die Schäferin.

Hannah wirkte immer noch scheu, also hielt er ihr die Hand hin. Sie nahm sie und er führte sie zu Alma. Jette sprang von ihrem Arm und lief im Gras spazieren, während sich Hannah von der Schäferin hochnehmen ließ.

Liebevoll zeigte Alma der Kleinen, wie das Melken funktionierte. Natürlich half sie nach, Hannah brachte schwerlich die nötige Kraft auf. Aber er sah, wie sie langsam zutraulicher und selbstbewusster wurde.

Arne lächelte. Er hatte ein gutes Gefühl. Alma war glücklich in ihrer Rolle, das sah er. Und Hannah würde eine neue Mutter bekommen.

Als sie fertig waren, drehte sich Alma zu ihr und streichelte Hannah liebevoll die langen Zöpfe. »Du bist mein Sonnenschein«, sagte sie. »Es wird alles gut.«

Hannah sah zu Arne. Sie sah nicht mehr so traurig aus.

Dann fragte Alma: »Soll ich dir Eier machen und Milch mit Honig?«

Hannah zuckte mit den Schultern. Alma gab ihr einen Kuss auf die Stirn. Um sie herum blökten die Schafe.

Arne war gerührt. Das wollte er ebenfalls. Er wünschte sich, Teil dieser Familie zu sein.

»Arne, mein lieber Junge. Möchtest du auch Eier und Milch mit Honig?«

Er nickte. Die Schäferin lächelte. Sie stand auf, setzte Hannah ab und strich Arne durchs Haar. »Dann lasst uns hineingehen, Kinder.«

Arne nahm Hannah an der Hand, und gemeinsam liefen sie ins Haus. Endlich fühlte er, was Familie bedeutete. Er hatte das Mädchen lieb gewonnen. Sie war wie eine Schwester für ihn. Seine einzige Angst war, dass sie bald wieder weg sein könnte.

8.

Marie

David kniete mit Marie vor dem alten Grab und tastete mit seinen Fingern über den Stein. »Er ist etwas uneben. Vielleicht steht etwas darauf«, meinte er.

»Vielleicht sollten wir ihn zuerst vom Moos befreien?«, schlug sie vor.

»Gute Idee. Ich habe ein Schweizer Messer dabei.«

Nachdem sie den Grabstein entdeckt hatte, aber nichts entziffern konnte, hatte sie einem spontanen Impuls folgend David angerufen. Etwas sagte ihr, dass er, auch wenn er Meeresforscher war, vielleicht auch einen guten Archäologen abgeben würde. Zu ihrem Erstaunen hatte er sofort zugesagt, vorbeizukommen, sobald er mit seiner Arbeit fertig war. Anscheinend hatte sie wirklich seine Neugier wecken können.

Nun holte er aus der Seitentasche seiner Arbeitshose ein Messer und gab es ihr. Vorsichtig kratzte sie alles weg, bis eine schwer zu entziffernde Schrift zum Vorschein kam.

»Wenn ich es richtig lese, steht hier ›ALBERTINE HANNAH DOOSTBERG‹«, sagte Marie.

David nickte. »Und die Jahreszahl neben dem Kreuz scheint mir 1866 zu lauten.«

»Es ist derselbe Nachname wie auf diesem Anhänger«, erklärte Marie. »Den habe ich im Schuppen gefunden.« Sie nahm ihr Smartphone hervor und zeigte ihm das Foto.

»Das ist also die geheimnisvolle Entdeckung, von der du erzählt hast?«, fragte er.

»Ja.«

»Allerdings ist es nicht der Mann«, stellte er fest.

»Vielleicht ist es das Mädchen?«

»Unter dem Porträt steht doch nur Hannah. Ich denke, dass Hannah der zweite Vorname dieser Frau war.«

»Hm, ja. Oder Hannah war ihr Rufname. Wer weiß.«

Er trat etwas zur Seite und stieß gegen einen anderen Stein. »Schau mal, hier ist ein weiteres Grab!«

»Das ist ein Friedhof.«

Auch diesen Stein befreiten sie von den Wucherungen der Natur.

David las:

Hier liegen
ALMA UND HARMKE JENSEN
IN EWIGER RUHE
1856–1857
1825–1902

»Das sind wohl Mutter und Tochter«, meinte Marie. »Das Kind muss noch im Babyalter gestorben sein, das war ja damals nicht ungewöhnlich.«

»Wobei daraus nicht klar hervorgeht, welcher der Name der Mutter und welcher der der Tochter ist«, stellte David fest.

»Das stimmt. Und diese Frau im anderen Grab war wohl nicht mit ihnen verwandt, obwohl sie in derselben Zeit lebten.«

Darunter stand noch ein weiterer Name. »›Arne Johansen – 1856–1932‹. Das ist auch interessant. Hier ist noch jemand begraben, der wieder einen ganz anderen Familiennamen hat.«

»Johansen war der Nachname meines Großonkels«, sagte David. »Er ist der Onkel meiner Mutter, das war ihr Mädchenname.«

»Also ein Vorfahre von dir.«

»Sieht so aus. Er könnte einer der früheren Leuchtturmwärter gewesen sein. Seit dem ersten Leuchtturmwärter Mitte des neunzehnten Jahrhunderts wurde die Stelle nur innerhalb der Familie weitervererbt. Der Vater meiner Mutter war der erste männliche Nachfahre, der etwas anderes gemacht hat, während sein älterer Bruder, also mein Großonkel, der Familientradition treu geblieben ist. Selbst hat er aber nie Kinder bekommen, auch nie geheiratet. Das war sicherlich auch ein Grund, warum er sich so viel um mich gekümmert hat. Er war mehr wie ein Großvater für mich.«

Marie nickte. »Aber was hatten die Leuchtturmwärter mit dieser Schäferei zu tun?«

David dachte nach. »Arne sagt mir etwas. Ich habe das Gefühl, den Namen von meinem Großonkel sogar mal gehört zu haben. Weißt du was? Irgendwo im Turm befindet sich eine Truhe, da bewahrte mein Großonkel alte Funde von seinen Vorfahren auf. Schauen wir doch dort mal nach.«

»Na, dann nichts wie hin«, schlug sie vor.

Er zuckte mit den Schultern. »Okay.«

Sie liefen den Weg vom kleinen Steinhaus zum Leuchtturm. Bei schönem Wetter wirkte die Entfernung gar nicht mehr weit.

Der Wind wehte angenehm, sodass Maries Locken hin- und hergewirbelt wurden.

»Als Kind war ich oft bei meinem Großonkel zu Besuch«, meinte David. »Er war ein wundervoller Geschichtenerzähler. Außerdem wurde er über neunzig. Er lebte immer noch allein in dem Häuschen, als ich ein Kind war. Erst die letzten drei oder vier Jahre seines Lebens hat er im Altersheim verbracht.«

»Im Dorf scheint sich niemand so recht an ihn zu erinnern.«

»Er war schon eher ein Einsiedler. Ein echter Turmwärter eben. Als der Leuchtturm Ende der Sechziger stillgelegt wurde, war er erst sechsundfünfzig. Sie haben ihm eine Abfindung gezahlt, der Leuchtturm wurde einfach nicht mehr benötigt. Durch die technischen Entwicklungen bei der Navigation brauchte man an der Küste kein so dichtes Netz an Leuchttürmen mehr. Aber so richtig verwunden hat er es nie, dass er nicht in seinem Turm alt werden konnte.«

»Das stelle ich mir auch nicht schön vor.«

»Er hat sogar einen Rechtsstreit angezettelt, weil er der Meinung war, dass der Turm eigentlich in Familienbesitz gehörte. Er wollte wenigstens weiter darin wohnen und den Turm instandhalten, doch das verlief im Sand. Dafür gab es dann weitere Streitigkeiten, ob nun das Land oder die Gemeinde Eigentümer waren, was erst vor Kurzem geklärt wurde.«

»Aber hast du nicht auch noch vor ein paar Tagen etwas von Familienbesitz zu mir gesagt?«

David räusperte sich. »Na ja, nicht wirklich Familienbesitz. Ich meinte das eher ideell. Seit der Turm erbaut wurde, stellte unsere Familie immer den Leuchtturmwärter. Mein Großonkel hat sogar einen Schlüssel behalten und ging immer wieder heimlich in den Turm. Auch mit mir.«

»Und er hat dir den Schlüssel vermacht?«

»Ja, er hat gesehen, dass mir der Turm von allen in der Familie am meisten bedeutete. Es war über die Jahre ein idealer

Rückzugsort für mich. Immer wenn ich in den letzten Jahren zurück ins Dorf gekommen bin, habe ich dort übernachtet, um den Leuten im Ort aus dem Weg zu gehen. Na ja, aber das hast du ja bemerkt …« Er zuckte mit den Schultern.

»Ja, das ist mir aufgefallen.«

»Apropos Schlüssel«, sagte er. »Ich kann ihn dir überreichen. Schließlich ist es jetzt dein Turm.«

»Du kannst ihn gern als Andenken behalten. Joy hat den Zylinder schon austauschen lassen und mir neue Schlüssel gegeben«, erwiderte sie und lächelte.

Sie waren am Leuchtturm angekommen. Marie sah an dem imposanten Bauwerk empor. Obwohl der Turm noch eine Baustelle war, war sie stolz darauf, dass er bald ihr Zuhause sein sollte. Wie es wohl damals gewesen war, hier zu leben, oft wahrscheinlich einfach nur zu überleben? Sie musste sich eingestehen, dass der Wunsch, mehr über die Menschen zu erfahren, die früher hier gewohnt hatten, so groß geworden war, dass sogar die Frage nach den Baufortschritten etwas in den Hintergrund geriet.

Die Tür zum Turm stand offen, irgendwo in den oberen Stockwerken wurde gehämmert. Vor dem Eingang hatten die Arbeiter einen Container abgestellt, in dem Bauschutt lag. Es ging also endlich voran. Das Hämmern wurde nun von ohrenbetäubendem Bohren übertönt. David lief die Treppe hoch, sie folgte ihm.

»Ich glaube, die Truhe stand im Schlafzimmer«, sagte er.

»Möglich. Ich glaube, da war etwas.«

Sie gingen nach oben. Die Arbeiter waren im Bad zugange, sodass es unmöglich war, länger als fünf Minuten im Schlafzimmer zu bleiben. Die Wände vibrierten und aus dem Flur drang Staub herein.

Sie sahen sich nur kurz um. Hier gab es keine Truhe.

»Hoffentlich liegt sie nicht im Container«, meinte Marie.

David sah sie alarmiert an. »Gute Idee, da schauen wir gleich mal nach.«

Eilig lief er hinunter. Marie folgte ihm. Mühelos kletterte er auf den Container und hob ein paar Bretter zur Seite. Kurz darauf rief er: »Du hattest recht, hier liegt sie. Vergraben unter morschen Balken.«

»Ich hatte einen Stapel mit altem Holz im Flur gesehen. Vielleicht ist sie fälschlicherweise in der Sperrmüllecke gelandet«, vermutete Marie. »So ein altes Fundstück wirft man doch sonst nicht einfach weg.«

»Möglicherweise hast du recht. Sie hat einiges an Bauschutt abbekommen.« Er hob die völlig verdreckte Truhe an. »Du musst mir helfen. Ich werde sie hier auf die Kante legen; du musst lediglich darauf achten, dass sie im Gleichgewicht bleibt, bis ich rausgesprungen bin.«

Marie nickte. David hob die Truhe hoch, als wäre es nur ein Wäschekorb, und stellte sie dann vorsichtig auf die Kante. Sie versuchte, das Gewicht zu halten, bis er aus dem Container herausgeklettert war. Das ging schnell, und dennoch war die Truhe so schwer, dass sie froh war, sie keine Sekunde länger halten zu müssen.

Er übernahm sie. »Danke dir.«

Marie versuchte, ihm zu helfen. Etwas unsanft landete das Stück auf dem Boden. Vorsichtig wischte sie mit einem Taschentuch den gröbsten Staub und Dreck vom Deckel und den Seiten. Dann betrachteten sie die Truhe. Die Farbe des dunklen Holzes war abgeblättert. An der Vorderseite waren gemalte Rosen zu erkennen, als hätte jemand mit ein bisschen Lack die Truhe verschönern wollen.

»Was denkst du, wie alt sie ist?«, fragte Marie.

David zuckte mit den Schultern. »Einhundertfünfzig Jahre bestimmt.«

»*Wow!* Wie erkennst du das?«

»Gar nicht, das hat mein Großonkel erzählt. Solche Truhen brachten die Frauen als Mitgift in die Ehe.«

»Ach so. Da war ihr ganzes Hab und Gut drin.«

David nickte. »Genau. Ich erinnere mich, dass er sie mal geöffnet hat, um mir zu zeigen, was damals getragen wurde. Die Truhe ist bis in die Fünfzigerjahre hinein hinten im Stall versteckt gewesen. Keiner hatte sie jemals gefunden, bis er entschied, den Stall abzureißen.«

»Hier am Turm gab es auch einen Stall?«

»Ja, früher haben die Leuchtturmwärter ihre eigenen Tiere gehalten und als Selbstversorger gelebt.«

»Dann gehörte die Truhe einer Vorfahrin von dir? Der Frau eines ehemaligen Leuchtturmwärters.«

Er dachte einen Moment nach. »Ich glaube, es war eher eine Urgroßtante, die kinderlos geblieben ist oder so ähnlich. Ich kann mich nicht mehr an alles erinnern, was er mir erzählt hat. Ich war ja noch ein Kind.«

Sie standen einen Moment ehrfürchtig vor der Truhe, dann sagte David: »Lass sie uns zur Bank tragen, drüben bei den Rosenbüschen.« Er zeigte auf das umzäunte Stück Land neben dem Turm. Dort befanden sich viele Rosenstöcke und dazwischen eine alte Bank. Sie bot einen wunderschönen Blick auf die grünen Wiesen mit den grasenden Schafen. Marie erinnerte sich, dass sie im letzten Sommer, als sie das erste Mal hier gewesen war, lange den Duft der vielen Rosenblüten in der Nase gehabt hatte. Jetzt summten überall Bienen. Es war wunderschön und sie freute sich schon auf den nahenden Sommer.

David hob die Truhe allein an. Marie war von seiner Kraft beeindruckt, fragte aber anstandshalber: »Soll ich dir helfen?«

»Wenn du möchtest«, meinte er und setzte sie wieder ab. So trugen sie gemeinsam die Truhe zur Bank und setzten sich. David atmete schwer aus, schließlich ruhte das meiste Gewicht auf seiner Seite. »Hier war ich oft mit meinem Großonkel. Er trank genau auf dieser Bank gern sein Bier.« Er lächelte. »Ich durfte immer einen Finger in den Schaum tauchen und ihn dann ablecken.«

David schien in die Zeit zurückzureisen, als er noch ein Kind gewesen war. Für einen Moment sah sie vor ihrem inneren Auge einen kleinen Jungen mit seinem Großonkel auf dieser Bank.

»Lust auf ein Bier?«, holte sie ihn dann aus seinen Träumen.

»Hast du eins dabei?«, fragte er überrascht.

Marie lachte. »Nein, aber hinter der Tür habe ich eine Kiste gesehen. Ich borge mir mal zwei.«

Sie sprang auf und kam zwei Minuten später mit zwei Flaschen Alsterwasser zurück. Nacheinander hielt sie beide Flaschen gekonnt an die Kante der Bank und öffnete sie. Dann gab sie eine davon David.

»Danke. Mir gehen die immer kaputt, wenn ich das versuche.«

»Ich hab halt in meinem Leben schon viele Bierflaschen geöffnet«, erklärte sie. Dabei lächelte sie verschmitzt. Auch er schmunzelte, entspannt zurückgelehnt. Es war das erste Mal, dass sie ihn so sah.

Sie stießen an und tranken. Fast gleichzeitig entwich ihnen ein: »Ahh.« Beide mussten lachen.

»Das war eine gute Idee«, stellte er fest.

»Dafür bin ich bekannt«, erwiderte Marie und strich sich durchs Haar. Flirtete sie gerade mit ihm? Und wenn schon … er schien es nicht einmal zu bemerken.

»Nachdem du mir dieses Zeug in die Augen gesprüht hast, dachte ich nicht, so bald wieder hier zu sein«, meinte David.

»Das tut mir leid. Es war eher ein Reflex, du hättest auch ein Axtmörder sein können.«

Er sah sie an und hob die Augenbrauen. Sein Blick wanderte zur Truhe. »Sollen wir da jetzt einen Blick reinwerfen?«, fragte er.

Sie nickte. Von außen wirkte sie gut erhalten, trotz der Schönheitsfehler. Sie war immer noch sehr stabil. »Hatten sie damals schon solche Schlösser?« Marie fiel auf, dass das Zahlenschloss daran kaum aus dem vorletzten Jahrhundert stammen konnte. Es war zwar alt, aber keinesfalls aus dem 19. Jahrhundert.

David kniete vor der Truhe und betrachtete das Schloss genauer.

»Wäre es ein normales Schloss, könnten wir uns Werkzeug von oben borgen«, meinte Marie.

Er sah hoch zu ihr. »Eine Brechstange?«

Sie zuckte mit den Schultern.

»Mein Großonkel hat sich bestimmt etwas dabei gedacht.«

»Meine Eltern haben bei diesen Zahlenschlössern immer das Geburtsdatum ihrer Kinder genommen. Oder ihr eigenes.«

David strich sich durch das kurze Haar. »Das kann sein, aber ich kenne sein Geburtsdatum nicht.«

»Probier doch deins. Ich kann mir vorstellen, dass er gewollt hat, dass du die Truhe öffnest«, schlug sie vor.

David sah nicht sehr überzeugt aus. »Wenn du meinst.«

Er stellte eine Zahlenkombination ein. Das Schloss sprang auf. »Er hat tatsächlich mein Geburtsjahr genommen!« David strahlte wie ein kleiner Junge, der gerade eine Extraportion Eis bekommen hat.

Marie freute sich mit ihm. »Klar nimmt er deins, wenn du die ganze Zeit mit ihm hier warst.«

»Danke«, sagte er.

»Gern, schließlich möchte ich auch wissen, was sich darin befindet.«

Vorsichtig hob David den Deckel hoch, der erst klemmte und heftig quietschte.

Statt einen leuchtenden Schatz zu sehen, drang ihnen zuerst ein abgestandener und modriger Geruch in ihre Nasen. Eine alte braune Wolldecke kam zum Vorschein. Marie schob sie zur Seite. Darunter befanden sich eine alte Porzellantasse, ein Frauenschal, ein in Leder gebundenes Buch und mehrere in Tücher eingepackte Gegenstände.

»Können wir die Sachen in den Tüchern zuerst anschauen?«, fragte Marie neugierig.

David zuckte mit den Schultern. »Warum nicht?«

»Du darfst, schließlich gehörte alles deiner Familie.«

Ehrfürchtig nahm er das erste Päckchen entgegen. Zum Vorschein kam ein vergilbtes Bild. Es handelte sich um eine echte Schwarz-Weiß-Fotografie, keine Zeichnung. Das Bild steckte in einem kunstvoll verzierten Silberrahmen. Das Silber war schwarz verfärbt und benötigte eine gute Politur.

Ein junges Paar blickte ernst in die Kamera. Es wirkte traurig und verträumt zugleich. Marie fragte sich, wie alt die beiden wohl waren. Anfang zwanzig?

Vielleicht war es ein Verlobungsfoto. Neben ihnen war ein großer Blumenstrauß auf einer weißen antiken Säule platziert. Sie passte zur Hintergrundtapete, die einen alten griechischen Garten darstellte, mit allerlei grünen Pflanzen und weiteren Säulen, die von Kletterpflanzen umrankt waren.

Die Haare der Frau waren kunstvoll hochgesteckt, ihre hellen Augen von dunklen Wimpern umrahmt. Sie war eine bemerkenswert schöne Frau. Der Mann neben ihr trug seine blonden Locken streng mit Pomade zurückgekämmt, wodurch sich Wellen bildeten. Sie musste an Bilder von

Oscar Wilde denken, auch wenn dieser dunkle Haare gehabt hatte.

Auf der Schwarz-Weiß-Fotografie war schwer zu erkennen, welche Farbe die Augen des Mannes hatten, aber auch er blickte erwartungsvoll in die Zukunft. Er war ein ganzes Stück größer als seine Braut.

Beide waren vornehm gekleidet. Sie trug ein schönes helles Kleid mit Puffärmeln und einem hohen Spitzenkragen, er einen dunklen Anzug. Sie waren so unfassbar jung und schön. Marie fragte sich, ob sie wohl glücklich geworden waren.

Sie sah zu David, der das Bild ebenfalls konzentriert betrachtete.

»Was denkst du, wer sie sind?«, fragte Marie.

Er zuckte mit den Schultern. »Keine Ahnung. Irgendwelche Vorfahren. Vielleicht steht etwas auf der Rückseite. Früher hatten die Fotostudios doch eigene Stempel.« Vorsichtig öffnete er die Rückseite des Rahmens und nahm das Foto heraus. Tatsächlich war der Name des Fotografen mit Ornamenten verziert darauf gestempelt: *H. Eilers, Daguerreotypist, HUSUM.*

Darunter stand mit Hand geschrieben: *Johansen, 18. Mai 1878.*

»Das ist der Nachname vom Grab!«, rief Marie.

David sah sich immer noch die Schrift an. Er drehte das Bild erst nach links, dann nach rechts. Als hoffte er, dadurch mehr Informationen zu bekommen.

Marie überlegte. »Ich weiß ja nicht, was früher Turmwächter verdienten, aber reich waren sie nicht, oder?«

»Wahrscheinlich nicht.«

»Solch eine Fotografie muss sehr teuer gewesen sein. Schau dir ihre Kleidung an. Sieht sehr vornehm aus.«

»Wohlhabend waren die Leuchtturmwärter nicht, aber sie hatten bestimmt mehr Geld als ein Hirte oder Fischer. Einen

Sonntagsanzug hatten damals doch die meisten Menschen, oder? Meinst du, die Truhe gehörte dieser Frau?«, fragte er.

»Kann ich mir irgendwie nicht vorstellen. Wenn sie wohlhabend war, dann hätte sie nicht diese eher bäuerliche Truhe gehabt, oder?«

David dachte nach. »Das stimmt.«

»Lass uns schauen, was es noch zu entdecken gibt! Darf ich?«, fragte sie mit großen Augen.

Er nickte. Sie griff nach einem weiteren, kleineren Stück, das in mehrere alte Küchentücher gewickelt war. Vorsichtig rollte sie diese auf, bis eine Brosche aus Silber zum Vorschein kam.

»Das sind ja richtige Schätze hier!«, rief Marie aufgeregt.

In die Brosche war ein imposantes Haus eingraviert, gesäumt von zwei Tannen. Eigentlich sah es aus wie ein Herrenhaus, fast schon ein Schloss.

»Also das deutet auf eine wohlhabende Familie.«

Sie inspizierten die Brosche. David kniete so dicht neben ihr, dass sie seinen Atem spürte. Davon bekam sie Gänsehaut. Für einen kurzen Moment dachte sie nicht mehr an die Truhe, sondern an David.

Sie drehte langsam den Kopf zu ihm und sah ihn verstohlen an. Er seinerseits musterte sie mit einem intensiven Blick, der dann plötzlich starr wurde. Bildete sie es sich ein oder lag etwas in der Luft zwischen ihnen? Sie war etwas verwirrt, weil es so unvermittelt kam. Eigentlich war sie nur daran interessiert gewesen, mehr über die Menschen zu erfahren, die vor mehr als hundert Jahren hier gelebt hatten. Aber es gefiel ihr auch, hier mit ihm zu sein. Sie musste sich ablenken, also widmete sie sich wieder der Brosche.

David räusperte sich. Spürte er auch, dass da etwas zwischen ihnen war? »Ja, die Brosche ist interessant«, sagte er. Es klang ein wenig gekünstelt, als versuchte er, von der Situation abzulenken, und als fiele ihm nichts Besseres ein als dieser nichtssagende Satz.

»Das stimmt«, antwortete Marie. Sie lehnte sich auf der Bank zurück und trank von ihrem Alsterwasser. Dann blickte sie in die Ferne, in Richtung des alten Steinhauses. »Wer hätte bei unserer ersten Begegnung gedacht, dass wir mal gemeinsam ein Bierchen trinken würden?«

»Ich nicht«, entgegnete er.

Marie lachte. »Ich auch nicht. Danke, dass du dich mit mir auf Spurensuche begibst.« Sie lächelte ihn an.

Verlegen antwortete er: »Das macht mir sehr viel Spaß.«

Sie saßen noch einige Momente da, ohne etwas zu sagen, nippten an ihrem Bier und blickten auf die grüne Salzwiese mit den grasenden Schafen. Wahrscheinlich hatte es vor einhundertfünfzig Jahren hier genauso ausgesehen, dachte sie.

Der Moment eben war wohl nichts weiter als das gewesen … ein flüchtiger Moment. Vielleicht hatte sie die Situation auch falsch interpretiert.

David unterbrach die Stille und fuhr fort, die Truhe zu untersuchen. Neben einigen alten Laken fanden sie ganz unten auf dem Boden ein in Tücher gehülltes Buch. Bei näherem Betrachten handelte es sich um ein Notizbuch. Vorsichtig klappte er die vergilbten Seiten auf. Sie waren mit Tinte in wunderschöner alter Schrift beschrieben. Es war jedoch sehr schwer, die Schrift zu entziffern. An einigen Stellen war die Tinte verlaufen.

»Schau mal!«, rief David. Ganz oben auf der ersten Seite stand die Jahreszahl 1928. Er schlug die Seite um. »Kannst du das lesen?«, fragte er.

»Ich kann es versuchen«, erwiderte sie und las laut: »Erinnerungen an das Leben des Turmwärters Arne Johansen. Von seinem Vetter Emil verfasst.«

»Da haben wir doch unseren Arne«, sagte er.

»Ob er vielleicht auch der junge Mann auf dem Foto ist?«, fragte sie.

David zuckte mit den Schultern. »Komm, lesen wir mal weiter.«

9.

Alma

1878

Das Feuer knisterte im Ofen, während die wohlige Wärme sich in dem kleinen Zimmer ausbreitete, das als Küche, Wohn- und Schlafbereich zugleich diente. Den zweiten Raum nutzten sie seit Jahren nicht. Hannah und Alma saßen auf zwei niedrigen Holzhockern nahe am Feuer. Eigentlich wurden die Schemel zum Melken verwendet, doch sie eigneten sich auch für das Sitzen am Herd. Die beiden verarbeiteten Schafswolle. Gekonnt zwirbelte Alma die Wolle zwischen Daumen und Zeigefinger zu einem hauchdünnen Garn, das sie mit der anderen Hand auf einen Stab der Spindel aufrollte. Währenddessen beobachtete sie Hannah, die genau dieselbe Arbeit verrichtete und in Gedanken versunken war.

Sie machte das genauso gut wie sie, lediglich etwas langsamer. Die Wolle fühlte sich anfangs zwischen den Fingern unangenehm an, Alma hatte jedoch schon viel Hornhaut auf den Fingerkuppen, sodass die piksigen Fäden sie nicht störten. Es fühlte sich nicht an wie Arbeit, es war eher eine Art Zeitvertreib.

Stolz beobachtete sie Hannah. Sie vergaß immer wieder, dass dieses Mädchen, das bald sechzehn Jahre alt würde, nicht ihre leibliche Tochter war. Hannahs genauen Geburtstag kannte sie nicht, daher feierten sie ihn am Jahrestag ihrer Ankunft in Süderwiek. Sie liebte sie mehr als ihr eigenes Leben. Es kam ihr vor wie gestern, dass sie mit vier Jahren komplett durchnässt zu ihr gekommen war. Diese Tragödie hatte sich für Alma als das größte Glück entpuppt. Zwölf Jahre war das mittlerweile her. Die Zeit war so schnell vergangen. Vor Hannahs Ankunft schienen die Tage oft endlos zu sein, doch seit sie da war, verging alles im Nu.

Hannah schien ihre leibliche Mutter komplett aus ihrer Erinnerung verbannt zu haben. Schon wenige Tage nach Albertines Tod hatte Hannah sich nicht mehr für das Grab interessiert. Sie war anfangs furchtbar traurig gewesen, doch schon bald sprach sie nicht mehr von ihrer Mutter. Wahrscheinlich war die Erinnerung zu schmerzhaft. Und wie es bei kleinen Kindern so war, hatte sie mit den Monaten vergessen, was geschehen war.

Alma kümmerte sich liebevoll um sie – auch wenn es zunächst schwierig gewesen war, Zugang zu ihr zu finden. Eigentlich hatte sie es Arne zu verdanken, dass sich das Kind geöffnet hatte. Er war wie ein großer Bruder für Hannah. Beim Spiel mit ihm gewann die Kleine neue Lebensfreude. Und irgendwann sagte sie Mutter zu Alma. Es hatte sich so wunderbar angefühlt. Sie war ihre Tochter geworden. Und nun? Nun war Hannah längst kein Kind mehr, sondern eine junge Frau. Alma war diese Verwandlung schon früh aufgefallen. Hannah hatte kein Interesse mehr daran gehabt, zu spielen. Sie war oft verträumt gewesen, hatte den Blick in die Ferne gerichtet. Alma fragte sich häufig, was in ihr vorging. Früher hatte sie Alma alles erzählt, was sie beschäftigte, doch das hatte vor etwa zwei Jahren aufgehört.

Wenn Alma sie auf junge Männer ansprach, wurde sie sofort rot und fast wütend. Das war ein klares Zeichen, dass Hannah sich für das andere Geschlecht interessierte. Ihr war klar, dass die Männer bald an ihre Tür klopfen würden, denn sie war schön. Obwohl sie dünn und lang war, zog sie mit ihren faszinierenden smaragdgrünen Augen und dem braunen, fast rötlichen Haar schon jetzt die Blicke der jungen Männer auf sich.

Hannahs Katze Jette kam zur Tür herein. Arne hatte sie ihr damals geschenkt und sie waren immer noch dicke Freunde. Sie strich um Hannahs Beine herum, und diese legte ihre Arbeit beiseite und herzte sie.

»Na, du, hast du wieder Hunger? Hast du Hunger?«, fragte Hannah.

Jette genoss die Aufmerksamkeit offensichtlich und ließ sich streicheln.

»Du verwöhnst sie zu sehr, bald wird sie nicht einmal mehr Mäuse fangen.«

»Mutter! Das sagst du immer, und trotzdem bringt sie fleißig Mäuse vor unsere Haustür.«

»Noch fängt sie sie, noch«, versuchte Alma, sich herauszureden.

»Ich denke, sie wird immer Mäuse fangen, nicht wahr, meine Süße?« Hannah streichelte sie weiter.

Alma sah ihnen lächelnd zu.

»Was denkst du, wie lange sie noch lebt?«, fragte ihre Tochter unvermittelt, ohne den Blick von Jette abzuwenden.

Alma zuckte mit den Schultern. »Sie lebt bestimmt noch ein paar Jährchen, wenn du sie weiterhin so verwöhnst.«

Hannah war zufrieden mit der Antwort und liebkoste das Tier weiter. »Du süße Jette, du wirst noch ganz, ganz alt.«

»Mach dir keine Sorgen, Liebes, wir werden alle ganz, ganz alt und bleiben immer zusammen, außer du heiratest weit entfernt.«

»Ich heirate nur, wenn der Mann zu uns kommt.«

Alma lachte. »Als Kind wolltest du immer Arne heiraten.«

Sie merkte, wie Hannahs Ohren zu glühen begannen. »Da war ich noch ein Kind. Was ist mit Arne? Er ist schon vier Jahre weg.«

»Er kommt bald zu Besuch, hat sein Vater gesagt. Ich vermisse ihn auch.«

Ernst hatte seinen Sohn zu Verwandten seiner Mutter nach Rendsburg geschickt. Dort in der Stadt sollte er in der Werkstatt seines Onkels arbeiten und ein Handwerk erlernen.

»Ich weiß gar nicht mehr, wie er aussieht.«

»Ja, das letzte Mal, als er hier war, waren wir beide den ganzen Tag nicht da. Da war die Beerdigung meiner Schwester.«

»Früher habe ich immer gedacht, er wäre mein Bruder«, meinte Hannah.

Alma lächelte. »Er hat ja auch fast bei uns gelebt. Nur zum Schlafen ist er nach Hause gegangen.«

»Was denkst du, wird er bald heiraten?« Hannah wirkte ernst.

»Arne? Nein, er ist wie sein Vater, zurückhaltend und scheu. Da muss schon die Frau den Antrag machen.«

Beide lachten.

* * *

Ein paar Tage später putzte Hannah gerade den Boden, als Alma hereinkam und sich vor sie hinstellte, die Arme in den Hüften, so als wollte sie ihr den Weg versperren. »Na, was denkst du, wer da ist?«, rief sie mit einem breiten Lächeln.

Hannah sah sie überrascht an. »Wer denn?«

»Wen hast du lange nicht mehr gesehen?«

Das Mädchen wischte sich den Schweiß von der Stirn und überlegte. »Arne, ist Arne da?« Hannah ließ die Bürste auf dem Boden liegen und sprang sofort auf, dann sah sie an sich hinunter und versuchte, mit den Händen die Falten in ihrer Schürze zu glätten, was Alma nicht entging.

Die Schäferin lächelte, ging zur Tür und winkte mit der Hand.

Arne musste sich ein wenig bücken, um durch die Tür zu kommen, er war noch ein Stück gewachsen, seit sie ihn das letzte Mal gesehen hatten.

Er lächelte und trat ein.

Hannah

Eigentlich wollte sie auf ihn zurennen, so wie früher. Doch Arne hatte sich verändert seit dem letzten Mal, als sie ihn gesehen hatte. Vor ihr stand nicht der Spielgefährte aus ihrer Kindheit. Dies hier war ein Mann mit breitem Kreuz, großen Händen und kantigen Gesichtszügen, der in den Augen nichts Jungenhaftes mehr hatte. Er war erwachsen geworden. Wie alt war er nun? Zweiundzwanzig Jahre musste er jetzt sein. Plötzlich war sie verunsichert und Scham überkam sie. Wie sah sie nur aus in ihrer dreckigen Schürze mit dem alten Kopftuch? Sie kam sich klein und unscheinbar vor.

»Moin, Arne«, war das Einzige, was sie herausbekam.

Auch Arne stand wie angewurzelt da und blickte sie fast verschämt an.

»Wollt ihr zwei euch nicht begrüßen?«, meinte Alma. »Hannah fragt mir Löcher in den Bauch, wann du denn mal kommst.«

Arne ging auf die Schäferin zu und gab ihr einen Kuss auf die Stirn.

»Du bist so groß geworden! Ich habe dich kaum wiedererkannt«, sagte Alma.

Hannah lächelte etwas beschämt. Ein Moment peinlicher Stille entstand.

»Ich glaube, Arne hat dir etwas mitgebracht«, sagte Alma in dem Versuch, die Situation zu entspannen.

Tatsächlich holte er aus seiner Umhängetasche eine Puppe heraus. Sie war aus Stoff und Filz mit zwei langen Wollzöpfen und einem blauen Kleidchen. Alma lächelte.

Hannah blickte auf die Puppe und dann auf Arne. »Danke schön.«

»Früher hast du so gern mit Puppen gespielt und dir immer eine mit langen Zöpfen gewünscht«, sagte er. »Ich wollte sie dir eigentlich schon das letzte Mal geben, als ich hier war, aber da wart ihr fort. Jetzt ist das Geschenk wohl zu spät, hm? Du bist schließlich längst eine junge Dame. Wo ich dich vor mir sehe, merke ich erst, wie unpassend es ist.«

»Du musst dich nicht rechtfertigen«, antwortete sie und lächelte ihn an. »Sie ist wirklich schön.« Und nach einer kurzen Pause fügte sie hinzu: »Dass du dir das gemerkt hast.«

»Natürlich habe ich mir das gemerkt.«

»Komm, Arne, setz dich«, bat Alma. »Erzähl uns, was du so getrieben hast, und ich mache uns heiße Milch mit Honig. Das habt ihr immer geliebt.«

Hannah zog das Kopftuch aus, zum Vorschein kamen ihre beiden langen Zöpfe. Ihr rötlich-braunes Haar war von der Sonne stellenweise fast dunkelblond aufgehellt.

Sie bemerkte, dass Arne sie beobachtete.

»Was ist?«, fragte sie.

»Nichts. Ich stelle nur fest, dass wir uns wirklich lange nicht mehr gesehen haben«, erwiderte er.

»Was ist, Arne, bist du müde?«, fragte Alma, während sie beiden die warme Milch aushändigte.

»Nicht wirklich.«

»Erzähl doch, wie geht es dir? Hast du schon ein Mädchen zum Heiraten gefunden?«

Arne lachte. »Mir geht es gut. Mein Onkel und seine Familie sind wirklich gute Menschen, sie behandeln mich wie ihr eigenes Kind. Die Arbeit ist nicht schwer, aber sie gefällt mir nicht besonders gut.«

»Wohl schwer genug, dass du keine Zeit hattest, dich unter die jungen Mädchen zu mischen. In der Stadt muss es doch viel Auswahl geben.«

»Natürlich gibt es dort Mädchen. Aber ich kenne keines zum Heiraten.«

»Du bist wie dein Vater!«

»Warum?«

»Er hat sich auch nicht getraut, ein Mädchen anzusprechen. Deine Mutter, Gott hab sie selig, war genauso wie er. Zum Glück waren ihre Mütter klug genug, alles einzufädeln, sonst wärst du niemals auf die Welt gekommen.«

»Ich bin nicht wie mein Vater«, protestierte er.

Alma sah ihn an und lächelte. »Nein, das bist du nicht, du bist unser Arne. Ein gut aussehender junger Mann.«

»Und was gibt es hier Neues?«, erkundigte er sich, um von sich abzulenken.

Alma überlegte. »Die alte Frieda ist gestorben. Es ging ihr am Ende gar nicht mehr gut. Peter Petermann ist auch gestorben.«

»Der war doch gar nicht so alt«, meinte Arne bestürzt.

»Dem Tod ist das Alter egal. Aber es gibt auch schöne Neuigkeiten. Stine hat geheiratet, und zwar deinen Namensvetter Arne.«

Er nickte. »Arne und Stine.«

»Und dein Vetter hat seinen vierten Sohn bekommen, Paul.«

»Schon?« Arne hob die Augenbrauen.

»Ja, bei ihnen scheint die Liebe noch stark zu sein. Wie die Karnickel.«

»Mutter!«, ermahnte Hannah sie.

»Entschuldige, Engelchen, ein wenig Spaß muss sein.«

Sie saßen gemeinsam am Tisch und tranken warme Milch, obwohl es Sommer war. Es war fast wie früher, nur dass Arne und Hannah sich nicht mehr gegenseitig beim Sprechen unterbrachen. Im Gegenteil – sie waren eher still, während Alma vom Leben im Dorf berichtete.

»Dafür, dass du die Dorfbewohner nicht besonders magst, scheinst du über alles gut Bescheid zu wissen«, bemerkte Arne.

»Es ist ja nicht so, dass ich sie alle nicht mag, ich fühle mich ihnen nur fremd. Aber sie kaufen so gern meinen Käse und währenddessen erzählen sie mir den neuesten Tratsch.«

Er nickte.

»Da fällt mir ein, ich muss noch nach dem Käse sehen.« Alma verschwand hinter dem Haus. Arne und Hannah waren allein.

»Du warst sehr lange weg«, sagte Hannah.

»Das stimmt. Aber du hast bestimmt mit anderen Mädchen aus dem Dorf gespielt.«

Sie sah ihn an. »Es war niemand da, der mit mir Muscheln sammeln wollte. Die Mädchen fahren auch nicht gern mit dem Boot raus aufs Wasser, wie wir das gemacht haben. Sie wollen nur durchs Dorf laufen und den Jungen schöne Augen machen.« Dabei verdrehte sie die Augen.

Arne musste lachen. »Sollen wir zum Strand und Muscheln sammeln, so wie früher?«, fragte er.

Hannah strahlte und nickte. »Ich putze noch den Boden fertig.«

Er stand auf und meinte: »Ich warte draußen bei Jette. Sie hat mich nicht wiedererkannt.«

»Nur weil sie alt und vergesslich ist.«

Arne ging hinaus und Hannah beeilte sich. Es gab nichts Schöneres für sie, als mit ihrem alten Freund gemeinsam Muscheln zu sammeln.

Hannah liebte den nassen Sand und dieses fast monotone Geräusch der Wellen, die immer wieder neu Wasser an den Strand spülten. Sie hatte so viele schöne Muschelformen in ihrer Schürze gesammelt. Als Arne noch hier gewohnt hatte, war es fast ein Ritual gewesen, dass sie gemeinsam zum Strand gingen. Entweder nahm Arne sie mit aufs Boot, um zu fischen, oder sie sammelten Muscheln und Kräuter. Während seiner Abwesenheit war sie meist allein zum Strand gegangen. Es war aber nicht so spannend wie mit Arne, der so viel über die hiesigen Pflanzen und Tiere wusste.

Alma hatte meist keine Zeit und die beiden Mädchen, mit denen Hannah manchmal sonntags spielte, zeigten kein Interesse daran.

Endlich war er zurück und es fühlte sich fast so an wie früher.

Immer wieder blickte sie zu ihm hin, um festzustellen, dass es doch anders war, denn Arne hatte sich verändert. Erst als er mit seiner Sammlung zu ihr kam und ihr begeistert zeigte, was er alles gefunden hatte, erkannte sie ihn ein wenig wieder. Und trotzdem war sie noch schüchtern.

»Wie ich das Meer vermisst habe!«

Sie setzten sich in den Sand und Hannah vergrub ihre Füße darin. Das liebte sie. Beide blickten in die Ferne. Es lag etwas unglaublich Beruhigendes im Meer. Nur Wasser und Himmel.

»Hast du es die ganze Zeit über nicht gesehen?«, wollte sie wissen.

»Ein paarmal sind wir schon auch zum Meer gefahren, um zu fischen, aber es ist nicht dasselbe. Das Rauschen hat mir gefehlt, damit abends einzuschlafen und morgens von den

Möwen geweckt zu werden. Und einen Blick auf die Sterne hatte ich von meiner Kammer aus auch nicht.« Er blickte in die Ferne. »Hörst du es?«, fragte er andächtig.

Sie nickte. »Das würde mir auch fehlen, wenn ich hier wegginge. Aber noch mehr Mutter und … und du.« Und dann blickte sie wieder schüchtern zu ihren Muscheln.

Sie waren allein am Strand.

»Ihr habt mir auch gefehlt, am Anfang war es ganz schlimm. Wäre ich ein Kind gewesen, hätte ich geweint«, erwiderte er.

»Waren sie nicht gut zu dir?«

»Doch, sie waren gut zu mir, ich habe viel gelernt bei meinem Onkel. Ich weiß jetzt, wie man ein Dach deckt.« Er lächelte stolz.

»Gehst du wieder zurück?«, wollte sie wissen.

Arne blickte zum Meer. »Nein, ich möchte nicht zurück, am liebsten würde ich im Leuchtturm arbeiten, wie Vater.«

Diese Antwort gefiel Hannah. »Wirklich?«

Er sah sie an und lächelte. »Aber ja doch. Ich muss nur eine Frau finden, die gern Treppenstufen steigt.«

Beide lachten.

»Und ich müsste einen Mann finden, der bei Mutter und mir leben möchte.«

Arne lachte. »Den wirst du bestimmt finden.«

»Ehrlich gesagt, möchte ich gar nicht heiraten.«

»Warum denn nicht?«

»Es ist schön, wie es ist. Ich habe die Mädchen beobachtet, die geheiratet haben. Erst freuen sie sich und dann kriegen sie viele Kinder und sehen ganz schnell aus wie alte Frauen, voller Sorgen.«

Nachdenklich blickte Arne aufs Meer. Dann sagte er: »Da ist etwas Wahres dran. Das Leben ist schwer.«

»Nur die reichen Leute haben ein schönes Leben. Erzähl mal, warst du auch bei denen?«, fragte sie neugierig.

Er nickte. »Ja, auch die brauchen ein Dach über dem Kopf. Du solltest mal sehen, wie viel die zum Essen auftischen.«

Sie hörte ihm aufmerksam zu. Es war jetzt das erste Mal, dass sie sich traute, ihn länger anzusehen. Sie mochte ihn. Und zwar so sehr, dass sie merkte, wie ihre Ohren glühten und ihr Herz schneller schlug. Es war ein neues Gefühl für sie; und es war verwirrend.

»Sie arbeiten nichts, für alles gibt es Diener. Sie bereiten nicht einmal das Essen selbst zu.«

Hannah sah ihn an, während er sprach. Sie verstand nicht, warum Alma meinte, Arne sei schüchtern und verschlossen, das war er mit ihr nie gewesen. Im Gegenteil, er erzählte gern und viel, und Hannah hörte ihm immer gespannt zu.

»Weißt du, manchmal träume ich auch von einem großen Haus«, sagte sie nun. »Es ist oft derselbe Traum. Ich bin ganz nass und laufe zu einem Wald mit riesigen Bäumen, Tannen würde ich sagen, die sind zur Seite gebeugt. Wenn ich vor ihnen stehe, biegen sie sich plötzlich zur Seite und geben den Blick frei auf ein riesiges Haus, wie ein Königspalast. Es ist so, als ob ich darin wohnte. Ich renne darauf zu, aber es entfernt sich immer mehr und dann werde ich wach.«

Als sie zu Arne sah, wirkte er nicht mehr heiter, sondern bedrückt. »Weißt du, was das bedeutet?«, fragte er.

Sie schüttelte den Kopf. »Nein, das Haus kommt mir bekannt vor, aber es ist auch gleichzeitig so verschwommen und weit weg.« Sie zuckte mit den Schultern. »Ist ja auch egal. Ich weiß gar nicht, warum ich es dir erzähle.«

»Es ist gut, dass du es mir erzählst. Hast du Alma auch davon berichtet?«

Sie wehrte mit der Hand ab. »Ach was, du kennst Alma, sie hält nichts von Träumen.«

Arne wirkte fast schwermütig.

»Was ist, warum schaust du plötzlich so ernst? Habe ich dich irgendwie traurig gemacht?«

»Ach, nichts. Ich denke nur über deinen Traum nach.«

»Der ist wirklich nicht so wichtig. Jeder hat doch hin und wieder sonderbare Träume.«

»Also, ich habe nicht immer denselben Traum«, entgegnete er.

Sie erhob sich. »Komm, lass uns noch Pfefferkraut und Strandastern sammeln. Dann kann uns Alma etwas Leckeres zubereiten.«

Von der Schäferin hatte Hannah gelernt, welche Pflanzen und Kräuter, die am Strand und auf den Salzwiesen wuchsen, essbar waren. Es gab unzählige Pflanzen, die Salzwasser benötigten, um zu gedeihen. Sie wusste eine Stelle, an der Pfefferkraut wuchs, dessen Blätter einen wunderbaren Salat abgaben. Daneben fanden sie auch eine Austernpflanze mit blauen Blüten, deren Blätter und Stiele ein wenig wie Pilze schmeckten. Sie gingen noch weiter zu einer Salzwiese, wo es Strandastern gab. Die rosafarbenen Blüten der krautigen Pflanze blühten bereits. Sie pflückten, so viel sie tragen konnten. Wichtig war es, die gesamten, länglichen Stiele mit abzureißen und ebenso die Blätter am Boden der Pflanze. Diese schmeckten würzig und waren bereits schön salzig, sodass man sie nicht mehr würzen musste.

Gemeinsam spazierten sie zurück zum Haus. Es war beinahe wie früher.

10.

Arne

1878

Die Sonne war schon längst untergegangen, doch nach Schlafen war Arne nicht zumute. Er setzte sich ans Fenster des Leuchtturms und blickte hinaus. Der Lichtkegel des Turms erhellte die sonst so dunkle See. Es war eine klare Nacht und in der Ferne schimmerten die Sterne am Himmel. Draußen war es ruhig, keine Wellen waren zu hören. Selbst die See schien bereits zu schlafen.

Arne dachte an Hannah. Sie war ein sehr schönes Mädchen, das war ihm heute bei ihrem Wiedersehen zum ersten Mal bewusst geworden. Als er durch die Tür des Steinhauses getreten war und sie wiedergesehen hatte, war ihm wie ein Blitz das Bild ihrer Mutter vor dem inneren Auge erschienen. Damals, als er sie aus dem Wasser gerettet hatte. Die Erinnerungen an jene Nacht waren ihm wie eingebrannt, obwohl es doch schon so lange her war. Hannah sah ihrer Mutter ähnlich, fand er. Kein exaktes Ebenbild, und doch war die Ähnlichkeit nun, da sie selbst eine Frau wurde, deutlich zu erkennen.

Nie wieder hatte er mit Hannah über die Geschehnisse in der schicksalsschweren Nacht gesprochen, als sie aus dem Meer zu ihnen gekommen war. Sie schien sich auch nicht mehr daran zu erinnern. So als hätte sie dieses Erlebnis verdrängt und sich stattdessen ganz und gar in ihrem neuen Leben als Almas Tochter zurechtgefunden. Arne wusste auch, dass Alma nicht gern darüber sprach. Sie betrachtete Hannah wirklich als ihre Tochter.

Arne konnte sich noch erinnern, dass Hannah sich irgendwann geweigert hatte, Blumen zum Grab ihrer Mutter zu bringen, als die Mutter noch gar nicht lange begraben gewesen war. Sie hatte bitterlich geweint. Alma wollte sie auf keinen Fall dazu zwingen, sondern meinte: »So ist es wahrscheinlich erträglicher. Einfach vergessen.« Hannah wollte offenbar alles Schmerzhafte hinter sich lassen und nur noch in der Gegenwart leben.

Aber so einfach war das wohl doch nicht. Ob Hannahs wiederkehrender Traum etwas mit ihrer Vergangenheit zu tun hatte? Wurde sie im Schlaf von ihrem einstigen Leben heimgesucht?

Er musste mit Alma sprechen.

Arne legte sich wieder hin und versuchte, etwas Ruhe zu finden. Doch immer wieder kam ihm Hannah in den Sinn. Sie war nicht mehr sein Schützling, die kleine Schwester. Jetzt war sie eine junge Frau. Sie war nicht nur schön, ihre ehrliche und reife Art hatte ihn regelrecht verzaubert. Arne schämte sich für seine Gedanken. Bisher hatte er bei keinem der heiratswilligen Mädchen so etwas gefühlt. Diese tiefe Zuneigung und Vertrautheit. Niemals hätte er gedacht, dass er für Hannah so etwas empfinden würde. Sie war immer die kleine Freundin gewesen, die er beschützte. Doch sosehr er sich auch anstrengte – ihre smaragdgrünen Augen gingen ihm nicht aus dem Kopf.

* * *

Am nächsten Tag suchte er Alma auf. Sie war draußen bei den Schafen und reparierte einen Holzzaun.

»Moin, was machst du da?«, fragte Arne.

»Wonach sieht es aus?«, fragte sie zurück, intensiv damit beschäftigt, eine morsche Holzlatte aus dem Boden auszugraben.

»Komm, ich helfe dir.«

Alma ließ ihn gern gewähren. »Seit du weg bist, bin ich Mann und Frau in diesem Haushalt.«

»Aber Vater ist doch da, er kann auch helfen.«

»Du kennst deinen Vater, der hat nie Zeit.«

Arne lachte. »Du hast recht, er liebt nur seinen Leuchtturm.«

»Auf Männer darf man sich nicht verlassen. Entweder sterben sie, haben ihre eigenen Vorstellungen oder sie gehen weg.«

Arne wollte etwas zu seiner Verteidigung sagen, hielt sich aber zurück. Sein Eindruck war, dass es Alma eigentlich gefiel, selbstständig zu sein.

»Das Holz ist morsch, ich sammle dir frische Äste, dann müsste es auch länger halten«, meinte er.

Alma nickte. »Das ist eine gute Idee.«

Arne sah sich den Rest des Zaunes an. »Da sind mehrere kaputte Stellen.«

»Das stimmt, und Holz gibt es leider nicht im Überfluss.«

Es war ein windiger Tag, die Sonne strahlte im ständigen Wettstreit mit schneeweißen Wolken, die sich immer wieder in den Vordergrund spielten.

»Ich wollte mit dir über etwas sprechen«, sagte er.

Während sie ihr Werkzeug in einen Beutel steckte, sah sie ihn kurz an.

»Über was denn?«

»Hannah.«

»Was ist mit ihr?«

»Nun ja, sie hat mir etwas erzählt, womit sie dich nicht behelligen wollte.«

Alma richtete sich auf und sah ihn ernst an. »Womit möchte sie mich nicht behelligen?«

»Wir waren am Strand Muscheln sammeln und haben geredet und dann erzählte sie mir, dass sie oft denselben Traum hat. Sie sieht ein großes Haus, wie einen Palast, verdeckt von noch größeren Tannen. Sie ist dabei komplett nass und hat das Gefühl, dort zu leben, aber sobald sie hineingehen möchte, wird sie wach.«

Alma biss sich auf die Unterlippe und dachte kurz nach. Sie verzog ihren Mund, als hätte sie etwas Saures gegessen. »Lass uns nach Hause gehen«, murmelte sie.

Arne folgte ihr. Alma schwieg. Jetzt zweifelte er daran, ob es richtig gewesen war, ihr von dem Traum zu erzählen. Was hatte sie vor? »Möchtest du mit Hannah sprechen?«, fragte er.

Sie sah ihn ernst an. »Nein«, erwiderte sie knapp und lief weiter. »Noch nicht.«

Hannah war bei den Hühnern hinter dem Haus. Die Hühner und Gänse schnatterten so laut, dass sie die beiden nicht bemerkte. Alma bedeutete ihm mit dem Finger, leise zu sein und ihr zu folgen. Sie führte ihn in ihr Schlafzimmer, das sie wohl nur noch als Abstellraum nutzte. Hier wurde alles Wichtige aufbewahrt. Ehrfürchtig trat Arne ein, er musste sich dafür ducken. Das letzte Mal, als er hier drin gewesen war, hatte er problemlos durch die Tür gepasst. Es war schon ein paar Jahre her, dass er diesen Raum hatte betreten dürfen. Es war eine Art Heiligtum für Alma. Sie schlief hier sehr selten, normalerweise teilten sich Hannah und sie eine große Pritsche neben dem Ofen. Zum ersten Mal fiel Arne die Wiege auf. Sie war so hergerichtet, als gäbe es immer noch einen Säugling im Haus, der jederzeit hineingelegt werden konnte.

Alma ging zu einer Truhe am Fußende des schmalen Holzbettes und holte von ganz unten etwas hervor, das in weiße

Leinentücher gewickelt war. Zum Vorschein kam eine silberne Brosche. Sie gab sie ihm wortlos in die Hand.

Arne bekam Gänsehaut. Auf der Brosche war in Miniatur, aber recht detailgetreu graviert, ein großes Haus zu sehen. In seinen Augen ähnelte es einem Palast, umrahmt von großen Tannen. »Das ist es«, sagte er.

Alma nickte. »Diese Brosche hing am Kleid von Hannahs Mutter. Ich habe sie all die Jahre aufbewahrt.« Dann flüsterte sie: »Also hat sie doch nicht alles aus ihrer Vergangenheit vergessen. Sie sucht sie nachts heim. Früher oder später geht es uns allen so. Bei Hannah habe ich ehrlich gesagt gedacht, dass es für immer vergessen sei.«

»Hast du vor, ihr alles zu erzählen?«, wollte Arne wissen.

»Das muss ich, Lügen sind immer schlecht. Ich möchte nicht, dass sie es zufällig herausfindet und mich dann hasst.«

Arne bewunderte Alma. Er konnte sich vorstellen, wie schwierig es für sie sein musste, allein darüber nachzudenken. Schließlich war die Situation für sie im Moment gut, Hannah hatte sie als ihre Mutter angenommen. Die zwei waren ein Herz und eine Seele. Mit der Wahrheit lief sie auch Gefahr, ihr geliebtes Kind zu verlieren.

»Ich werde bis nach ihrem Geburtstag warten.«

Arne gab Alma die Brosche zurück, die sie wieder sorgfältig in die Tücher packte und zurück in die bunt bemalte Truhe legte.

»Die Truhe habe ich selbst bemalt, da war ich vielleicht so alt wie Hannah. Es waren die ersten Schritte, mich auf einen Ehemann vorzubereiten.«

Arne hörte ihr aufmerksam zu.

Sie sah zu ihm auf. »Deine Braut wird auch so eine Truhe mit ihrer Mitgift besitzen.«

»Wir haben so eine im Leuchtturm, die hat meine Mutter mitgebracht.«

Alma nickte.

* * *

Sonntags im Gottesdienst saß Hannah mit ihrer Mutter auf der Bank neben Arne und seinem Vater. Alma war keine große Kirchgängerin, doch seit ein paar Jahren besuchte sie wegen Hannah wieder regelmäßig die Messe. Sie wollte nicht, dass das Mädchen gänzlich aus der Dorfgemeinschaft ausgeschlossen war, wie sie Arne einmal erzählt hatte. Schließlich sollte Hannah keine alte Jungfer werden.

Hannah hatte ihre Haare kunstvoll zu zwei zusammengesteckten Zöpfen geflochten und saß stolz neben ihrer Mutter. Arne entging nicht, dass die jungen Männer zu ihr hinübersahen. Was ihn nicht wunderte, schließlich war sie das schönste Mädchen in der Kirche.

Er spürte, dass ihn die Blicke störten. Es waren die Blicke von Jungs, die sogar jünger waren als er. Seine Altersgenossen waren mittlerweile fast alle unter der Haube. Arne konnte selbst auch nicht anders, als immer wieder einen Blick auf sie zu werfen. Sie war bezaubernd. Wenn er sie ansah, dachte er an Meerjungfrauen. Hannahs von dunklen Wimpern umrahmte grüne Augen und der volle Mund erinnerten ihn an das Meer. Er wusste auch nicht, warum. Vielleicht, weil sie damals aus dem Meer gekommen war. Bei seinem Onkel gab es ein Buch eines dänischen Autors – Hans Christian Andersen –, der ein Märchen von einer kleinen Meerjungfrau geschrieben hatte. An dieses Märchen musste er nun wieder denken, wenn er sie ansah.

Hannah schien sich für die Blicke der jungen Männer nicht zu interessieren. Sie intonierte die Kirchenlieder mit Hingabe. Sie hatte schon immer gern gesungen und er erinnerte sich mit einem Lächeln, wie Alma und er ihr die ersten deutschen Lieder beigebracht hatten.

Nach dem Gottesdienst gingen alle jungen Menschen am Strand spazieren. Die Mädchen liefen gemeinsam am Wasser entlang, die jungen Männer machten Wettrennen. Hannah lief in der Mädchengruppe und mehrere Schritte dahinter unterhielten sich die Mütter und ließen ihre kostbaren Töchter nicht aus den Augen. Die jungen Menschen sollten sich kennenlernen, aber es durfte nichts Unsittliches passieren.

Arne zog anschließend die Aufmerksamkeit auf sich, da er so lange nicht in Süderwiek gewesen war und die Jugendlichen wissen wollten, was er alles in der Stadt erlebt hatte.

Sie saßen in einem großen Kreis und lauschten seinen Erzählungen.

Vor allem bei seinen Schilderungen der bürgerlichen Familie in der großen Stadt stellten sie immer wieder Fragen. Hannah war dabei. Sie saß vor Alma und hörte ihm ebenfalls aufmerksam zu.

Arne entging nicht, wie ernst sie ihn ansah. Doch sobald sein Blick zu ihr wanderte, senkte sie den Kopf. Merkte sie etwa, dass er mehr für sie empfand? Er schämte sich für diese Gefühle. Sie war die kleine Hannah, sein Schützling, keine heiratswillige Frau in seinem Alter. Er sah zu Alma. Auch sie beobachtete ihn. Ahnte sie etwas?

Erleichtert atmete er auf, als die Gesellschaft sich langsam verabschiedete, um zum Mittagstisch zu gehen. Als Alma zu ihm kam, befürchtete er schon, dass sie ihn zur Rede stellen werde, doch im Gegenteil. Sie flüsterte fast: »Hast du gesehen, wie Annemarie und Erna dich mit großen Augen angehimmelt haben, während du von der großen, weiten Welt erzählt hast?«

Erstaunt sah Arne sie an. Er war erleichtert, dass seine Blicke für Hannah nicht aufgefallen waren. »Nein, das habe ich nicht bemerkt.«

Sie zwinkerte ihm zu. »Aber ich. Beide sind hübsch und fleißige Arbeiterinnen.«

Als Hannah dazukam, wiederholte Alma, was sie beobachtet hatte: »Unser Arne könnte bald unter die Haube kommen.«

Hannah sah überrascht zu Arne hinüber. »Wie?«

»Ach, nichts. Alma meint, dass Annemarie und Erna Augen für mich hätten!«

Hannah blickte zu den beiden Mädchen, die sich etwas erzählten und kicherten. Tatsächlich waren ihre Blicke immer auf Arne gerichtet.

»Die sind doch nichts für Arne«, meinte Hannah.

»Warum?« Alma verschränkte die Arme, als wollte sie jemanden zum Kampf herausfordern.

»Weil, weil …« Hannah schien zu überlegen. »Weil sie dumme Gänse sind«, sagte sie schließlich.

Alma lachte. »Sie sind vielleicht nicht so klug wie du, aber dumm sind sie gewiss nicht.«

Arne sah zu Hannah und musste lächeln. »Danke, Alma, für deine Bemühungen, aber ich muss nach Hause. Mein Vater wartet bestimmt mit dem Essen. Wenn er hungrig ist, dann wird er unausstehlich.« Mit diesen Worten verabschiedete er sich.

»Geh nur«, rief Alma ihm hinterher.

Hannah

»Wer hätte gedacht, dass der spargeldünne Arne mit drei Haaren im Gesicht zu solch einem stattlichen Mann heranreifen würde«, meinte Alma, als sie nach Hause liefen.

Hannah sagte nichts. Ihre Gedanken hingen ihm den ganzen Weg über hinterher. Sie dachte ständig an ihn und wünschte sich nur, in seiner Gegenwart zu sein. Diese neuen Gefühle verwirrten sie. Was war das?

Auch später, als sie zu Hause waren, fiel es ihr schwer, sich zu konzentrieren. Immer wieder versank sie in Träumen, stellte sich Situationen mit ihm vor. Momente, in denen sie ihm nahekam. Zu hören, dass es Mädchen gab, die vielleicht eine zukünftige Braut für ihn sein konnten, ließ in ihr Eifersucht aufsteigen.

In den nächsten Tagen sah sie Arne jedoch selten. Er schien sie regelrecht zu meiden. Immer wenn sie vorbeikam, war er kurz angebunden.

»Mutter, warum kommt Arne nicht?«, fragte sie Alma, als sie morgens ihre Milch mit Honig tranken.

»Jetzt, wo du es sagst … hm, es ist doch erst Mittwoch, also er war gerade mal drei Tage nicht da. Vielleicht muss er seinem Vater helfen, schließlich ist er kein Kind mehr und kann nicht den ganzen Tag hier verbringen, um mit dir und Jette zu spielen.«

»Ich bin auch kein Kind mehr!«, erwiderte Hannah, während ihre Ohren glühten.

Alma beobachtete ihre Tochter eindringlich. Dann meinte sie: »Du hast recht, du bist ein junges Mädchen und kein Kind mehr. Aber Arne ist ja schon zweiundzwanzig, und er muss sich jetzt um eine Braut kümmern und eine Familie gründen.«

»Warum muss er das?«

Alma überlegte einen Moment. Schließlich sagte sie: »Weil es schon immer so war und weil wir Menschen auch den Wunsch haben, Vater und Mutter zu verlassen, um eine eigene Familie zu gründen.«

»Ich möchte dich niemals verlassen«, protestierte Hannah mit Tränen in den Augen.

»Das freut mich.« Alma umarmte ihre Tochter und gab ihr einen Kuss. »Ich werde für dich da sein, solange ich lebe, mein Kind. Merke dir das!«

Hannah nickte. Tränen sammelten sich in ihren Augen. Alma dachte bestimmt, sie weinte, weil sie ihr Zuhause nicht verlassen wollte, aber in Wahrheit lag es an ihrer Wut darüber, dass Arne womöglich eine andere Frau ehelichen würde. Doch das konnte sie ihrer Mutter unmöglich sagen.

Kurz darauf ging sie allein hinunter zum Strand und blickte immer wieder hinauf zum Leuchtturm, weil sie hoffte, ihn zu sehen. Auch wenn er nicht da war – in ihren Gedanken war Arne ständig anwesend.

Eine innere Unruhe trieb sie in diesen Tagen immer wieder hinaus. Sie fühlte sich rastlos. Der kalte Wind und das trübe Wetter spiegelten ihre Gefühle. Sie schloss die Augen und genoss die kalte Luft auf ihrem Gesicht. Sie half ihr, klare Gedanken zu fassen.

Sie konnte nicht aufgeben. Sie musste sich einen Anlass überlegen, um ihn zu sehen. Sie begann sogar Ängste zu entwickeln, dass Arne an der Tür auftauchen könnte, um seine zukünftige Braut zu präsentieren. Erna oder Annemarie.

Diese Mädchen passten so gar nicht zu ihrem Arne. Die mochten keine Bootsfahrten, wollten nicht angeln oder Muscheln sammeln. Sie häkelten gern und bereiteten eine dieser dämlichen Truhen für ihre Mitgift vor.

Ein weiteres Gefühl stieg in ihr auf. Eifersucht. Es war fast genauso stark wie diese Zuneigung, die ihren Körper seit Tagen fast lähmte. Gefühle, die sie bis zu Arnes Erscheinen kaum gekannt hatte. Sie bewegten sie jedoch zum Handeln.

Ihr fiel nichts anderes ein, als ihm Pfannkuchen zu backen. Sie wusste, dass Arne sie liebte. Früher hatte Alma sie für die beiden gebacken, doch mittlerweile konnte sie sie selbst zubereiten.

Kurze Zeit später roch die Stube nach Fett und Teig und sie beschmierte die Pfannkuchen mit extra viel Honig, so wie es Arne mochte. Dann packte sie alles in ein Tuch und lief zum Leuchtturm.

Arne war gerade dabei, die Tiere zu versorgen. Als sie ihn begrüßte, wirkte er überrascht, fast erschrocken. »Hannah? Was machst du hier?«

»Ich habe dir Pfannkuchen mitgebracht, mit viel Honig.«

»Hannah, ich habe keine Zeit, ich muss noch so viel erledigen.« Während er das sagte, mied er ihren Blick. Stattdessen widmete er sich ganz dem Schwein, das gierig auf sein Futter wartete.

Sie hatte eine andere Begrüßung erwartet. Tränen schossen ihr in die Augen. Wütend drückte sie ihm die warmen, duftenden Pfannkuchen in die Hand, drehte sich um und lief nach Hause.

Arne

Arne wusste, dass seine Reaktion nicht richtig gewesen war. Er versuchte, seine Gefühle zu unterdrücken, indem er sie mied. Er hatte sie keineswegs verletzen wollen, zumal sie so aufmerksam gewesen war und ihm Pfannkuchen gebracht hatte. Doch wie sollte sie das auch verstehen?

»Hannah, warte!«, rief er und rannte ihr hinterher. Der Wind blies immer noch vom Meer über die Weide, sodass die langen Grashalme hin- und herbewegt wurden.

Hannah war schon auf halbem Weg zum Steinhaus, als Arne sie einholte. »Hannah, bleib doch stehen!«

Sie drehte sich um. Ihre Augen waren rot von Tränen. »Du bist so gemein!«, schrie sie ihn an. »Nur weil du bei reichen Leuten das Dach gebaut hast, hältst du dich für etwas Besseres!«

Arne sah sie entsetzt an. »Nein, nein, das stimmt doch gar nicht.«

»Wenn du mit mir nichts mehr zu tun haben möchtest, dann sag es doch gleich!« Der Wind blies ihr halb offenes

Haar nach hinten, nur ein Teil ihres Deckhaares war zum Zopf gebunden.

»Ich halte mich nicht für etwas Besseres, Hannah.«

»Und warum benimmst du dich dann so komisch?« Sie sah ihn so an, dass er dachte, ihre grünen Augen würden gleich Blitze versprühen.

Er wusste nicht, was er entgegnen konnte.

»Ich verstehe dich nicht, Arne Johansen!«

»Es … es ist schwierig«, murmelte er nun.

Hannah versuchte, sich die Haarsträhnen aus dem Gesicht zu halten, die der Wind umherwirbelte. »Was ist schwierig?«

Arne konnte nicht anders, er musste ihr die Wahrheit gestehen. »Ja, ich meide dich.« Er atmete tief ein. Nach dem nächsten Atemzug sagte er: »Weil ich Gefühle für dich habe, die nicht mehr wie früher sind.«

Es war offensichtlich, dass Hannah erst nicht verstand, was er meinte.

»Ich habe mich in dich verliebt«, sagte er nun deutlicher.

Ihr ernster Blick wandelte sich langsam zu einem breiten Lächeln. »Wirklich?« Sie begann zu kichern.

»Siehst du, genau deshalb wollte ich dich meiden, weil du noch ein Kind bist und ich zu alt für dich bin.«

Hannah nahm plötzlich seine Hand. »Nein, nein, Arne.« Wieder liefen ihr die Tränen herunter.

»Warum weinst du?«

Sie wischte sich das Gesicht ab. »Das sind Freudentränen.«

Arne war verwirrt.

Und plötzlich, ohne Vorwarnung, ging sie auf die Zehenspitzen und gab ihm einen Kuss auf die Lippen. Es war der erste Kuss für ihn zwischen Mann und Frau, und für sie sicherlich auch. Obwohl sich ihre Lippen nur kurz berührten, war es so, als würde eine unsichtbare Kraft von beiden Besitz ergreifen. Er konnte es spüren. Es war die Leidenschaft der ersten Liebe.

»Meine Gefühle dir gegenüber sind auch nicht mehr wie früher«, flüsterte sie.

Er strich ihr die Strähnen aus dem Gesicht. »Aber was wird Alma sagen?«

»Sie wird sich bestimmt freuen.«

Er umarmte sie und bemerkte, wie glücklich Hannah mit einem Mal wirkte.

Später saßen sie versteckt hinter einer lang gestreckten Düne und aßen gemeinsam die Pfannkuchen. Sie sagten nichts, konnten die Blicke kaum voneinander abwenden und kicherten immer wieder wie zwei kleine Kinder. Arne konnte nicht glauben, dass er in Hannah, seiner ehemaligen Spielfreundin, nun die Liebe gefunden hatte. Er hatte keinen Appetit. Sein Magen drehte sich vor Freude, doch er wusste, dass sie enttäuscht gewesen wäre, hätte er die Pfannkuchen verschmäht. So biss er immer wieder ein Stück davon ab und lächelte glücklich.

11.

Marie

Marie und David liefen den Deich entlang, der zum Ortskern führte. David hatte sich bereit erklärt, sie zur Pension Meerblick zu begleiten. Sie hatten über eine Stunde damit verbracht, das Geschriebene zu entziffern. David konnte die Schrift nur sehr langsam lesen, also hatte Marie alles vorgelesen. Das ging schneller. Vielleicht war es ihre gute bildliche Vorstellungskraft, jedenfalls war sie mit der Zeit ganz gut mit der geschwungenen, verspielten Schrift zurechtgekommen.

Auf den ersten Seiten berichtete der Schreiber, dass er die Lebensweise der friesischen Leuchtturmwärter anhand seiner eigenen Familie dokumentieren wollte, und erzählte von den Jugendjahren des Arne Johansen, der wohl 1856 als einziger Sohn des ersten Leuchtturmwärters geboren worden war. Die Mutter war bei der Geburt gestorben, und die Ausführungen beschrieben das karge und entbehrungsreiche Leben an der Küste sehr anschaulich. Marie hatte bei der Lektüre sofort gemerkt, wie sehr sie die Schilderungen inspirierten. Vor allem als immer wieder die Begegnungen mit der Tochter der Schäferin geschildert wurden – seiner Spielgefährtin Hannah, die in dem alten Steinhaus gewohnt hatte. Als sie älter wurden, verliebten sich die beiden. Waren sie vielleicht die Personen auf dem Verlobungsfoto? Noch konnte sie es nicht sagen, so weit waren sie nicht gekommen.

Zwischen den einzelnen Buchabschnitten gab es handgefertigte Illustrationen als Kapitelteiler, die Marie besonders interessierten. Eine Skizze des Leuchtturms, eine kleine Meerjungfrau, einige Pflanzen, die am Strand wuchsen. Leider waren keine Personen abgebildet.

David und sie hatten das Buch vorsichtig in das Tuch eingewickelt und beschlossen, in einem ruhigen Moment gemeinsam weiterzulesen. Die restlichen Sachen hatten sie wieder in der Truhe verstaut und diese zurück in den Turm getragen – mit der Bitte an die Handwerker, sie nicht zu entsorgen.

»Ich habe einen riesigen Hunger«, sagte Marie nun.

David sah sie an. »Stimmt. Langsam wird es Zeit, was zu essen. Es gibt hier ganz in der Nähe einen Fischimbiss, der ist sehr gut.«

»Holgers Fischbude?«, fragte sie.

»Kennst du sie schon?«

»Helene, Ingas Schwiegertochter, hat mir davon vorgeschwärmt, aber ich hatte noch keine Gelegenheit, dort zu essen.«

»Na, dann! Der Imbiss liegt sowieso in der Nähe deiner Pension.«

»Wie war es eigentlich, hier aufzuwachsen?«, fragte Marie, während sie den Damm überquerten und Richtung Siedlung liefen. Das eingepackte Notizbuch trug sie vorsichtig unter dem Arm.

»Als kleines Kind war es schön. Ich liebe das Wasser und diese Weite. In einer Stadt ohne Meer in der Nähe könnte ich niemals leben.«

»Aber du lebst nicht mehr hier?«

Er schüttelte den Kopf. »Nein, das Institut für Meereskunde, bei dem ich arbeite, ist in Hamburg, aber ich bin projektbezogen häufig hier.«

»Ich glaube, es gibt nichts Schöneres, als hier aufzuwachsen.«

David schien nicht so begeistert. Er zuckte mit den Schultern. »Für Außenstehende scheint es schöner zu sein, als es wirklich ist.«

»Was ist denn so schlimm?«

»Für mich war das Aufwachsen hier wie in einem dieser amerikanischen Highschool-Filme. Ich gehörte niemals zu den Coolen.« Davids Stimme wurde tiefer. »Eher zu den ziemlich Uncoolen.«

»Du meinst zu den Nerds, die gehänselt wurden?«

Überrascht sah David sie an. »Woher weißt du das?«

»Ich gehörte auch nicht zu den coolen Mädchen.«

»Und wie bist du damit umgegangen?«

Sie zuckte mit den Schultern. »Ich konnte besser zeichnen als alle anderen und hatte zwei Freundinnen – Yildiz, ein türkisches Mädchen, und Lara, eine Italienerin. Wir hatten unsere eigene Clique. Daher waren mir die dummen Hühner egal, auch wenn sie sich ziemlich fiese Dinge ausgedacht haben.«

»Dass Kinder so grausam sein können.«

Marie nickte. »Das stimmt.«

»Jedenfalls war ich froh, als ich endlich achtzehn wurde und aus diesem Kaff wegkonnte«, meinte er.

»Wenn ich dich jetzt ansehe, kann ich mir schwer vorstellen, dass du mal gemobbt wurdest.«

»Ich war als Junge ganz dünn und trug auch noch eine Brille. In der ersten Klasse hat einer mal nach der Sportstunde in der Umkleide meine Klamotten versteckt, und als ich ihn zur Rede gestellt habe, hat er mir noch die Unterhose ausgezogen und weggeworfen.«

Marie sah ihn mit großen Augen an. »Wie furchtbar! Schon in der Grundschule?«

Er nickte. »Es gab drei Jungs, darunter den Sohn des damaligen Bürgermeisters. Er war dumm wie Stroh, aber groß, und dachte, er könnte machen, was er wollte.«

»Und deine Eltern?«

»Sie meinten, das wären nur dumme Kinderstreiche.«

Marie legte ihm eine Hand auf den Arm. »Das tut mir sehr leid! Ich weiß, wie es sich anfühlt, gemobbt zu werden.« Sie stellte sich vor, wie hart es für einen kleinen Jungen sein musste, täglich malträtiert zu werden. Sie vermutete, dass dieses Erlebnis nur die Spitze des Eisbergs war und er mehr solche Geschichten hätte berichten können. Aber sie wollte nicht weiter nachbohren. Sie spürte förmlich, wie diese Kindheitserlebnisse immer noch in ihm gärten.

»Schau dich jetzt an, du bist Meeresbiologe, groß und stark, und könntest bestimmt den anderen die Hose übers Ohr ziehen. Oder?«

Beide mussten lachen.

»Wir sind da«, sagte David.

Sie standen vor Holgers Fischbude, wo es recht voll war. Fast alle Holztische vor der kleinen Hütte waren besetzt. Kein Wunder, es war einer der ersten warmen Tage des Jahres. Alle drängte es nach draußen. Außerdem war Samstag. Geduldig reihten sie sich in die Schlange ein.

Das Aroma von frisch frittiertem Fisch stieg ihr in die Nase, vermischt mit dem Geruch von Salzwasser, der von einer leichten Brise vom Meer herübergetragen wurde. Sofort hatte sie Bilder von Familienurlauben an der Nordsee vor ihrem inneren Auge. Es war der Duft von Urlaub.

»Ich weiß gar nicht, warum ich darüber spreche«, riss David sie aus ihren Gedanken. »Du bist die erste Person überhaupt, der ich das erzähle. Nicht einmal mit meiner Familie rede ich darüber.«

»Und das, obwohl ich dir Spray in die Augen gesprüht habe«, entgegnete sie und lachte, um die Situation etwas aufzulockern. Doch Marie bemerkte, dass sich sein Gesichtsausdruck sofort veränderte und er ernster wurde. Dachte er, dass sie sich auch über ihn lustig machte?

»Im Ernst, ich verstehe dich. Stell dir vor, ich war als Kind noch pummeliger als jetzt. Und meine Mutter zog mir immer Kleider an, die sie Second Hand gekauft hatte, aber nicht coole wie heutzutage, sondern echt abgetragene. Sie meinte, Kinder wachsen so schnell, die brauchen nichts Teures.«

David sah sie ernst an. »Dafür hast du einen sehr guten Geschmack.«

»Danke.« Marie lächelte und begann, an einer ihrer Locken zu zwirbeln.

Schließlich waren sie an der Reihe. Holger, der Inhaber, stand mit einer Aushilfe am Ausschank. Obwohl viel los war, wirkte er tiefenentspannt. »Moin!«, rief er.

David und Marie begrüßten ihn.

»Was empfiehlst du denn?«, fragte Marie David.

»Klassisch … Krabbenbrötchen oder Matjes.«

»O ja, ein Krabbenbrötchen und den grünen Salat.«

»Ich nehme ein Matjesbrötchen«, sagte David.

»Mir wurde gesagt, Ihre selbst gemachten Limonaden wären sehr lecker.« Marie lächelte Holger freundlich an.

Er zwinkerte. »Wer auch immer das behauptet, hat recht. Die besten in unserem Ort! Wollt ihr euch setzen?«

Beide nickten und gingen zu einem der wenigen freien Tische. Das Notizbuch legte Marie in die Mitte.

»Lena bringt euch gleich das Essen!«, rief Holger ihnen hinterher.

Sie setzten sich und Marie sah sich um. Viele Paare saßen an den Tischen, nur zwei Familien mit kleinen Kindern.

David schien an seiner Umgebung nicht sehr interessiert zu sein.

Es dauerte tatsächlich nicht lange, bis ihr Essen kam.

Marie biss in ihr Krabbenbrötchen. »Sind die lecker! Ein ziemlicher Unterschied zu den üblichen. Die hier schmecken wirklich sehr frisch und diese Soße passt perfekt.«

»Die hat sich Holger ausgedacht; ist wohl auch eine Art Geheimnis«, erklärte David.

Marie nickte. »Ich muss gestehen, mir gefällt es hier im Norden wirklich ziemlich gut«, sagte sie und aß weiter.

»Nur wegen des Essens? Da gibt es im Süden doch noch viel mehr Auswahl.«

Sie zuckte mit den Schultern. »Fischtechnisch ist es eher mau.«

David nickte. Während sie aßen, beobachtete sie ihn. Sie war überrascht, wie offen er über seine Kindheit gesprochen hatte. So gut kannten sie sich ja nun wirklich noch nicht. Er hatte ihr Dinge erzählt, die ihm so unangenehm schienen, dass er nicht einmal mit seinen Freunden darüber sprach. Aber irgendwie spürte sie auch eine neue Vertrautheit zwischen ihnen beiden, seit sie gemeinsam diese Truhe geöffnet hatten und in diese ferne, fremde Welt eingetaucht waren. Spürte er das auch?

»Ja, die Fische, die sind auch meine große Leidenschaft«, sagte er nun.

Marie lächelte. »Das kann ich verstehen.«

Plötzlich fror Davids Gesicht ein.

»Ist alles in Ordnung mit dir?«, fragte sie, verwundert über seine Reaktion.

David blickte starr geradeaus zur Imbissbude. Marie drehte sich um und folgte seinem Blick. Sie sah eine Familie, Mann, Frau und zwei Kinder.

Er trug eine helle Chinohose, dazu teuer wirkende Espadrilles. Den dunkelblau gestreiften Pullover hatte er lässig um die Schultern gebunden. Immer wieder fuhr er sich durch das etwas längere Haar, das ihm ungefähr bis zu den Ohren reichte. Die Frau trug ihr langes blondiertes Haar offen. Zu ihrem weißen, knielangen Leinenkleid trug sie einen braunen Hermès-Gürtel. Marie erinnerte sich an den Prospekt eines Versandhauses für trendige Möbel im maritimen Stil, den sie neulich durchgeblättert hatte. Die Möbel und Accessoires waren mit Modelfamilien in Szene gesetzt gewesen. Und genauso sah diese Familie aus – wie Models, die in einer perfekten Welt lebten.

Die Kinder – Mädchen und Junge – waren fast das Abbild ihrer Eltern. Marie musste schmunzeln. Beide sahen sehr attraktiv aus, wirkten unglaublich selbstbewusst, und alles an ihnen zeigte, dass sie der Ansicht waren, etwas Besseres zu sein. Sie wirkten nicht, als seien sie zum Essen gekommen, sondern eher, um gesehen zu werden. Als ob sie allen zeigen wollten: Seht her, wie wunderbar wir sind! Das war vielleicht der Grund, warum es ihr schwerfiel, die Frau sympathisch zu finden.

»Kennst du die?«, fragte Marie.

David schien aus einem Traum zu erwachen. »Äh, ja, entschuldige, was hast du gesagt?«

»Ob du die Familie, die du gerade anstarrst, kennst?«

»Hab ich die angestarrt?«

Sie nickte. »Als hättest du einen Geist gesehen.«

»Einen bösen Geist auf jeden Fall.«

Noch einmal drehte Marie sich um und blickte zur Theke. Die Familie war gerade dabei zu bestellen.

»Jetzt hast du meine Neugier geweckt«, sagte sie. »Denn ich könnte wetten, dass sie irgendein dunkles Geheimnis hat, neben all dieser Perfektion.«

David versuchte, nicht mehr hinzusehen. »Der Typ ist heute wie damals ein riesengroßes Arschloch.«

»Oho, schau mal, ich glaube, sie kommen auf uns zu«, meinte Marie.

Tatsächlich, das Ehepaar schien David erkannt zu haben. Beide lächelten ihn an.

»Wenn das nicht mein alter Sandkastenkumpel Daniel ist!« Der Mann hatte eine laute und einnehmende Stimme.

»David!«, korrigierte ihn David.

»David, natürlich, wie geht es dir?«, fragte der andere.

Dann kamen Frau und Kinder dazu. »Hallo, ich bin Marlene«, stellte sie sich mit einem strahlenden Lächeln vor. »Und das sind Bo und Finja.«

Freundlich sagten die Kinder im Chor: »Guten Tag.«

Auch Marie stellte sich vor. David sah demonstrativ zur Seite und ließ den Mann, dessen Namen sie immer noch nicht wusste, deutlich erkennen, dass er störte.

Doch der hatte offensichtlich keine Antenne für die Körpersprache der anderen. Er sprach einfach weiter. »Ist das deine Freundin?«, fragte er und setzte dabei sein breitestes Lächeln auf.

»Kalle, das geht dich nichts an«, kam es gepresst von David.

Kalle hieß er also. Das klang eher wie ein Spitzname.

Jetzt machte der Mann ein langes Gesicht. »Oh, ist da einer mit dem falschen Fuß aufgestanden?«

»Nein, ich war bis eben sehr gut gelaunt«, erwiderte David.

Kalles Frau bemerkte offensichtlich, dass sich David über die Begrüßung durch ihren Mann so gar nicht freute. »Komm, Schatz, lass uns gehen.«

»Ich wollte doch nur meinem alten Kumpel Hallo sagen.«

»Wir waren nie Kumpels und werden auch nie welche werden.« David sprach immer noch ruhig, doch an seinem Gesichtsausdruck war klar zu erkennen, dass er sich überhaupt nicht freute, Kalle zu sehen. Ein bisschen war es Marie sogar unangenehm. Denn Kalle schien bemüht, ein Gespräch zu führen.

»Auf Wiedersehen und einen schönen Tag«, sagte David und lächelte gezwungen.

»Meine Güte, du bist ja genauso mürrisch wie früher«, meinte Kalle.

Jetzt warf ihm David einen so hasserfüllten Blick zu, dass Marie dachte, er werde gleich aufstehen und ihm mit der Faust die Nase brechen.

Kalle sah ihn mit einem etwas eingefrorenen Lächeln immer noch an und versuchte wohl, die negativen Gefühle zu deuten, die ihm entgegenschlugen und die er sich anscheinend gar nicht zu erklären vermochte.

»Wir wollen essen, und zwar ungestört«, zischte David.

»Na dann, guten Appetit«, sagte Kalle noch, bevor ihn Marlene wegzog. »Was ist?«, wandte er sich etwas gereizt an seine Frau.

Nachdem die Familie ihre Bestellung an der Theke to go mitgenommen hatte und mit ihrem SUV weitergefahren war, fragte Marie: »Was war das denn?«

David schnaubte wütend. »Dass der Typ den Nerv hat, mich überhaupt anzusprechen.«

Zum Glück war sie fertig mit dem Essen, David schob den Rest seines Matjesbrötchens zur Seite. Sie merkte, dass die schöne Stimmung von davor vergangen war.

Marie sah ihn an. David atmete tief ein und aus. »Was für Dreck hat Kalle am Stecken?«, erkundigte sie sich. Als er nicht antwortete, schlug sie vor: »Wollen wir woanders hingehen? Ich lade dich auch gern zum Kaffee bei Inga und Helene ein.«

Er sah sie an. »Entschuldige, Marie, ich kann nicht.«

Dann verabschiedete er sich ohne ein weiteres Wort. Er nahm das in das Tuch eingewickelte Notizbuch vom Tisch und ließ sie verdutzt zurück. Was war nur los mit ihm? War dieser Kalle einer der Typen, mit denen er in der Schule gewesen war?

Die letzten fünf Minuten Fußweg zur Pension legte sie allein zurück.

Auch Ingas und Helenes Terrasse schien heute ein beliebtes Ziel für Kaffeekränzchen zu sein. Dank des schönen Frühlingswetters waren alle fünf Tische draußen bis auf den letzten Stuhl besetzt. Inga, Helene und Jasper waren damit beschäftigt, den Gästen Kaffee und Kuchen zu servieren. Kurz entschlossen bot sich Marie an, mitzuhelfen. Sie runzelte die Stirn, als sie ein paar bekannte Gesichter sah, die in einem der Strandkörbe am Rand der Terrasse saßen. Kalle, Marlene und ihre Kinder. Sie hatten wohl schon gegessen, die Papiertüten, in denen ihr Imbiss gesteckt hatte, lagen noch auf dem Tisch vor ihnen. Nun trank er einen Espresso, sie einen Cappuccino und die Kinder Biolimonade. Die Frage, was zwischen den beiden Männern vorgefallen war, dass David sich derart abweisend verhalten hatte, ging ihr nicht aus dem Kopf. Zum Glück sollte sie Jasper drin helfen, Getränke und Kuchen vorzubereiten.

Während sie den Kuchen schnitt und auf die Teller legte, fragte sie unverblümt: »Sag mal, Jasper, diese hübsche Familie, die aussieht wie aus einem Modekatalog, wohnt die auch hier im Dorf?«

Jasper richtete seine Brille. »Wen meinst du denn?«

»Na, diesen blonden Mann mit dem gestreiften Pullover und seine Familie, die im Strandkorb sitzen.«

Er lief zur Terrassentür und schaute hinaus. »Keine Ahnung. Aber ich kenne ja auch nur die alte Generation.«

Marie lächelte. Als Helene hereinkam, um den nächsten Kuchen hinauszutragen, fragte Jasper: »Helene, wer sitzt im Strandkorb?«

Sie verstand erst nicht, wen er meinte, und sah kurz in den Garten. »Ach, du meinst Marlene und ihren Mann Karl? Alle nennen ihn Kalle.«

»Ah«, sagte Jasper, dem jetzt auch ein Licht aufzugehen schien. »Seine Familie kenne ich noch von früher.«

»Ja, genau die, kennst du sie näher?«, fragte Marie Helene.

»Sie ist ganz nett, hat einen wirklich süßen Modeladen. Er ist Schweinebauer.«

Marie sah überrascht auf. »Schweinebauer? So sieht er aber nicht aus.«

Helene lachte auf. »Na ja, das war vielleicht das falsche Wort. Er ist ein sehr, sehr wohlhabender Bauer, der einen Hof mit tausend Schweinen verwaltet. Er macht auch noch andere Sachen, aber die Schweinezucht ist das Kerngeschäft. Er arbeitet nicht selbst im Stall.«

»Mit Schweinen lässt sich also viel Geld verdienen«, folgerte Marie.

»Wenn man weiß, wie«, meinte Helene. »Jasper, noch zwei Hugo und drei Apfelschorlen. Als hätten die Leute den ganzen Tag nichts getrunken.«

Sie verschwand wieder. Marie mochte sie. Sie war so unkompliziert.

»Also, Kalles Vater war kein netter Typ«, stellte Jasper trocken fest und trank von der Flasche Alsterwasser, die er vor sich stehen hatte.

»Warum nicht?«

Jasper dachte nach. »Er war einer von zwei wohlhabenden Landbesitzern mit Tierzucht im Ort. Die anderen Bewohner hier waren Fischer, Handwerker oder Bauern mit nur wenig eigenem Land. Das schürte oft Neid, und Karls Vater liebte es, sein Vermögen zu präsentieren. Wie mir scheint, ist der Sohn nicht anders.«

Beide lugten durch das Küchenfenster neben der Terrasse. Inga unterhielt sich gerade mit Karl und seiner Frau.

Als sie hereinkam, sagte Jasper: »Inga kann dir bestimmt mehr zu Karl und seiner Familie sagen.« Dabei lächelte er.

Inga zuckte mit den Schultern. »Für mich sind das alles Gäste und ich möchte, dass sie zufrieden sind.«

»Du hast vollkommen recht, meine Schöne«, erwiderte Jasper.

Marie bewunderte die Beziehung der beiden. Es war, als wären sie frisch verliebt.

Dann betrat Helene den Raum und meinte: »Wenn du möchtest, können wir gern mal in Marlenes Laden gehen. Er ist wunderschön gelegen. Der Laden ist ans Haupthaus des Bauernhofs angebaut. Der sieht aus wie ein verwunschenes Schlösschen. Hat Karl nur für sie bauen lassen. Damit ihr nicht langweilig wird. Sie hat einen wirklich guten Geschmack.«

Marie konnte die Bilder »Bauernhof« und »verwunschenes Schlösschen« noch nicht so recht zusammenbringen. Aber das klang auf jeden Fall interessant. Auf dieses Angebot würde sie gern zurückkommen.

* * *

Am Abend hatte Helene sich mit ihrer Familie in den Anbau der ehemaligen Scheune zurückgezogen. Dort hatte sie eine eigene kleine Küche samt Esszimmer. Inga lud Marie ein, ihr und Jasper beim Abendbrot Gesellschaft zu leisten. So saßen sie zu dritt am großen Esszimmertisch und aßen Pizza.

»Den ganzen Tag habe ich gestern Kuchen gebacken und heute essen wir aufgebackene Pizza«, rief Inga lachend aus.

»Ich finde, sie schmeckt wirklich gut«, meinte Jasper.

Marie hatte einen leckeren Salat dazu gemacht und sie genossen die Ruhe.

»Warum interessierst du dich eigentlich für Karl und Marlene?«, fragte Inga plötzlich.

»Ach, ich habe sie vorhin kurz bei Holgers Imbiss kennengelernt. Ich war mit David dort.«

»Ah«, sagte Inga und lächelte.

»Und David war sehr schroff zu ihm. Danach schien er so aufgewühlt, dass er ohne ein Wort der Erklärung gegangen ist. Ich habe mich gefragt, ob es irgendeinen Streit zwischen den beiden gab? Vielleicht war Marlene seine Jugendliebe.«

»Marlene kommt aus Hamburg und ist geschieden«, erklärte Inga. »Das hat Helene erzählt. Aber mein Sohn mag Karl auch nicht besonders. Sie hatten irgendwann mal was miteinander zu tun. Doch Lasse möchte wohl keine Geschäfte mit ihm machen, wenn ich es richtig verstanden habe.«

Marie zuckte mit den Schultern. »Eigentlich machten sie als Familie einen netten Eindruck.«

»Manchmal trügt der Schein«, sagte Inga nachdenklich und Marie nickte zustimmend.

* * *

Als Marie im Bett lag, schrieb sie David eine kurze Nachricht.

Hey, du bist so schnell verschwunden! Alles okay?

Nach nicht einmal einer Minute kam seine Rückmeldung.

Entschuldige. Ja, es ist alles okay.

Marie dachte nach und dann entschied sie sich, einen Schritt weiter zu gehen.

Hast du Lust, morgen nach dem Frühstück an den Strand zu gehen? Ich würde gern ein paar Muscheln sammeln.

Er schien nachzudenken, denn die Antwort kam nicht sofort. Gerade als Marie sich fragte, ob sie zu aufdringlich gewesen war, pingte ihr Smartphone.

Morgen nach Sonnenaufgang?,

schrieb er.

Wann war Sonnenaufgang? Sie googelte sofort. Die Wetter-App zeigte ihr an, dass die Sonne morgen um 5.15 Uhr aufgehen würde. So früh, obwohl es erst Ende Mai war? Sie musste zwei Mal prüfen, dass sie sich nicht im Datum vertippt hatte. Dann schrieb sie:

Geht auch eine Stunde nach Sonnenaufgang?

Er sendete einen Smiley.

6:30?

Okay. Treffpunkt an meiner zukünftigen Wohnung?,

fragte sie.

Ja. Bis morgen.

Marie war zufrieden. Sie schickte ihm ein Gute-Nacht-Emoji, legte das Telefon weg und versuchte zu schlafen. Doch ihr Kopf schien genau auf diesen Moment gewartet zu haben. Zu viele

Gedanken prasselten auf sie ein. Die Situation mit David und Kalle ließ sie nicht los. David war ihr mittlerweile mehr als sympathisch, das spürte sie. Allerdings scheute sie sich davor, ihre Gefühle für ihn genauer unter die Lupe zu nehmen. Sie schaffte es doch kaum, alles zu ordnen, was ihr in den letzten Tagen passiert war. Und dann kamen die Gedanken an Arne und Hannah, die sie über den Erlebnissen der Gegenwart fast vergessen hatte. Vielleicht hätte sie David bitten sollen, ihr das Notizbuch auszuleihen, damit sie weiterlesen konnte. Andererseits hatte es doch gerade Spaß gemacht, die Rätsel gemeinsam zu entschlüsseln. Irgendwie hätte es sich auch nicht richtig angefühlt, wenn sie ohne ihn weitergeforscht hätte.

David! Immer wieder sah sie ihn vor ihrem inneren Auge. Seine großen blauen Augen mit den langen Wimpern, die ihm etwas Weiches und Warmes verliehen. Marie mochte ihn. Es gefiel ihr, dass er so verwundbar und gleichzeitig sehr stark wirkte. Als sie an den Blick zurückdachte, den sie einander zugeworfen hatten, als sie die Truhe untersucht hatten, spürte sie eine unwillkürliche Gänsehaut.

Sie merkte, dass sie sich auf den morgigen Tag freute. Und auf das Treffen mit David am Meer.

12.

Am nächsten Morgen stand Marie als Erste vor der Tür des Leuchtturms. Es war kühl, und sie verschränkte zitternd die Arme vor der Brust. Vielleicht war sie auch einfach nur müde, denn sie hatte kaum geschlafen. Ihr Rucksack enthielt Tee und Brote, die sie vorher noch eingepackt hatte.

Dann sah sie David. Er kam mit dem Fahrrad. Marie lächelte müde.

»Guten Morgen!«, rief er freundlich. »War mein Vorschlag zu früh?«

Sie schüttelte den Kopf. »Ich konnte nur nicht einschlafen. Aber ich habe viel schwarzen Tee dabei.«

»Komm, lass uns zum Strand gehen. Um diese Uhrzeit ist es dort wirklich sehr schön. Ich weiß, dass es früh ist. Aber dieses wundervolle Morgenlicht am Strand muss man einmal erlebt haben.«

Sie folgte ihm. David hatte recht. Der Strand war leer, kein Mensch, kein Boot, keine Hundebesitzer. Nichts außer einigen Möwen und Krebsen, die es genossen, ungestört im Sand herumzutrippeln, ohne Gefahr zu laufen, zerdrückt oder gefangen genommen zu werden. Die Sonne ging gerade auf; wie ein orangefarbener Ball stand sie tief über dem Wasser am Horizont und warf ihren warmen Lichtschein über das Meer. Auch der Sand leuchtete in dem Licht golden. Dieses Schauspiel hatte wirklich eine ganz eigene Magie.

David atmete zufrieden tief ein. »Das Meer hat etwas Faszinierendes. Ich liebe es.«

Marie nickte. Sie stand neben ihm und genoss die salzige Luft und das Kreischen der Möwen.

Dann sah er zu ihr. »Entschuldige wegen gestern, ich habe mich wie ein Idiot benommen. Leider hat der Typ einige alte Geister heraufbeschworen.«

»Magst du mir erzählen, warum du so wütend auf ihn bist?«

»Er ist derjenige, der mich die ganze Schulzeit hindurch gemobbt hat. Diese Geschichte aus dem Sportunterricht, die ich dir erzählt habe, war ja nur der Anfang.«

»Ich verstehe«, sagte Marie. Vorsichtig lehnte sie sich an ihn und legte eine Hand auf seine Schulter. »Das habe ich mir schon fast gedacht.«

»Ich bin sonst nicht so. Aber Kalle bringt mich immer noch auf die Palme. Vor allem, wenn er so tut, als wären wir beste Freunde.«

»Ja, er wirkte jetzt nicht so wie der reflektierte Typ.«

»Er hat einfach immer weitergemacht, obwohl doch klar war, dass ich mich nicht mit ihm unterhalten wollte.«

Marie spürte, wie aufgewühlt er war. Sie hatte Verständnis dafür. Jetzt, da sie die Hintergründe kannte, war Karls Verhalten nicht nachvollziehbar. Sie sah zu David, dann blickte sie wieder zu dem orangefarbenen Schauspiel über dem Meer. »Es war eine gute Idee, sich um diese Zeit zu treffen. Danke, dass du mich mitgenommen hast«, sagte sie.

Jetzt lächelte er. Das war gut. »Wenn ich bedenke, wie wütend ich bei unserer ersten Begegnung auf dich war und wie sehr ich gehofft habe, dass du so schnell wie möglich wieder verschwindest …«, kam es leise von David zurück.

»Autsch, das sind harte Worte«, erwiderte Marie und tat so, als wäre sie beleidigt.

»Nein, nein, so war das nicht gemeint. Ich bin froh, dass du hier bist. Ohne dich hätte ich nicht angefangen, die Geschichte meiner Familie auszugraben. Vielleicht versöhnt sie mich ja mit dem Ort hier.«

»Ein schöner Gedanke.«

»Und ich hätte mich niemals jemandem wegen meiner Vergangenheit geöffnet«, fuhr er fort. Jetzt blickte er sie direkt an. »Bei dir ist es was anderes. Du scheinst mich zu verstehen.«

Sie lächelte und David schien erleichtert.

»Also, ich mag dich«, sagte sie.

Er senkte den Kopf. Etwas verunsichert, aber immer noch lächelnd blickte er auf sie hinab. »Ich mag dich auch«, murmelte er.

Marie sah mit großen Augen zu ihm hoch. Sie lehnte sich an seinen Arm, während sie ihn mit beiden Händen sanft umfasste. Wieder blickte er zu ihr. Sie war fast einen Kopf kleiner als er. »Ist es okay, wenn ich mich bei dir anlehne?«, fragte sie. Sie hob den Kopf leicht von seiner Schulter.

»Es ist okay«, sagte er und drückte ihren Kopf sanft mit seiner Hand zurück.

Marie freute sich. Er mag mich, dachte sie. Beflügelt davon, hätte sie ihn am liebsten geküsst. Doch sie traute sich nicht.

David blickte weiterhin geradeaus auf das Meer.

Sie merkte, dass sie unwillkürlich lächelte. Sie konnte nicht anders, als zu fragen: »Ich würde dich gern küssen, ist das auch okay?«

David drehte sich zu ihr. »Ich würde dich auch gern küssen«, antwortete er.

»Dann sind wir einer Meinung.« Marie sah hoch zu ihm, ging dann auf die Zehenspitzen. Sie räusperte sich kurz und verharrte. Diesmal würde sie auf ihn warten. Er sah sie kurz so ernst an, dass sie fast weiche Knie bekam. Dann gab er ihr erst einen kurzen, sanften Kuss, sodass sich ihre Lippen nur einen Augenblick lang berührten. Beide lächelten etwas unsicher.

»Noch einmal?«, fragte er und Marie nickte erwartungsvoll.

Diesmal war David mutiger und ihre Berührung intensiver. Marie hatte schon lange niemanden mehr geküsst und genoss Davids Lippen. Sie waren weich und seine Haut sanft.

Immer wieder fragte er mit seinem Blick, ob sie einverstanden war. Nachdem sie ihm mit einem verführerischen Lächeln das Okay gegeben hatte, wurden die Küsse leidenschaftlicher und länger. Gerade als sich eine Gänsehaut auf ihrem Körper ausbreitete und sie weiche Knie bekam, trennten sich ihre Lippen.

Beide standen da, eng umschlungen und zufrieden. Ihre Herzen pochten im gleichen Rhythmus, aufgeregt von diesen ersten Berührungen. Sie nahm seine Hand und hielt sie fest. Schweigend blickten sie aufs Meer.

Marie wollte gern etwas sagen, zum Ausdruck bringen, wie schön es mit ihm war, aber irgendwie fühlte es sich überflüssig an. »Möchtest du einen Tee?«, fragte sie stattdessen.

»Sehr gern.«

Sie setzten sich in den Sand und Marie holte eine Thermoskanne und zwei Tassen aus ihrem Rucksack. Der Tee roch dezent nach Winter. Da hatte sie heute Morgen wohl eine weihnachtliche Mischung erwischt.

»Wer hätte das gedacht?«, fragte sie. »Am Anfang hast du mich gehasst.«

»Das ist ein großes Wort«, erwiderte David.

»Komm schon, ich hab dich fast erblinden lassen.«

Er sah sie an. »Zum Glück bist du mir danach immer wieder über den Weg gelaufen. Ehrlich gesagt habe ich schon befürchtet, dass du mich stalkst.«

Marie lachte laut. »Und ich dachte, du wärst ein Psycho, ein obdachloser Psycho.«

Jetzt musste David auch lachen. »Und?«

»Obdachlos bist du nicht und wenn ein Psycho, dann ein gut küssender.«

David lachte wieder.

Nachdem sie beide ein paar Schlucke von dem warmen Tee getrunken hatten, packte Marie die Brote aus und sie frühstückten zusammen.

»Sollen wir den Rest des Tages gemeinsam verbringen?«, fragte sie.

»Das würde ich gern, aber ich muss heute für den ganzen Tag nach Husum ins Labor. Ehrlich gesagt wollte ich dich auch deshalb so früh treffen … Ich wollte nicht so lange warten, bis ich dich wiedersehe«. Er lächelte etwas verlegen. »Was hältst du von heute Abend?«, fragte er.

»Klar.«

»Wenn du möchtest, kann ich etwas für uns kochen, mit hiesigen Kräutern und Gemüse.«

»Essen mit Kräutern von der Küste?«

»Genau, das wurde im Laufe der Jahre vergessen und vernachlässigt. Es müssen aber nicht immer Basilikum und Petersilie sein.«

»Das klingt sehr spannend.«

Er nickte. »Solange ich hier an meinem Projekt arbeite, wohne ich in der Einliegerwohnung bei meiner Schwester neben der Bäckerei. Dort gibt es eine kleine Küche.«

»Solange es nicht die Küche deiner Mutter ist, ist das völlig in Ordnung für mich.« Marie grinste.

»Dann sehen wir uns um halb acht.« Er gab ihr einen Abschiedskuss und fuhr dann mit dem Fahrrad weg. Marie setzte sich noch einmal auf die Bank im Rosengarten und wollte den Moment genießen.

Plötzlich, wie aus dem Nichts, musste sie an ihren Ex-Freund denken. Sie konnte es sich nicht erklären. Dabei hatte sie Sebastian doch längst überwunden. Sie hatte sich geschworen, nicht mehr an ihn zu denken, ihn aus ihrem Herzen herauszuschneiden. Und jetzt, wo sie endlich wieder Gefühle für einen anderen Mann hatte, musste sie ausgerechnet an ihn denken? Marie war verwirrt.

Sie ging zum Parkplatz hinter dem Deich, auf dem sie am Morgen ihr Auto geparkt hatte, und fuhr zurück zu Ingas Pension.

Helene und ihre Familie hatten ihren freien Tag. Die beiden großen Kinder waren in der Schule und im Kindergarten und sie und ihr Mann Lasse genossen ihren Kaffee auf der Terrasse, die gestern noch voll mit Gästen gewesen war.

Sie saßen aneinandergekuschelt in einem der Strandkörbe. Neben ihnen im zurückgelehnten Buggy schlief die einjährige Finja, ihr jüngstes Kind. Marie winkte ihnen zu. Sie wollte nicht stören und schnell vorbeilaufen, aber Helene sagte: »Falls du Lust hast, können wir morgen Nachmittag zu Marlene in den Laden.«

»Sehr gern.«

»Und nach dem Shopping gibt es Spanferkelessen in der überdimensionalen Designerküche«, witzelte Lasse.

»Ach, komm, Schatz. Es war nur ein Mal, dass er uns zum Essen eingeladen hat. Er wollte halt ein bisschen auftischen. Na und? Das Spanferkel war doch ganz lecker«, meinte Helene.

Lasse lächelte. »Klar, keiner darf besser sein als Kalle und seine Familie.«

»Bist du eifersüchtig?«, neckte ihn Helene.

»Nein«, entgegnete er kurz und sah zu Helene. »Ich habe alles, was ich brauche. Eine Traumfrau, wunderbare Kinder, und wir sind alle gesund.«

Sie gab ihm einen Kuss. »Ich hab dich auch lieb.«

Marie fühlte sich etwas fehl am Platz. »Ich gehe dann mal, gib mir morgen Bescheid, wann wir losfahren.«

»Das mache ich.«

In diesem Haus gibt es wohl nur innig verliebte Menschen, dachte Marie, als sie die Pension betrat. Jasper und Inga, Helene und Lasse … war es die Nordseeluft? Wer wusste das schon?

»Na, plagen dich schwere Gedanken?«, hörte sie Inga hinter sich.

»Oh, nein … so kann man es nicht sagen. Aber nachdenklich bin ich schon.«

Inga sah wieder einmal blendend aus in ihrem bunten Sommerkleid. Man sah es ihr wirklich nicht an, dass sie schon über siebzig war, fand Marie. Helene hatte ihr erzählt, dass ihre Schwiegermutter bereits einmal einen leichten Schlaganfall erlitten hatte. Aber davon waren offensichtlich keine bleibenden Schäden zurückgeblieben. Im Gegenteil, sie wirkte agil, voller Tatendrang und strahlte eine geradezu jugendliche Fröhlichkeit aus, sodass man ihr wahres Alter leicht vergessen konnte. So auch heute.

»Stimmt etwas nicht?«, fragte Inga nun.

»Nein, nein, alles in bester Ordnung«, versicherte Marie.

Inga schien nicht überzeugt. »Du wirkst aber betrübt.«

Marie seufzte. »Kennst du das? Du hast gerade tolle Aussichten mit einem Mann, und plötzlich, ganz ohne Vorwarnung, drängelt sich der Ex in deine Gedanken.«

Inga hatte so eine mütterliche und herzliche Art. Marie spürte, dass sie sich ihr anvertrauen konnte, auch wenn sie die Wirtin erst seit ein paar Tagen kannte.

Inga lachte laut auf. »Und wie ich das kenne!«, rief sie. Doch dann wurde sie ernst. »Entschuldige, dass ich gelacht habe, aber das ist nicht ungewöhnlich. Vielleicht ist es unser Gehirn, das sichergehen will, dass alle alten Brücken abgebrochen sind, bevor wir uns in etwas Neues stürzen.«

Marie hörte ihr aufmerksam zu. »Könnte sein, aber ich habe schon lange nicht mehr an meinen Ex-Freund gedacht.«

»Hattet ihr eine lange Beziehung?«

»Ach, der Klassiker. Wir waren seit der Schulzeit zusammen, hatten seit Jahren eine gemeinsame Wohnung und gerade als wir anfingen, über weitere Schritte nachzudenken, also ernste Schritte, ist er fremdgegangen.«

»Ui«, sagte Inga und wirkte, als hätte sie Zahnschmerzen.

»Wir haben uns in unterschiedliche Richtungen entwickelt. Eigentlich bin ich froh, dass es passiert ist, bevor wir vielleicht noch geheiratet und Kinder bekommen hätten.«

Inga nickte.

Marie hatte das Gefühl, dass die alte Dame wusste, wovon sie sprach. »Hätten wir nicht Schluss gemacht, hätte ich es nie geschafft, einen kompletten Neuanfang zu versuchen. Davor habe ich im Büro gearbeitet, zuletzt sogar als Teilhaberin in einer kleinen Firma, habe nur auf Sicherheit gesetzt und hätte mich nie getraut, den Sprung ins kalte Wasser zu wagen. Jetzt bin ich Illustratorin und wohne bald in einem Leuchtturm.«

»Das ist sehr mutig«, bestätigte Inga, während sie anerkennend nickte.

»Mutig? Ich weiß nicht. Vielleicht war es ja auch dumm. Ich habe schon immer viel gezeichnet und mir seit einiger Zeit damit etwas dazuverdient. Aber eigentlich bin ich immer noch Berufseinsteigerin. Jetzt muss ich genug Aufträge an Land ziehen, bevor meine Ersparnisse aufgebraucht sind.« Sie zuckte mit den Achseln. »Möglicherweise war es auch nur eine Flucht«, überlegte sie dann laut.

»Flucht ist nicht unbedingt etwas Schlechtes«, fand Inga.

»Das stimmt.«

»Was ich aber noch spannender finde, ist, dass du jetzt jemanden kennengelernt hast, wenn ich das richtig rausgehört habe«, sagte Inga und zwinkerte.

Marie lächelte etwas schüchtern. »Ja, du wirst es nicht glauben, aber irgendwie funkt es zwischen David und mir.«

»Das freut mich. Hätte ich nicht gedacht, aber es freut mich.«

»Vielleicht wird es auch nichts, aber wir hatten ein paar kleine gemeinsame Momente.«

»Das ist ein Anfang.« Inga sah sie an.

»Ja, und dann, als David weg war, hat mein verrücktes Hirn an Sebastian gedacht, meinen Ex. Und daran, wie das alles gelaufen ist und wie ich mich gefühlt habe, damals …«

»Ist es für dich seit Sebastian das erste Mal, dass du wieder jemanden in deine Nähe lässt?«, fragte Inga mit einem aufmunternden Lächeln.

Marie nickte zögernd.

»Dann ist es doch kein Wunder, dass dein Herz auf Langsamkeit pocht und darauf, nichts zu überstürzen. Es will nicht wieder verletzt werden. Wenn ich höre, wie das mit Sebastian auseinandergegangen ist, kann ich das gut verstehen. Ich mag David sehr. Ich freue mich für euch beide, wenn es klappt.«

Marie zog sich in ihr Zimmer zurück und setzte sich an den Tisch, den sie provisorisch zum Zeichentisch umgestaltet hatte. Vor ihr lagen ein weißes Blatt und ihre Bleistifte, mit denen sie gern erste Ideen festhielt. Schließlich begann sie, einige Figuren zu skizzieren. Doch es fiel ihr schwer, sich zu konzentrieren. Sie hatte ihre Arbeit vernachlässigt, seitdem sie hier war. Eigentlich wollte sie die Entwürfe für die Figuren der Buchreihe sowie den Handlungsbogen der ersten Geschichte längst fertig haben. Doch die sich hinziehenden Renovierungsarbeiten und diese alte Geschichte hatten sie abgelenkt. Und nun kreisten ihre Gedanken um David und Sebastian, statt sich Geschichten über einen Wattwurm auszudenken.

Ihr fiel auf, dass sie im Grunde kaum etwas über David wusste, außer dass er Meeresbiologe war und als Kind gehänselt worden war. Wie lebte er, was für eine Beziehung hatte er zu seiner Familie, was waren seine Hobbys, was aß er gern, reiste er gern? All das wollte sie unbedingt wissen. Ihre gemeinsame Zeit hatten sie damit verbracht, alte Geheimnisse aufzudecken. Und bei ihrem Essen an Holgers Fischbude war ihnen Kalle dazwischengekommen, bevor sie richtig miteinander reden konnten.

Ihre Gedanken wanderten zu dem Treffen heute Abend. Sie freute sich auf das Essen mit ihm, und irgendwann, nachdem sie mehrere Ideen verworfen und dazwischen ein paar Dehnübungen für ihren angespannten Rücken gemacht hatte, begann sie, sich fertig zu machen. Sie ging unter die Dusche, trocknete die Haare und versuchte, ihre Locken irgendwie in den Griff zu bekommen. Das blaue Haarband, das sie ausgewählt hatte, passte zu ihrem dunkelblauen Kleid. Der tiefe V-Ausschnitt betonte ihr Dekolleté. Es war eins ihrer Lieblingskleider und fiel ihr knielang über die Beine. Dazu trug sie Stiefeletten mit Absätzen.

Marie blickte noch einmal in den Spiegel und musste feststellen, dass ihr gefiel, was sie sah. Sie füllte das Kleid perfekt aus, war eben eine Frau mit Kurven. Sie mochte ihre Figur. Damit war sie wohl eine der wenigen Frauen, die mit ihrem Körper zufrieden waren. Zum Glück waren die Zeiten vorbei, als sie unglücklich darüber gewesen war, eins der fülligeren Mädchen in der Klasse zu sein. Wie gut, dass ihre Mutter sie damals zum Kung-Fu geschickt hatte. Dort hatte sie einige Frauen kennengelernt, die dem dünnen Schönheitsideal nicht entsprachen, aber vor Selbstbewusstsein nur so strotzten und ihr zeigten, dass man nicht nur schön war, wenn man dünn wie ein Laufstegmodel aussah.

Als sie mit dem Schminken fertig war, blickte sie auf die Uhr. Schon sieben. Jetzt raste die Zeit. Sie wollte nicht zu spät kommen. Also nahm sie ihren Mantel und lief aus dem Zimmer.

Ihr fiel ein, dass sie gar kein Gastgeschenk hatte. Zum Glück pflegte Inga einen kleinen Weinkeller und verkaufte ihr einen Weißwein, den sie selbst als ihren absoluten Lieblingstropfen lobte.

Pünktlich um halb acht stand sie vor der Bäckerei im Ortskern. Sie sah keinen Hauseingang. An der Eingangstür der Bäckerei hing ein »Geschlossen«-Schild, doch das Licht brannte noch und eine Frau sortierte etwas im Ladengeschäft. Also drückte Marie kurz entschlossen die Tür auf. Der Geruch von Brot hing immer noch in der Luft, obwohl die Brotkörbe alle leer waren.

»Hallo, Entschuldigung, wissen Sie, wo ich David finde?«, fragte sie.

Die Frau lächelte. »Hallo! Du bist bestimmt Marie«, rief sie freudig. »Ich bin Emma, seine Schwester.«

»Ja, ich wollte zu deinem Bruder.«

»Ich weiß. Er wohnt um die Ecke. Komm, ich bringe dich zu ihm.« Emma ging mit ihr nach draußen und führte sie um das Gebäude. »Ich habe gehört, du zeichnest«, sagte die Bäckerin.

»Äh, ja. Ich versuche gerade, als Illustratorin durchzustarten.«

»Das ist ja spannend. Ich liebe die Malerei. Aber bei der ganzen Arbeit komme ich leider viel zu wenig dazu.«

»Backen kann doch auch sehr kreativ sein, oder?«

»O ja, wenn man es mit Herzblut macht«, erwiderte Emma und lächelte. »So. Hier ist es.«

»Danke.«

»Schön, dich kennenzulernen, Marie. Ich gehe dann mal zurück«, erklärte Emma. »Ich muss noch die Bäckerei aufräumen für morgen.«

»Es hat wirklich toll gerochen. Ich muss unbedingt auch mal vorbeikommen, um deine Brote zu probieren«, entgegnete Marie.

Emma lächelte und winkte zum Abschied.

Marie klingelte. Sie spürte, wie ihr Herz immer stärker schlug. Schwitzten ihre Handflächen oder bildete sie sich das nur ein? Ihr letztes erstes Date war mit Sebastian gewesen. Vor über fünfzehn Jahren! Sie kam sich vor wie ein Teenager.

In diesem Moment ging die Tür auf. David trug eine Schürze. Er wirkte etwas überrascht.

»Bin ich zu früh?«, fragte Marie.

»Nein, nein, ich bin nur noch mittendrin. Ich wollte, dass alles frisch und warm ist, wenn du kommst. Komm doch rein.«

Sie trat ein.

»Ich würde dir gern den Mantel abnehmen, aber leider sind meine Hände noch etwas fettig vom Olivenöl.«

»Das schaffe ich auch allein.« Sie lächelte und zog sich den dünnen Mantel aus.

Die Wohnung war nicht groß, aber sehr schön eingerichtet. Wie oft hier im Norden, überwog weiß lasiertes Holz. Ein dunkler Holzboden war zusammen mit der Couch der einzige Farbtupfer.

»Schön hast du es hier.«

»Danke, es ist ja nicht meine eigentliche Wohnung. Aber meine Schwester lässt mich hier wohnen, wenn ich länger bleibe. Sie hat das eingerichtet. Zwischendurch vermietet sie es auch immer wieder als Ferienwohnung.«

Marie nickte. Die kleine Küche war Teil des Wohn- und Essbereichs. Aus dem Ofen strömte ein würziger Geruch und aus der Pfanne duftete es nach Fisch. Sie hatte keine Ahnung, was er zubereitete, freute sich aber jetzt schon.

»Ich habe einen edlen Tropfen dabei«, verkündete sie und stellte die Weinflasche auf den runden Tisch.

»Danke, ich bin gleich so weit. Möchtest du dich schon mal hinsetzen?«

»Darf ich dir helfen?«, wollte sie wissen.

»Du kannst den Wein öffnen.«

Sie merkte, dass David nervös war. Aber ihr selbst ging es nicht anders. Ein Glas Wein kam ihr gerade gelegen. Wahrscheinlich wollte er sie mit seinen Kochkünsten beeindrucken.

Sie öffnete die Flasche und probierte. »Der Wein schmeckt gut«, sagte sie, und David drehte sich um. »Und es duftet fantastisch. Was zauberst du da?«

»Als Vorspeise gibt es Strandsalat. Danach Heilbutt mit Meeresspargel und Ofenkartoffeln.«

»Das klingt gut. Auch wenn ich keine Ahnung habe, was Strandsalat ist.«

»Eine Überraschung.«

»Lass uns schon mal anstoßen«, schlug sie vor.

David zog die Schürze aus und kam zu ihr.

Sie schenkte ihm Wein ein. »Hi«, sagte sie leise. »Schön, dich zu sehen!«

David wirkte immer noch ein bisschen nervös. »Hi, willkommen in meinem kleinen Reich. Ich hoffe, das Essen schmeckt dir.«

»Ich liebe Essen und mag fast alles. Du kannst dir sicher sein, so wie es hier riecht, kriegst du mich gar nicht mehr von deinen Töpfen weg!«, entgegnete sie grinsend.

Auch er musste nun grinsen und ein Teil der Anspannung fiel von ihnen beiden ab.

»Ich ziehe mich noch um, bin gleich wieder da«, rief David und verschwand im Schlafzimmer.

Sie setzte sich einen Moment an den Tisch. Der Ofen piepste, doch David war noch nicht wieder zurück. Also erhob sich Marie, schaltete den Ofen aus und fragte sich, wo er blieb. Da kam David zurück.

»Hast du geduscht?«, fragte sie.

»Ja, ich hatte eigentlich geplant, früher mit dem Kochen fertig zu sein und mich noch umzuziehen, bevor du kommst. Aber, na ja … stinke ich immer noch nach Fett?«, fragte er.

»Nein, du riechst sehr gut!« Sie lachte. »Aber deine Haare sind noch ganz nass!«

»Ich wollte nicht wie ein Brathähnchen riechen.«

»Ich liebe Brathähnchen! Dagegen ist nichts einzuwenden.«

Er kam zu ihr. Sie nahm einen würzig-frischen Duft wahr, der ihr gefiel.

»Ich hab den Ofen ausgemacht.«

»Danke«, sagte er. »Dann wäre das Essen jetzt fertig. Ich hoffe, du hast Hunger.«

Sie nickte enthusiastisch. »Und der Wein braucht auch Gesellschaft. Ich bin schon etwas beschwipst.« Sie spürte, wie sehr sie sich auf den Abend mit ihm und das Essen freute.

Sie stießen wieder an und begannen zu essen. Der Salat sah aus wie Blattspinat mit Schalotten und schmeckte dezent nach Meersalz.

»Das ist interessant. Auf den ersten Blick sieht es aus wie Salat, aber irgendwie schmeckt es exotisch.«

»Das sind alles Pflanzen und Kräuter, die ich direkt am Strand gesammelt habe.«

»Ehrlich?«

»Ja. Früher wurde an den Küsten viel mit solchen Strandkräutern gekocht. Mein Großonkel hat das Wissen an mich weitergegeben, was man in den Dünen sammeln kann und wie man es zubereitet.« Er zeigte auf ein Blatt, das aussah wie Spinat. »Das da ist Strandaster. Das haben früher die armen

Leute gegessen. Man kann sie einfach ohne Salz in der Pfanne dünsten und ein paar Zwiebeln dazugeben. Außerdem habe ich noch ein paar Blätter der Austernpflanze daruntergemischt, die wächst auch in den Salzwiesen und bringt eine Pilznote mit.«

»Sehr lecker.«

Der Heilbutt war zart, die Ofenkartoffeln knusprig. Als Beilage gab es wieder ein exotisches Gemüse: Meeresspargel. Die grünen Stangen schmeckten wunderbar würzig.

»Köstlich!«, rief sie.

David schien erleichtert. »Das freut mich. Es ist nichts Besonderes, aber die Zutaten sind ganz frisch und ich hoffe, das schmeckt man.«

»Und wie man das schmeckt.« Marie merkte, wie auch die restliche Nervosität von ihr abfiel. Der Wein hatte sie entspannt. »Wohnst du allein?«, fragte sie.

Er nickte. »Ich habe keine geheime Familie in Hamburg.«

Sie lachte laut. »Das meinte ich nicht. Ich dachte nur, vielleicht wohnst du in einer WG oder so.«

Er schüttelte den Kopf. »Nein, ich wohne gern allein. Und du?«

»Das weißt du doch. Oder hast du noch jemanden in meiner Nähe gesehen?«

»Und vorher?«

»Ach, vorher war ich jahrelang mit meiner Jugendliebe zusammen, bis wir uns verlobten und er fremdging.«

»Das tut mir leid.«

»Ist wohl der Klassiker. Ich denke, wir haben uns in unterschiedliche Richtungen entwickelt.«

Er nickte verständnisvoll. »Bist du deshalb in den Norden gezogen?«

Sie konnte nicht gleich antworten, weil sie gerade einen Bissen des wunderbaren Fisches im Mund hatte. »Ich habe eine Weile gebraucht, um wieder bei mir und in einem Leben als

Single anzukommen. Dann habe ich beschlossen, endlich die Dinge zu tun, die ich mir schon immer gewünscht hatte.«

»Cool.«

Sie nickte. »Wäre ich mit Sebastian noch zusammen, würde ich jetzt nicht bei dir sitzen und dieses leckere Essen genießen.«

»Das stimmt. Ich bin Sebastian sehr dankbar«, meinte David lächelnd und Marie lächelte zurück.

»Entschuldige, ich bin etwas beschwipst«, sagte sie.

»Ich sollte mehr Wein trinken, damit wir auf dem gleichen Level sind.«

Sie lachte wieder.

»Du bist die einzige Person, die mich wirklich witzig findet«, stellte er trocken fest. »Oder ist das der edle Tropfen?«

»Ich finde dich nicht nur witzig, ich finde dich auch unglaublich sexy«, gab sie zurück. Sie schaffte es nicht, ihre Zunge im Zaum zu halten. Ingas Wein war wirklich gefährlich.

»Also, auch wenn ich weintechnisch etwas hinterherhinke … aber ich finde dich auch unglaublich sexy in diesem Kleid«, sagte David, und sie sahen sich in die Augen.

Dann beugte Marie sich vor und küsste ihn. Sie spürte Davids Körper an ihrem, als er sie enger an sich zog.

David stand auf, nahm sie an der Hand und küsste sie wieder. »Du machst mich ganz verrückt mit deinem Kleid.«

Wieder lachte sie. »Pure Absicht.«

Seine Lippen küssten sich von ihrem Gesicht hinunter zu ihrem Hals, seine Hände berührten zart ihre Schultern und ihr Brustbein. Marie wusste nicht, ob es der Wein oder seine Berührung war, jedenfalls durchzog eine Wärme ihren gesamten Körper. Sie wünschte sich mehr davon. Ihre Hände wanderten unter sein Hemd, seinen Rücken entlang. Sich küssend taumelten sie zur Couch und ihre Berührungen wurden forscher.

»Ist das der Alkohol oder hast du magische Hände?«, fragte Marie atemlos.

»Ich kaufe Inga morgen zwei Kisten ab«, erwiderte er und Marie musste wieder kichern.

»Hat dir echt noch niemand gesagt, dass du unglaublich witzig bist?«

»Nein, du bist wirklich die Erste.«

»Die anderen haben dein Potenzial zum Comedian nicht erkannt.«

Jetzt musste David lachen. Es war das erste Mal, dass sie ihn herzhaft lachen sah. Er wirkte so anders, so entspannt und gelöst.

»Lachen steht dir gut.«

»Früher haben mich alle ausgelacht. Und nun findest du mich lustig und sexy.«

»Jap«, sagte sie und lehnte sich an ihn.

David wurde mutiger und begann mit seinen Händen ihren Oberkörper entlangzuwandern.

Da klingelte es an der Tür. Etwas erschrocken und benommen setzten sich beide auf.

»Wer könnte das sein?«, fragte Marie und richtete ihr Kleid.

»Wahrscheinlich Emma.« Er blieb noch kurz auf der Couch sitzen und atmete durch. »Ich brauche einen Moment.«

Marie kicherte und merkte, dass die Wirkung des Weins etwas nachließ. »Ich kann die Tür öffnen«, bot sie an. Sie lief zur Tür, und tatsächlich stand seine Schwester davor und hielt einen Teller mit Kuchen in der Hand.

»Ich habe einen leckeren Apfelkuchen gebacken und dachte, das wäre ein guter Nachtisch.«

Marie bedankte sich und nahm den Kuchen entgegen.

»Danke, Emma!«, rief ihr Bruder von der Couch.

»Ich will euch nicht weiter stören, dachte aber, dass es euch den Abend versüßen könnte, da mein Bruder keine Ahnung von Nachtisch hat.«

»Danke, das ist lieb, Emma.« David kam nun auch zur Tür.

Seine Schwester zwinkerte ihm zu und verschwand.

»Du hast eine sehr aufmerksame Schwester«, stellte Marie fest, nachdem die Tür wieder ins Schloss gefallen war.

Er nickte. »Leider ja.«

»Ich liebe Apfelkuchen.«

Sie räumten gemeinsam den Tisch ab. Dann aßen sie den noch warmen Kuchen.

»Köstlich«, sagte Marie.

Er nickte. »Meine Schwester kann backen.«

Nachdem ihre Gedanken nicht mehr vom Alkohol vernebelt waren, dachte sie darüber nach, was sie gesagt hatte. »Habe ich dich überfallen? Mit dem Kuss? Das war der Alkohol …«

Er lächelte. »Nein, alles war wunderbar.«

Dabei sah er sie so sehnsüchtig an, dass ihr das Herz aufging. Sie konnte nicht glauben, dass dieser auf den ersten Blick so verschlossene und zurückhaltende Typ solche Emotionen in ihr auslösen konnte. Am liebsten wäre sie ihm um den Hals gefallen. Doch sie beherrschte sich.

»Sollen wir morgen etwas zusammen unternehmen?«, fragte er.

»Oh, morgen. Da bin ich mit Helene verabredet.«

»Von der Pension?«

Sie nickte. »Ja, Ingas Schwiegertochter.«

»Was macht ihr denn zusammen?«, fragte er unbedarft.

»Ähm …«, druckste Marie herum.

»Ein Geheimnis?«, fragte David und lächelte.

»Na ja, Helene hat mir vorgeschlagen, dass wir in Marlenes Modeladen gehen und uns die perfekte Familie mal näher anschauen könnten.«

David überlegte.

»Die Familie, die wir am Imbiss getroffen haben«, ergänzte sie.

Sie merkte, wie sich Davids Gesicht veränderte. »Kalles Frau?«

Marie nickte.

»Du kannst natürlich hin, wo du willst. Dass ich Kalle hasse, bedeutet nicht, dass du nicht bei seiner Frau einkaufen sollst.«

»Du hasst ihn also immer noch?«, fragte sie.

David nickte. »Er hat meine Kindheit zerstört. Klar hasse ich ihn.«

»Das hört sich nicht gut an.«

»Nun, er hat mich als Opfer ausgesucht, weil ich schwächer war und aus einfachem Elternhaus kam. Jahrelang hat er mich täglich gepiesackt. Meine Schulsachen versteckt, mich im Gesicht mit Edding bemalt, mich am Pissoir auf der Schultoilette umgeschubst, sich bescheuerte Spitznamen für mich ausgedacht, die er in der ganzen Schule verbreitet hat … Ich war ständig auf der Hut, weil ich nie wusste, was mich erwartete. Es sind so viele Dinge passiert, auch wenn ich vieles verdrängt habe. Irgendwann wollte mein Gehirn die ganzen Details nicht mehr abspeichern. Lange Zeit hatte ich Panik, wenn ich nur daran dachte, in die Schule gehen zu müssen.«

»Konnte dir niemand helfen?«

»Die Lehrer haben das nie wirklich mitbekommen. Und meine Eltern auch nicht. Sie waren beschäftigt, mussten eine Bäckerei leiten. Mein Vater stand nachts in der Backstube, meine Mutter tagsüber im Laden. Sie hatten ihre eigenen Sorgen.«

Sie nickte. »Ich hoffe, es hilft dir, jetzt darüber zu reden«, sagte sie.

Er zuckte mit den Schultern.

Marie musste zugeben, dass sie lieber seine Küsse auf ihrer Haut gespürt hätte. Aber sie wollte nichts überstürzen. Es war immerhin das erste offizielle Date. Und ohne die beschwingende Wirkung des Alkohols hatten sie Zeit, sich erst besser kennenzulernen.

»Genug von mir. Erzähl mir von dir«, bat er.

»Was möchtest du denn wissen?« Marie lächelte.

»Warum bist du gerade hierher gezogen?«

»Puh, da habe ich eine offizielle Antwort und eine inoffizielle«, sagte sie.

»Ich würde gern beide hören.«

»Sicher?«, fragte sie mit großen Augen und lächelte etwas verlegen.

»Sicher«, entgegnete er und stützte aufmerksam den Kopf auf seine Hand.

»Also, erst die offizielle.«

Er nickte.

»Ich wollte schon immer an die See ziehen. Das Meer, das Klima hier und die Natur sind einfach wunderschön, und als ich in einem Künstlerforum bei Facebook die Werbung für den Leuchtturm sah, wusste ich, hier will ich hin.«

David wandte seinen Blick nicht von ihr ab, während sie erzählte. »Und?«, fragte er.

»Das stimmt so im Großen und Ganzen. Ich musste aber auch weg von dem Ort, an dem ich mein bisheriges Leben verbracht hatte. Seit meiner Schulzeit war ich mit Sebastian zusammen. Mein erster Freund, wir studierten sogar zusammen und es stand fest, dass wir dann irgendwann auch heiraten und Kinder kriegen. Nach dem Studium fingen wir sogar an, für dieselbe Firma zu arbeiten, und kurz darauf machten wir uns im Bereich Marktforschung zusammen selbstständig. Nach außen hin lief alles gut, wenn auch ohne besondere Aufs und Abs, bis Sebastian fremdging.«

»Das muss schlimm gewesen sein.«

Sie zuckte mit den Schultern. »Klar, irgendwie schon. Aber im Nachhinein betrachtet, waren wir schon lange kein richtiges

Paar mehr, eher so ein gutes Team. Wir hatten uns in unterschiedliche Richtungen entwickelt. Es gab keine Basis mehr für einen Neuanfang und da habe ich mir gedacht, dass es jetzt an der Zeit wäre, einen Neustart zu wagen. Der Job wurde immer mehr zur Routine und mein Herz hing nicht daran. Da meine Beziehung nicht mehr zu kitten war und wir diesen Job auch nicht mehr gemeinsam ausüben konnten, war es die Gelegenheit, von vorn anzufangen. Also zog ich mich aus der Firma raus, wir verkauften unsere gemeinsame Eigentumswohnung und ich beschloss, das zu machen, was ich schon immer geliebt habe. Zeichnen.«

David nickte anerkennend. »Ich bewundere deinen Mut.«

Marie zuckte mit den Schultern. »Ehrlich gesagt, bin ich mittlerweile Sebastian fast dankbar für den Seitensprung. Stell dir vor, sonst würde ich jetzt immer noch in Karlsruhe sitzen, den ganzen Tag das Internet und Journale durchforsten und in einer Beziehung sein, in der die Liebe schon längst erloschen ist.« Sie setzte sich auf. »Jetzt lebe ich meinen Traum.«

»Ich verstehe, was du meinst«, erwiderte er. »Ich liebe meine Arbeit und könnte mir das Leben gar nicht vorstellen mit einem Job, bei dem ich schon sonntags denke: ›Mist, da muss ich morgen hin.‹«

»Genau so war es für mich aber.«

»Ich verdiene zwar weniger als bei einem lukrativen Bürojob, aber dafür liebe ich, was ich tue.«

»Was machst du eigentlich? Wattwürmer zählen?«

David lachte laut. »So ähnlich. Kurz erklärt, beobachte ich, wie sich das Klima und die Umwelt auf das Leben im Watt auswirken.«

Sie nickte interessiert. »Wahrscheinlich nicht so gut.«

»Es ist tatsächlich komplex. Aber jemand muss ein Auge auf die Entwicklung haben.« Er erzählte noch ein bisschen mehr von seiner Arbeit.

Sie hätte sich am liebsten an ihn gekuschelt und dort weitergemacht, wo sie zuvor aufgehört hatten. Aber wenn man bedachte, dass sie sich erst so kurz kannten, war es wohl besser so. Sie war wahrlich keine Expertin, doch sie hatte das Gefühl, dass jetzt ein guter Moment gekommen war, um nach Hause zu gehen und den Abend erst einmal sacken zu lassen.

»Es wird spät«, sagte sie. »Ich denke, ich gehe mal wieder zurück in die Pension.«

»Jetzt schon?«

»Es war wunderschön. Sollen wir morgen Abend wieder was unternehmen?«

Er lächelte. »Ich melde mich bei dir, wenn ich mit meiner Arbeit fertig bin, okay?«

»Gern.«

13.

Als sie am nächsten Tag nach dem Mittagessen mit Helene im Auto saß, dachte sie an den vergangenen Abend. David hatte darauf bestanden, sie nach Hause zu begleiten. Dann, vor der Pensionstür, hatte er ihr einen langen Abschiedskuss gegeben. Sie fühlte das erste Mal seit sehr, sehr langer Zeit Schmetterlinge im Bauch.

»Na, woran denkst du?«, fragte Helene unvermittelt.

»Oh, äh … an nichts eigentlich.«

»Du hast dieses verklärte Lächeln. Das kenne ich.« Helene schmunzelte und sah wieder zurück auf die Straße.

Marie blickte zu Helene und grinste. Sie fuhren von der Landstraße ab und kamen nun auf einer schmalen Straße zu einer Allee. Links und rechts des Weges standen große Scheunen, die darauf hindeuteten, dass sie sich einem landwirtschaftlichen Betrieb näherten. Schließlich gelangten sie zu einem wunderschönen weißen Anwesen, das umgeben war von einem Wäldchen. Sie parkten an einem breiten Schotterweg. Das vor ihnen liegende Gebäude erinnerte tatsächlich an ein kleines Wasserschloss. Nicht nur weil es so groß war, es war auch umgeben von einem Kanal. Es gab sogar eine romantische Holzbrücke, die an der Vorderseite des Hauses über das Wasser führte. An das alte Haus war auf jeder Seite des Hauptportals ein trapezförmiges Häuschen mit breiten Fensterfronten angebaut. Eins davon war der Modeladen, auf der anderen Seite schloss sich eine große Wohnküche an.

Zwischen Kanal und Haus befand sich eine riesige Rasenfläche mit Rhododendren und Rosensträuchern, dahinter war ein kleiner Spielplatz mit allem, was ein Kinderherz begehrte. Ein überdachter Pool durfte natürlich nicht fehlen.

Marie war beeindruckt. »Mit Schweinen lässt es sich offenbar wirklich gut leben«, stellte sie fest.

»Du sagst es«, erwiderte Helene.

Eine nostalgische Glocke ertönte, als sie den Modeladen mit dem einfachen Namen »Schöne Dinge« betraten. Marie musste zugeben, dass der Laden sehr geschmackvoll eingerichtet war. Neben Kleidung gab es auch jede Menge Schmuck, Taschen und Dekoartikel, alles in der höheren Preiskategorie angesiedelt.

»Kaufst du hier regelmäßig ein?«, flüsterte Marie.

»Ich gönne mir ab und zu mal eine Kleinigkeit, sonst ist das alles viel zu teuer, wir haben leider einen Kredit abzuzahlen.«

Marie war erleichtert. »Ich kann mir vielleicht einen Stein kaufen«, scherzte sie.

»Dafür gibt es ein leckeres Gläschen Sekt und man erfährt den neuesten Tratsch. Ist für mich eine Art Entspannungstrip.«

Dann kam Marlene. Sie trug Jeans, dazu eine weiße Baumwollbluse, die sie locker in die Hose gestopft hatte. Das blondierte Haar war zum Pferdeschwanz gebunden.

»Helene! Hallo, meine Liebe!«, begrüßte sie sie überschwänglich. »Und Marie!«

Marie nickte freundlich. Marlene erinnerte sich sogar an ihren Namen.

»Schön habt ihr es hier«, sagte Marie.

»Oh ja, es ist ein Traum«, entgegnete Marlene und strahlte. »Sekt für die Damen?«, fragte sie und beide nickten.

Während Marlene die Flasche öffnete, sahen sich die zwei Frauen um. Schnell war Marie klar, dass sie hier nichts kaufen wollte. Doch sie fühlte sich irgendwie verpflichtet. Verzweifelt suchte sie nach irgendetwas, das nicht zu teuer war und das sie gebrauchen konnte. Am Ende fand sie zwei türkise Übertöpfe, die bezahlbar waren. Helene hatte eine Kette entdeckt. Sie bezahlten und Marlene bot ihnen einen Platz an einem runden Tischchen an, von dem der weiße Lack abblätterte. Es war allerdings klar, dass das Absicht war. Es sollte nach altem Landhausstil aussehen, der Tisch war sicher teuer gewesen.

Marlene setzte sich zu ihnen und sie plauderten etwas. Ihre Gastgeberin erzählte, dass sie ab und zu das Stadtleben vermisse.

»Aber du hast doch hier deine Pferde und den Laden.«

»Ja, es ist auch wunderschön, aber was fehlt, ist, abends mal ins Kino oder ins Theater zu gehen.«

»Dafür hast du Karl«, meinte Helene.

Sie lächelte und sagte: »Er ist wunderbar.«

Dann blickte sie zu Marie. »Aber dein Freund mochte ihn nicht. Karl war ganz schön mitgenommen nach dem Wiedersehen neulich.«

»Sie kennen sich von früher. Karl hat ihn wohl ziemlich gehänselt, als sie Kinder waren«, erwiderte Marie.

»Karl hat manchmal eine etwas gewöhnungsbedürftige Art, aber er ist innen drin ein lieber Kerl«, antwortete Marlene.

Marie sah zu Helene, die ihren skeptischen Blick erwiderte.

Da sonst niemand da war, bot Marlene ihnen an, sie durch das Haus zu führen.

»Bist du sicher? Wir wollen dir keine Umstände machen«, sagte Helene.

»Wenn Kundschaft kommt, höre ich ja die Klingel«, meinte Marlene.

»Sie muss sehr stolz auf ihr Schloss sein«, flüsterte Marie Helene ins Ohr, während Marlene die Schlüssel holte.

Helene nickte. »Ja. Ich glaube, sobald ein neues Gesicht im Ort erscheint, wird eine Führung angeboten.«

»So, wir können«, unterbrach Marlene sie eifrig.

Während der Führung hielt sich Marie eher zurück. Gerade als sie gehen wollten, kam Karl. Er telefonierte laut und gab währenddessen seiner Frau einen flüchtigen Kuss. Marie beobachtete ihn und versuchte, sich vorzustellen, wie er als Kind gewesen sein mochte. Sie hatte sich einen Schweinezüchter irgendwie anders vorgestellt, im blauen Arbeiteranzug, streng nach Stall riechend.

Karl war völlig anders. Er trug ein Designerpolohemd, das durch die große Schrift auch jeden noch so schlecht Sehenden erkennen ließ, dass es kein billiges T-Shirt war. An der Hand glänzte eine auffallend klobige und wahrscheinlich teure Uhr. Marie kannte nur die Marke Rolex. War das eine?

Karl war augenscheinlich ein selbstbewusster Mann. Er war groß und strahlte schon durch sein selbstsicheres Erscheinen Autorität aus.

Nachdem er aufgelegt hatte, begrüßte er die Frauen.

»Woher kennen wir uns?«, fragte er Marie.

»Eine Freundin von David«, entgegnete sie.

Er schien sich zu erinnern. »Ah, ja. Ich habe mich schon am Imbiss gefragt, wie sich der kleine David solch eine Frau geangelt hat«, sagte er. Dabei lachte er laut.

Marie fand seinen Witz nicht lustig, doch sie wusste nicht, was sie darauf antworten sollte.

»War nur Spaß. Er ist in Ordnung. Früher war er klein und trug eine Brille wie Harry Potter.« Wieder grinste er.

»Na ja, Harry Potter ist immerhin das Idol vieler Menschen, und das aus gutem Grund«, konterte Marie.

Er verstand wohl nicht ganz, was sie damit sagen wollte; sein erneutes Lachen wirkte verwirrt. »Die Damen, ich muss weiter. Schweine verkaufen sich nicht von allein.« Und weg war er.

Marlene schien auch verunsichert. Sie lächelte etwas verloren. »Dann lasst uns zurückgehen.«

Sie verabschiedeten sich. Sobald sie draußen waren, meinte Marie: »Das war also wieder Kalle in Aktion. So langsam verstehe ich ein bisschen, warum David ihn als Arschloch bezeichnet hat.«

»Komisch. Dasselbe hat mein Mann auch gesagt«, antwortete Helene. »So redet Lasse sonst nie über andere.«

»David muss sehr unter ihm gelitten haben«, sagte Marie, als sie zurückfuhren.

»Kann sein. Ich möchte mir auch nicht vorstellen, wie Kalle sich in der Schule benommen hat. Wobei David auch nicht der aufgeschlossenste Typ ist, oder? Steht er da inzwischen nicht drüber?«

»Nein, ich denke nicht, dass das für ihn ein möglicher Weg ist«, entgegnete Marie zögernd und in Gedanken. Sie bedankte sich bei Helene, die sich nach ihrer Rückkehr nun ihren Kindern widmete.

Marie zog sich auf ihr Zimmer zurück. Und tatsächlich, heute kam sie endlich mit ihren Entwürfen voran.

Nachdem sie zwei Stunden gearbeitet hatte, rief sie David an. »Hey, wie geht es dir?«, fragte sie.

»Gut, und dir?«

»Auch gut. Ich war heute bei Marlene shoppen.«

»Und? Hast du es überlebt?«

»Offensichtlich. Ich erzähle dir mehr davon, wenn wir uns sehen.«

»Wie wäre es in einer Stunde? Ich hole dich ab.«

»Gern.«

Eine Stunde später, es war mittlerweile kurz nach sieben, schrieb er ihr eine Nachricht, dass er auf dem Parkplatz der Pension sei und auf sie warte. Marie ging hinaus. Neben ihm auf dem Boden stand ein Rucksack, außerdem ein Jutebeutel und eine große braune Papiertüte. Marie sah, dass sich das eingewickelte Notizbuch darin befand. Sie hatte sich nicht getraut, ihn zu bitten, es mitzubringen. Doch jetzt, als sie es entdeckte, schlug ihr Herz schneller. Er hatte also nicht vergessen, dass sie gemeinsam darin weiterlesen wollten.

Marie war etwas unsicher, wie sie ihn begrüßen sollte, aber er zog sie in seinen Arm.

»Hast du Lust, weiter in unserer Fundgrube zu stöbern?«, fragte er nach einer Weile.

Marie strahlte. »Das wäre wunderbar.«

Er öffnete seinen Rucksack. Darin befand sich ein Sixpack Bier. »Ich hab auch etwas gegen den Durst dabei!«

Marie lächelte und hob den Daumen hoch.

»In der Tüte sind Fischbrötchen und Krabbensalat, habe ich eben noch bei Holger geholt.«

»Ein richtiges Picknick!«, rief sie begeistert.

»Genau. Lust auf einen Strandspaziergang?«

»Und ob.«

Er zog den Rucksack zu und nahm ihn auf die Schulter. Dann schaute er sie an, nahm ihre Hand und drückte sie einmal fest. Hand in Hand liefen sie in Richtung Deich.

»Danke für den schönen Abend gestern«, sagte sie.

»Es war mir eine Ehre, dich in meiner kleinen Welt empfangen zu dürfen«, erwiderte David.

»Ich wollte dir noch von meinem Ausflug in Karls Welt erzählen.«

Er seufzte. »Okay.«

»Das ist ein absolutes Protzhaus und ihr Modeladen ist schweineteuer. Ich habe die ganze Zeit damit verbracht, etwas

Bezahlbares zu finden. Schließlich habe ich zwei Übertöpfe mitgenommen.«

»Warum hast du überhaupt etwas gekauft?«

»Na ja, sie hat uns Sekt ausgegeben.«

»Ihre Verkaufsmasche hat funktioniert.«

»Außerdem hat sie uns das ganze Haus gezeigt.«

»Auch noch?«

»Ich dachte, Karl kommt im Blaumann aus dem Stall, stattdessen hat er sehr laut telefoniert, und zwar in Designerklamotten.«

»Das Äußere war ihm schon immer wichtig. Mich hat er auch immer vor der ganzen Klasse wegen meiner Babyklamotten aufgezogen.«

Marie sah ihn bestürzt an. »Er war wirklich gemein zu dir.«

»Ja. Er hat es so schlimm getrieben, dass ich seinetwegen Gewaltfantasien hatte.«

Marie strich ihm über die Wangen, die glühten. Sein Blick war abwesend und in die Ferne gerichtet, als wäre er weit weg in der Vergangenheit.

»Das tut mir furchtbar leid«, sagte sie, nahm ihn in den Arm und gab ihm einen Kuss.

»Ich habe das leider bis heute nicht verdaut. Allein wenn du von ihm sprichst, wird mir schlecht.«

»Dann werde ich nicht weiter von ihm sprechen. Aber hast du schon mal überlegt, wie du damit besser umgehen könntest, damit es dich nicht so sehr belastet?«

»Nein, ich denke am liebsten gar nicht an damals«, entgegnete er mit finsterem Blick, drehte sich um und ging weiter. Marie blieb nichts anderes übrig, als seine Absage an ein tiefer gehendes Gespräch zu diesem Thema zu akzeptieren. Doch sie schwor sich, ihn bei nächster Gelegenheit ein weiteres Mal darauf anzusprechen, denn sie spürte, wie verletzt er immer noch war.

Sie liefen einige Meter und suchten sich ein ruhiges Plätzchen am Strand. Dort aßen und tranken sie und unterhielten sich über unverfängliche Dinge. Marie genoss die Nähe zu David, mit dem sich schnell ein Gespräch über das Meer, dessen Bewohner und den Küstenschutz entwickelte, das sie beide in den Bann zog.

Schließlich holte David aus seinem Rucksack das in ein Leinentuch gehüllte Buch hervor und sie lasen gespannt weiter.

14.

Alma

1878

Alma saß auf dem Bett und sah beide mit großen Augen an. »Was erzählt ihr da?«, fragte sie.

»Arne und ich haben einander lieb gewonnen.« Hannah lächelte. Sie hatten es ihr eben berichtet und Alma hatte immer noch Mühe, die Bedeutung der Worte richtig zu erfassen.

»Wie meinst du das, lieb gewonnen?«

Hannahs Ohren glühten. Obwohl sie eine innige Beziehung zu ihrer Mutter hatte, schien es ihr nun doch unangenehm, über das Thema Liebe so offen zu sprechen.

Arne räusperte sich. »Es war so … Nachdem ich zurück war, habe ich gemerkt, dass ich Hannah gegenüber Gefühle verspüre, die vorher nicht da waren. Da sie viel jünger ist als ich, habe ich mich sehr geschämt und euch deshalb gemieden.«

»Mir ging es genauso. Seit dem Tag, als Arne hier in der Tür erschien, habe ich immer nur an ihn gedacht.«

Alma sah abwechselnd zu ihrer Tochter und zu Arne. »Was erzählt ihr da?«, wiederholte sie.

Hannah musste lachen. »Das hast du eben schon einmal gesagt.«

»Und was wollt ihr jetzt? Heiraten? Meinen Segen?«

Arne nickte. »Ohne deinen Segen geht es nicht. Danach würden wir uns verloben.«

Alma fragte sich, warum sie nicht selbst darauf gekommen war. Wie hatte ihr das entgehen können? Sie hatte Arne nicht einmal im Traum als Heiratskandidaten für ihre Hannah in Betracht gezogen. Er war wie ein Sohn für sie und die zwei waren schon immer unzertrennlich gewesen, doch das war schließlich etwas anderes.

»Freust du dich nicht für uns?«, fragte Hannah ängstlich.

Alma versuchte zu lächeln. »Doch, mein Engel. Ich bin nur sehr überrascht. Arne ist etwas älter als du, und ich war mir sicher, dass er nach anderen, reiferen Mädchen Ausschau hält.«

»Ich bin bestimmt genauso reif wie diese Mädchen«, protestierte Hannah.

Alma musste nun tatsächlich lächeln. Sie atmete tief ein und aus und stand auf. Dann richtete sie ihre Schürze und sah beide an. »Dass ihr Gefühle füreinander habt, ist normal, doch wir wollen vorsichtig sein, manchmal verpuffen solche Gefühle in eurem Alter schnell. Deshalb möchte ich, dass ihr erst einmal niemandem davon berichtet. Ihr könnt euch wie sonst treffen, und dann seht ihr, ob eure Gefühle in einem Monat immer noch so stark sind wie jetzt. Schließlich wollen wir nicht Hochzeit feiern und ihr habt euch dann nicht mehr lieb. Aber Arne, denkt an euren Ruf. Und denk bitte daran, dass Hannah noch ein unerfahrenes Mädchen ist.«

Hannah sah sie verständnislos an. »Wie meinst du das?«

Arne nickte. »Das würde ich niemals vergessen«, sagte er. Und dann, an Hannah gerichtet: »Alma hat recht. Wir bleiben Freunde, lernen uns besser kennen, und dann sehen wir weiter.«

Hannah zuckte mit den Schultern. »Ich werde dich in einem Monat immer noch lieben.«

»Umso besser, dann werden wir die Verlobung bekannt geben. Sollen wir deinen Vater einweihen, Arne?«, fragte Alma und lächelte jetzt.

»Ihn werden wir in einem Monat einweihen, kurz bevor wir es den anderen berichten«, erklärte Arne.

»Noch etwas: Ich möchte nicht, dass ihr euch allein trefft.«

»Mutter!«, rief Hannah. Wieder röteten sich ihre Ohren. Doch dann nickte sie.

Alma merkte, dass sie noch einiges mit ihrer Tochter würde bereden müssen. Viel wusste Hannah über die intimen Dinge zwischen Mann und Frau nicht.

Während sie die beiden ansah, überkam Alma eine gewisse Traurigkeit. Ihre Tochter wurde erwachsen. Sie würde bald heiraten und dann wäre sie wieder allein. Wie früher. Das Gefühl von Einsamkeit hatte sie vergessen. Sie konnte sich kaum mehr daran erinnern. Andererseits war Arne der beste Mann, den sich ihre Tochter wünschen konnte.

Ihr fielen die verliebten Blicke der beiden auf. Keiner von ihnen konnte aufhören zu lächeln. Alma erinnerte sich, dass auch sie vor langer Zeit solch ein Lächeln auf den Lippen gehabt hatte.

Nach dieser Unterhaltung kreisten ihre Gedanken nur noch um Arne und Hannah. Einerseits freute sie sich, andererseits war da die Angst, die Gefühle der beiden könnten nicht von Dauer sein. Und was dann? Ein Erkalten der Beziehung würde unweigerlich zu einem Bruch ihrer Freundschaft führen und Alma wäre auch davon betroffen. Außerdem war da noch etwas anderes, was ihr schon seit Tagen schlaflose Nächte bescherte. Seit dem Gespräch mit Arne dachte sie darüber nach, wie sie ihre Tochter darauf ansprechen konnte, dass sie gar nicht ihr leibliches Kind war. Sie musste Hannah bald mit der verdrängten Vergangenheit konfrontieren.

Ihr Geburtstag nahte. Alma freute sich sonst immer darauf. Denn im Gegensatz zu den meisten jungen Menschen im Dorf feierte Hannah mit ihrer Mutter. Diese zog ihr dann das Sonntagskleid an und bereitete ihr selbst gemachte geräucherte Würste mit Käse und natürlich Pfannkuchen mit Honig zu.

Dieses Mal würde es anders sein, das war Alma klar. Zum ersten Mal freute sie sich nicht auf diesen besonderen Tag. Wie würde Hannah auf die Wahrheit reagieren? Vielleicht hatte sie die Vergangenheit doch nicht ganz vergessen. Schließlich war das Grab ihrer richtigen Mutter nur hundert Schritte von ihrem Haus entfernt. Es lag auch nicht an Alma, dass Hannah schon bald nach dem Tod ihrer Mutter nicht mehr zum Grab hatte gehen wollen. Hannah hatte sich geweigert und Alma hatte sie nicht zwingen wollen. Doch wenn sie ehrlich zu sich war, hatte sie es auch besser gefunden, dass sich Hannah nicht mehr an ihre Vergangenheit zu erinnern schien. Alma hatte immer gedacht, dass es so am besten für sie beide war. Hauptsache, dass Kind wuchs glücklich auf. Ohne Trauer. Aber ganz so einfach schien der Mensch doch nicht zu funktionieren.

Sie musste an das Medaillon denken, das Albertine getragen und das sie nach deren Tod aufbewahrt hatte. Es zeigte offenbar Porträts von ihrem Mann und von Hannah als kleinem Mädchen. Alma hatte nicht gewusst, was sie damit anfangen sollte. So hatte sie es in einer Nische im Stall versteckt, dort war es sicher. Anfangs hatte sie gedacht, dass sie es Hannah zur richtigen Zeit zeigen könnte. Doch was mochte das jetzt bringen? Würde das Bild des Vaters nicht nur neue Wunden aufreißen?

Alma seufzte. Egal, wie sehr sie sich den Kopf zerbrach, ihr fiel kein guter Weg ein, Hannah mit der Wahrheit zu konfrontieren. Also verdrängte sie es. Schließlich war noch Zeit bis dahin.

Arne kam weiter täglich vorbei und verbrachte meist den ganzen Tag bei ihnen. Sie beobachtete die beiden. Wie sich ganz beiläufig ihre Hände berührten und er nicht von ihrer Seite wich. Sogar beim Kochen wollte er ihr helfen. Manchmal dachte Alma sich irgendeinen Grund aus, um die zwei wenigstens für ein paar Augenblicke allein zu lassen. Bevor sie wieder ins Haus eintrat, hustete sie meist, damit beide vorbereitet waren. Wenn sie vor der Tür stand, konnte sie sie flüstern hören. Die beiden sprachen anders miteinander, wenn Alma nicht anwesend war, zärtlicher, und Hannah lachte viel. Die beiden sahen sich an und er strich ihr über die Zöpfe. An Hannahs glühenden Wangen konnte sie erkennen, dass zwischen den beiden eine Leidenschaft entbrannt war, die weder in einem Monat noch in einem Jahr erloschen wäre.

Sie wollte die beiden nicht länger auf die Folter spannen. Es war das Beste, wenn sie so schnell wie möglich ihre Verlobung bekannt machten. Dann durften sie auch einmal allein einen Spaziergang unternehmen.

Arne

Als er den Hügel hochlief, sah er seinen Vater vor dem Turm auf der Bank bei den Rosen sitzen. Er wirkte in Gedanken versunken. Das war ungewöhnlich.

»Na, mein Sohn.« Er blickte hoch zu ihm.

»Vater, was machst du hier?«

»Ich ruhe mich aus, es ist ein wolkenloser schöner Tag.«

»Es ist wirklich ein schöner Tag.«

»Wo hast du dich herumgetrieben?«, fragte er.

»Ich war bei Alma.«

Ernst nickte. »Bei Alma. Du bist wieder sehr häufig bei Alma.«

»Das stimmt«, erwiderte Arne und biss sich auf die Lippe.

»Sie kocht wohl viel besser als dein alter Vater?« Ernst verzog den Mund zu einem Lächeln, das ihm nicht so recht gelang.

Arne kannte seinen Vater. Der Vorwurf war nett verpackt, damit er es sich nicht zu Herzen nahm.

»Nein, aber ich wollte etwas mit dir bereden.«

Ernst sah ihn an. »Ich höre.«

Arne atmete tief ein. Er hatte sich die Worte zurechtgelegt, doch jetzt merkte er, dass es ihm doch schwerfiel, geradeheraus zu sprechen. Dabei war er überglücklich. Alma hatte ihnen ihre Entscheidung mitgeteilt, dass die Zeit für die Verlobung bereits gekommen war. Gemeinsam hatten sie beschlossen, dass nun sein Vater eingeweiht werden sollte. Arne wollte es ihm erst unter vier Augen sagen, dann konnte er mit seinem Vater zu Alma gehen und offiziell um Hannahs Hand bitten.

»Was denkst du, wird dein Vater uns seinen Segen geben?«, hatte Hannah ihn gefragt und ihn ernst angesehen.

»Natürlich wird er das, es gibt keine bessere Braut für mich«, hatte er geantwortet und sie angelächelt.

»Ich habe das Gefühl, dass er mich nicht mag.«

»Wie kommst du darauf?«

»Wie er mich anschaut. Schon immer, als wäre ich eine böse Hexe. Er meidet mich, spricht nie mit mir.«

»Unsinn, mein Vater spricht nicht einmal mit mir. Und schließlich musst du mir gefallen und nicht meinem Vater.«

»Aber wir werden mit deinem Vater leben, deshalb ist es wichtig, dass er mich auch mag.«

»Das wird er, ich werde mit ihm sprechen.« Er hatte ihr liebevoll mit der Hand über die Wange gestrichen.

Sie hatte die Augen geschlossen und ihre Hand auf seine gelegt. »Ich kann es kaum erwarten, dass wir heiraten.«

»Ich auch«, hatte er ihr zugeflüstert.

Nun stand er also vor seinem Vater. Der – ganz untypisch für ihn – einfach so zwischen den Rosensträuchern saß und nichts tat. Er wirkte entspannt. Eigentlich war es der perfekte Zeitpunkt, um ihm die Neuigkeit zu unterbreiten.

»Ich habe darüber nachgedacht, hier in Süderwiek zu bleiben«, sagte Arne als Einstieg.

»Hier? Was willst du arbeiten?«

»Ich könnte eines Tages die Stelle des Leuchtturmwärters übernehmen. Bis dahin kann ich sehen, wer ein neues Dach benötigt, und mehr Tiere halten.«

Sein Vater runzelte die Stirn. »Wer kann hier schon für einen Dachdecker bezahlen?«

»Nicht viele, da gebe ich dir recht. Aber wenn man in den umliegenden Ortschaften schaut, gibt es einige, die größere Scheunen und Wohnhäuser bauen. Und in Rendsburg entwickelt sich die Stadt schnell. Auch hier wird es bald größere Häuser geben. Ich habe gehört, dass sie im Süden, in Ording, im letzten Jahr sogar mit dem Bau eines Hotels begonnen haben.«

»Ein Hotel in den Dünen? Wofür soll das gut sein? Für die Möwen?«

»Für Kurgäste. Menschen, die ans Meer reisen wollen.«

»Wer soll dafür bezahlen?«

»In Ording gab es bereits die ersten Übernachtungsgäste.«

Ernst sah ihn skeptisch an. »Über solche Dinge redet man in der Stadt?«

Arne nickte.

»Nun ja«, meinte sein Vater. »Aber du hast recht, du kannst immer noch meine Stelle übernehmen. Natürlich habe ich schon darüber nachgedacht. Es würde mich freuen, wenn du mein Nachfolger wirst. Ich werde auch nicht jünger. Und die Stufen des Turms machen mir jeden Tag mehr zu schaffen.«

»Und ich wäre wieder hier. Wir könnten einen Anbau neben dem Turm errichten, dann hättest du dein eigenes Heim und brauchtest nicht mehr all die Stufen zu bezwingen.«

Ernst sah ihn immer noch ungläubig an. Aber seine Gesichtszüge entspannten sich.

Arne fühlte sich nun bereit für den wahren Grund, weshalb er mit seinem Vater reden wollte. »Ich muss dir noch etwas sagen. Ich möchte mich verloben«, erklärte er.

Sein Vater sah auf und blickte ihn direkt an. »Wirklich?«

Arne nickte.

»Hast du dir das wohl überlegt?«

Wieder nickte Arne. »Ich habe mir das sehr gründlich überlegt, Vater. Wir haben uns lieb und wir möchten deinen Segen, damit wir uns verloben und dann heiraten können.«

»Wer ist es denn, Erna?«, fragte er, während sein Lächeln so breit war wie noch nie zuvor.

»Nein, Vater, es ist Almas Hannah.«

»Almas Hannah?« Ernst schien nachzudenken. Entweder hatte er ihn nicht verstanden oder er hatte vergessen, wer Hannah war. Er lächelte immer noch so breit, doch das Lächeln wirkte mittlerweile etwas eingefroren.

»Ja, Vater, die wir aus dem Meer gerettet haben, Almas Ziehtochter.«

Mit einem Mal verdüsterte sich die Miene seines Vaters. »Sie ist doch noch ein Kind«, sagte er.

»Das dachte ich auch, aber sie ist schon fünfzehn, in wenigen Tagen wird sie sechzehn, und sie hat auch Gefühle für mich.«

»Weiß Alma davon?«, fragte er, doch er gab sich die Antwort selbst: »Natürlich weiß Alma Bescheid, sie hat bestimmt alles eingefädelt.«

»Vater, was sollte sie einfädeln? Hannah und ich haben uns verliebt. Sie ist ein gutes Mädchen und Alma ist eine gute Frau. Was kannst du dir mehr wünschen für deinen einzigen Sohn?«

Ernst seufzte. »Ich weiß nicht, ich weiß nicht, dieses Hannah-Mädchen, sie ist keine von uns.«

»Wie meinst du das?«

»Du weißt genau, was ich meine.« Ernst war mittlerweile aufgestanden und wirkte immer ungehaltener.

»Meinst du, es war ihr Wunsch, hierhergespült zu werden und die Mutter zu verlieren?«

Ernst sah ihn erschrocken und sprachlos an.

»Sie kommt bestimmt aus besserem Hause als wir alle zusammen!«, rief Arne aufgebracht. Noch nie hatte er seine Stimme derart gegen seinen Vater erhoben.

Dieser reagierte prompt darauf, und zwar mit einer Ohrfeige. »Du sollst deinen Vater ehren!«

Arne schwieg einen Moment. So kannte er seinen Vater nicht. Warum wühlte es ihn so auf, dass er Hannah heiraten wollte? »Ich tue nichts Schlechtes und ich bin kein Kind mehr«, sagte er schließlich mit gesenktem Blick.

Wütend und enttäuscht wandte er sich ab und lief in den Turm und nach oben. Warum benahm sein Vater sich so? Hannah war ein gutes Mädchen, und lange würde sie bestimmt nicht mehr ohne Verehrer bleiben. Sie war bildschön und Alma war zwar eigen, aber vom Dorf respektiert. Doch der Gedanke, dass womöglich ein anderer Hannah bekam, war unerträglich.

Für Arne stand fest, er würde Hannah heiraten, komme, was wolle. Allein der Gedanke, nicht in ihrer Nähe zu sein, bereitete ihm Schmerzen. Er lief durch den Raum, kam aber nicht zur Ruhe, deshalb rannte er die Treppe wieder hinunter.

Ernst

Er lief die Stufen des Turms empor, was ihm zunehmend Schwierigkeiten bereitete. Ernst hörte seinen Sohn auf den

Stufen poltern. Mitten auf der Treppe trafen sie sich. Ihm schmerzten die Beine.

»Vater, denke noch einmal über die Verlobung nach«, sagte sein Sohn knapp. Ohne ein weiteres Wort lief Arne an ihm vorbei und ließ ihn allein.

Ernst seufzte laut. Der Gedanke, Hannah als Schwiegertochter zu haben, daran, dass sie vielleicht sogar mit ihm unter einem Dach wohnen würde, machte seine schlimmsten Albträume wahr. Sie war eine wiederkehrende Erinnerung an das, was in dieser unheilvollen Nacht vor zwölf Jahren geschehen war und was ihm seither keine ruhige Minute mehr gelassen hatte. Er hatte Arne und Alma einmal unten vor dem Turm darüber reden hören, dass sie der Meinung waren, er sei nach diesem Tag noch schweigsamer und zurückgezogener geworden. Oh, wenn die beiden nur gewusst hätten, was in ihm vorging!

Wie sollte er es ertragen, dass das Mädchen, das ihn an seine größte Verfehlung erinnerte, mit ihm zusammenlebte? Dass er sie jeden Tag sah? Sie ihn vielleicht versorgte, wenn er älter wurde? Bei alldem, was er ihr angetan hatte!

Er war sich sicher, dass Alma demnächst zu ihm kommen würde, um mit ihm zu sprechen. Was konnte er ihr entgegnen? Wie konnte er es begründen, dass er die Verbindung ablehnte? Schon seit er das Mädchen das erste Mal bei Alma gesehen hatte, war ihm klar, dass Alma einen Verdacht hatte, was in dieser Nacht passiert war. Die Schäferin war eine kluge Frau. Nun fühlte er sich in der Falle. Wenn er seinen Segen nicht gab, würde sie ihn zur Rede stellen.

Ernst musste sich auf die Stufen setzen. Ihm war schlecht. Was hatte er nur getan? Seine Arme und Hände zitterten und es war, als wäre er wieder in jener Nacht.

15.

Marie

Marie saß auf der Bank zwischen den Rosensträuchern, lehnte sich zurück, schloss die Augen und genoss den Sonnenschein, der ihr das Gesicht wärmte. Es war schön, einmal einen Moment innezuhalten. Sie musste sich eingestehen, dass die Ereignisse der letzten Tage sie nachdenklich gemacht hatten. Das Essen bei David und der gestrige Strandspaziergang waren wunderschön gewesen, und doch war alles so neu und überraschend. Sie hatte gar nicht vorgehabt, sofort wieder eine neue Beziehung zu suchen. Außerdem hätte sie sich vor ein paar Tagen nicht einmal vorstellen können, mit David auszugehen. Und jetzt? Jetzt vermisste sie ihn sogar schon, obwohl sie ihn gestern erst gesehen hatte!

Diesmal hatte David ihr das Buch mitgegeben, da er bemerkt hatte, dass sie sich die Illustrationen besonders aufmerksam angesehen hatte.

»Hier, vielleicht inspiriert es dich ja«, hatte er gesagt. »Aber nicht ohne mich weiterlesen.«

»Auf keinen Fall. Ich möchte die Geschichte gern zusammen mit dir entdecken.«

Er hatte genickt und gelächelt. »Ich auch.«

Marie war schon gespannt, wie sich das Leben von Arne und Hannah weiterentwickelt hatte.

Doch dann hatte David sie am Morgen kurz angerufen und ihr mitgeteilt, dass er kurzfristig für ein paar Tage nach Hamburg fahren müsse. Eine Gruppe ausländischer Forscher war zu Besuch an seinem Institut, und der Kollege, der sich um sie kümmern sollte, war krankheitsbedingt ausgefallen. Also war David spontan eingesprungen.

Vielleicht war es gut, dass sie ihn ein paar Tage nicht sehen würde, dachte sie. So hatte sie die Möglichkeit, die Erlebnisse mit ihm auf sich wirken zu lassen.

»Hallo, Marie!«, riss Helene sie aus ihren Gedanken. Sie hatten sich verabredet, damit die Pensionswirtin das Versprechen einlösen konnte, mit ihr nach den Rosenbüschen am Leuchtturm zu sehen. Marie stand auf und begrüßte sie.

»Oh, das sind aber wirklich schöne Rosensträucher«, sagte Helene bewundernd. Sie hatte einen Korb mit Gartenwerkzeug und Handschuhen dabei, den sie neben sich abstellte. Sie begutachtete die Blumen. »Das sind Strauchrosen, keine Edelrosen«, erklärte sie. »Das heißt, dass die einzelnen Blüten nicht so groß aufblühen wie bei veredelten Pflanzen. Dafür blühen die Rosen in richtigen Büscheln, und sie treiben auch mehrmals hintereinander aus. Ich finde das sehr schön.«

»Ich auch. Weißt du, was das für eine Sorte ist?«

»So genau kann ich dir das auch nicht sagen. Aber es scheint tatsächlich eine Rosenart zu sein, die bereits im Frühling das erste Mal blüht. Das ist eher selten.« Sie deutete auf die zahlreichen Rosenblüten. »Gib mir mal die Kaffeedose aus dem Korb«, bat Helene.

Marie reichte sie ihr. »Willst du einen Kaffee trinken?«

»Nein.« Helene lachte. »Das ist Kaffeesatz, den ich gesammelt habe, den streuen wir jetzt zwischen den Büschen aus.

Das ist wunderbarer Rosendünger. Die Rosen blühen sehr gut, ich denke, der sandige Boden hier tut ihnen gut. Aber sie verbrauchen auch viele Nährstoffe, deswegen schadet ein bisschen Kaffee nicht.«

Marie musste lachen. »Okay, dann eine Runde Kaffee für die Rosen«, meinte sie und öffnete den Deckel. Dann verstreuten sie das Pulver.

Helene zog ihre Handschuhe an und begann, wuchernde und abgestorbene Triebe der Pflanzen abzuschneiden. »Diese Sträucher wachsen wirklich gut, obwohl sich offensichtlich seit Langem niemand mehr um sie gekümmert hat«, erklärte sie. »Natürlich muss man das wieder einmal gründlich zurechtschneiden. Aber ich denke, dass sie nach der Pflanzung eine Zeit lang sehr gut gepflegt wurden und ordentliche Wurzeln schlagen konnten. Ich kann mir auch vorstellen, dass die Sträucher schon sehr alt sind.«

»Ich glaube, die gab es schon, als der erste Leuchtturmwächter hier wohnte, im neunzehnten Jahrhundert«, meinte Marie und musste an das Buch denken, das sie gefunden hatten. Wurden dort nicht auch Rosen am Turm erwähnt?

»Das ist schon möglich. Rosensträucher können sogar mehrere Hundert Jahre überleben.«

»Du weißt echt viel über Rosen«, stellte Marie anerkennend fest.

»Ach …« Helene seufzte und erhob sich. »Ein paar Gartenzeitschriften und ein paar YouTube-Videos … ich lerne das auch erst ganz neu. Ich hätte niemals gedacht, dass ich einmal die Möglichkeit zum Gärtnern haben würde. Dabei war es sogar immer mein geheimer Wunschtraum, Gärtnerin zu werden. Stattdessen habe ich bis vor ein paar Jahren noch im Büro gearbeitet, in einer Etagenwohnung ohne Balkon in der Stadt gewohnt, hatte eine unglückliche Ehe. Und nun?«

»Nun stehst du an der Nordsee und hast eine Pension und eine wunderbare Familie«, erwiderte Marie und musste sofort daran denken, dass sie selbst ihr Leben gerade erst auf den Kopf gestellt hatte. »Das Leben nimmt manchmal wirklich überraschende Wendungen, findest du nicht auch?«

»Wem sagst du das«, antwortete Helene. »Und wie du siehst, kommt manchmal alles wunderbar zusammen, auch wenn es ganz anders geplant war. Ich bin hier oben auch nur hängen geblieben«, sagte sie und lächelte. »Früher habe ich nie davon geträumt, eine Pension zu leiten. Doch dann, eines Morgens, bin ich aufgewacht und in den Garten gegangen, um nach dem Rechten zu sehen. Und da ist mir aufgefallen: Irgendwie ist mein abwegiger Traum, Gärtnerin zu werden, ja doch in Erfüllung gegangen.«

Jetzt musste auch Marie lachen. Und sie merkte, wie sich ihr Gedankenkarussell weiterdrehte. Zu viel von dem, was Helene gesagt hatte, berührte ihre eigenen Überlegungen. Konnte es hier für sie wirklich auch einen guten Weg geben, wie für Helene?

»Hier«, sagte Helene und drückte ihr die Gartenschere in die Hand. »Die schenke ich dir. Sobald ein Büschel mit Rosenblüten verblüht ist, kannst du es abschneiden, damit schneller neue Triebe nachkommen. Du solltest immer einen schrägen, sauberen Schnitt setzen.«

»*Wow,* danke!«

»Gern. Du sollst dich hier auch gut einleben. Außerdem kenne ich die Herausforderung, neu anzufangen, nur zu gut. Und ich bin schon sehr gespannt, wie es für dich weitergeht.«

Helenes Lächeln war so ansteckend. Marie konnte nicht anders, als ebenfalls zu lächeln, auch wenn sie noch nicht recht glauben konnte, dass die Zukunft wirklich ebenso viel Gutes für sie bereithielt wie für Helene.

Gemeinsam fuhren sie zurück und holten auf dem Weg bei Holger Fischbrötchen für sich und Helenes gesamte Familie. Zusammen mit Inga, Jasper, Lasse und den Kindern aßen sie auf der Terrasse der Pension.

Danach zog Marie sich in ihr Zimmer zurück, um zu arbeiten. Als sie an ihrem provisorischen Zeichentisch saß, fiel ihr Blick auf das Buch, das sie mit David entdeckt hatte und das nun auf ihrem Nachttisch lag. Sie hätte zu gern erfahren, wie es für Arne und seine Hannah weiterging.

Sie stand auf und nahm das Buch in die Hand. Diese alte Geschichte faszinierte sie immer mehr. Vielleicht, weil sie von der Gegenwart ablenkte. Oder war es genau andersherum und sie suchte in der Liebesgeschichte, die sich an ihrem neuen Wohnort zugetragen hatte, nach Parallelen für die Zukunft? Jedenfalls spürte sie, wie die Geschichte sie mit David verband. Es war ihr Leuchtturm, aber seine Familie. Und der Fund des Buches war ihr gemeinsames Geheimnis, das sie zusammen entdecken durften.

Marie seufzte. Sie hatte David versprochen, nicht ohne ihn weiterzulesen. Und natürlich ergab das Sinn. Also legte sie das Buch zurück an seinen Platz und setzte sich erneut an den Tisch. Sie blickte aus dem Fenster aufs Meer und versuchte, sich auf ihre Arbeit zu konzentrieren. Doch schnell kreisten ihre Gedanken wieder um das letzte Kapitel in dem Buch, das sie gestern mit David gelesen hatte.

Hatten Hannah und Arne wirklich zusammengefunden? Die beiden standen vor so vielen Herausforderungen. Hatte es für sie ein Happy End gegeben?

16.

Arne

1878

Alma hörte Arne aufmerksam und ruhig zu, während sie im Hühnerstall Eier einsammelte. »Mach dir keine Sorgen, ich werde mit deinem Vater sprechen«, meinte sie. Sie schien nicht beunruhigt zu sein.

»Ich verstehe nicht, warum er Hannah nicht mag«, sagte Arne.

»Alles wird gut. Ihr zwei solltet euch auf die baldige Verlobung freuen.«

Arne fragte sich, warum Alma sich ihrer Sache so sicher war, stellte aber keine Fragen. Sie wusste besser als er, wie man mit Ernst umging.

»Deine baldige Braut ist im Haus. Geh, begrüße sie.«

Seine Aufgewühltheit war mit Betreten des Hauses wie weggeblasen. Hannahs Anblick reichte aus, um seine Laune zu verändern. Sie saß auf einem kleinen Stuhl und strickte einen Strumpf.

Sie sah auf und strahlte sofort. »Arne!« Schnell legte sie das Strickzeug zur Seite, sprang auf und rannte zu ihm. Dann blieb sie abrupt stehen. Sie wusste wohl nicht, wie sie ihn begrüßen sollte.

Er gab ihr einen Kuss auf die Stirn. Es war die einzige Berührung, die er sich traute. Er ließ seine Lippen für einen Moment auf ihrer Haut ruhen, spürte die Gänsehaut auf seinem Körper. Ob es ihr genauso ging?

Schließlich löste er sich von ihr und sah ihr in die Augen. Ihr Blick schien seine Gedanken zu bestätigen. Am liebsten hätte er sie auf die Lippen geküsst, sie gestreichelt, doch das war verboten. Erst wenn sie verheiratet waren, würden sie dies erleben.

»Zitterst du auch überall, wenn ich in deiner Nähe bin?«, flüsterte sie ihm zu.

Er nickte.

»Ist das schlimm?«, fragte sie und sah ihn mit großen Augen an.

Arne lächelte. »Nein, das ist gut.«

Er hörte Alma, die sich ungewöhnlich laut mit der Katze unterhielt. Auch Hannah bemerkte es, und schnell setzte sie sich wieder hin. Arne nahm auf dem Stuhl neben ihr Platz.

Alma lief an ihnen vorbei in den Abstellraum und kam wenig später mit einem großen Korb heraus.

»Wo willst du hin?«, fragte Hannah.

»Ich gehe zu Ernst und dachte, ich bringe ihm Käse, Wurst und Brot vorbei.«

Arne und Hannah sahen ihr hinterher.

»Sie ist eine wirklich kluge Frau«, meinte Arne.

»Was hat dein Vater gesagt?«, wollte Hannah wissen.

»Er mag dich, findet aber, du bist viel zu jung«, erwiderte Arne. Er wollte sie nicht verletzen und ihr die ganze Wahrheit erzählen.

Sie sah ihn verständnislos an. »Viele Mädchen in meinem Alter verloben sich.«

»Er meint, unser Altersunterschied wäre zu groß.«

»Aber das ist doch Unsinn. Wegen der paar Jahre? Nur deshalb können wir nicht heiraten?« Hannah hatte Tränen in den Augen. »Die Wahrheit ist, dass dein Vater mich nicht mag, das war schon immer so.«

»Nein, das stimmt nicht.«

»Doch, ich spüre es, wenn er da ist.«

»Aber Almas Käse, Wurst und Brot werden seine Meinung ändern.« Arne lächelte, so gut es ging. Er wollte einfach nur, dass sie nicht traurig war.

»Ich hoffe es so sehr. Der Gedanke, nicht mit dir zusammen zu sein, ist mir unerträglich.«

»Wir werden zusammen sein, wir sind füreinander bestimmt, das weiß ich.«

An ihrem Blick konnte er sehen, dass Hannah ihm glaubte.

Alma

Alma lief die fünfzehn Stufen zu Ernsts Küche empor, den Korb in der Hand. Doch hier war er nicht. Ob er sich wohl unten im Petroleumkeller aufhielt? So viel Glück hatte sie sicherlich nicht. Also machte sie sich an den weiteren Aufstieg, obwohl sie Höhe nicht mochte. Ehrlich gesagt, hatte sie Angst. Sie war nur einmal oben im Turm gewesen, vor Jahren, und als sie aus dem Fenster geblickt hatte, hatte sie Schwindel erfasst. Schweiß lief ihr den Rücken hinunter, wenn sie nur daran dachte. Es war ein großes Opfer für sie, diese Stufen emporzusteigen. Während sie immer höher schritt, dachte sie an das Glück ihrer Tochter. Das half ihr.

Auch im Zwischengeschoss war er nicht. Sie erinnerte sich, dass Arne gesagt hatte, sein Vater komme kaum noch aus dem

Wachzimmer heraus. Also stieg sie weiter. Die Stufen schienen kein Ende zu nehmen.

Oben angekommen, klopfte sie an die Tür und ging hinein, ohne auf eine Antwort zu warten. Auch hier war er nicht. Dafür nahm sie den Geruch von Petroleum wahr, der schwer in der Luft hing. Ganz oben aus dem Laternenhaus hörte sie Geräusche. Schweren Herzens machte sie sich an den letzten Aufstieg.

Ernst schien nicht überrascht, sie zu sehen. Er stand an der großen Laterne in der Mitte des Raumes. In der Hand hielt er einen Eimer, der wohl mit Petroleum gefüllt war. Eine sonderbar gerillte Glasscheibe an der Laterne stand offen.

»Alma. Komm herein.«

Sie keuchte. »So kann man sich auch lästigen Besuch vom Hals halten«, japste sie.

Er lächelte.

Es herrschte strahlender Sonnenschein. Durch die Fensterfronten konnte man weit über das Meer und die Dünen sehen.

Alma spürte, wie ihre Beine weich wurden. Doch das wollte sie sich nicht anmerken lassen. »Du scheinst nicht verwundert, mich zu sehen«, sagte sie.

Ernst schüttelte den Kopf. »Im Gegenteil, ich habe dich erwartet.«

»Du kennst mich.« Sie rang sich ein Lächeln ab. »Hier, das habe ich dir mitgebracht, damit du etwas auf die Rippen kriegst«, sagte sie und deutete auf den Korb.

»Alma, ich weiß, warum du hier bist.«

»Umso besser.« Sie machte ein paar Schritte auf ihn zu, näher an die Laterne. Bloß weg von dem Fenster in ihrem Rücken, das sie nervös machte. So war es schon besser.

»Vorsichtig«, sagte Ernst, als sie die Glasscheibe der Laterne berührte.

»Was ist das für ein komisches Ding?«, fragte sie.

»Eine Fresnellinse. Eine der neusten Errungenschaften der Technik. Durch die Linse ist das Licht der Laterne um ein Vielfaches weiter zu sehen. Und die Form der Linse ist besonders konzipiert, um Gewicht zu sparen.«

Sie nickte anerkennend.

Ernst füllte nun die längliche Lampe in der Mitte der Konstruktion mit dem Petroleum auf. Dann entzündete er den Docht und schloss die Glaslinse. Alma musste die Augen zukneifen, so hell strahlte das Licht mit einem Mal. Ernst ging derweil zu einem der Messingbalken zwischen den Fensterscheiben. Mit einem Hebel öffnete er eine kleine Luke, die in den Balken eingelassen war.

»Um die Luftzufuhr zu regulieren«, erklärte er. »So kann ich die Größe der Flamme beeinflussen. Natürlich muss ich mir dazu immer die Wetterbedingungen ansehen. Zu viel Wind würde dazu führen, dass die Lampe zu schnell abbrennt oder im schlimmsten Fall gar erlischt.«

»Ein Leuchtturmwärter benötigt wirklich viel Wissen«, bemerkte sie.

»Kein Grund, mir zu schmeicheln, Alma«, erwiderte er. Und dann: »Komm, lass uns runtergehen.«

Innerlich seufzte sie auf, als sie wieder hinunter ins Wachzimmer stiegen. Alma entdeckte eine schmale Holzbank und setzte sich darauf. Dann nahm sie eine Flasche aus dem Korb. »Mein eigener Schnaps.« Sie holte zwei Gläser hervor und goss beiden ein.

Ernst setzte sich neben sie und nahm das Glas entgegen. »Sehr gut, sehr gut. Alma, du kannst wirklich alles«, meinte er, nachdem sie angestoßen und getrunken hatten.

Sie lächelte. »Nicht alles, aber Schnaps brennen und Käse machen, das gelingt mir.«

»Und jetzt willst du meinen Segen.« Er sah sie an mit seinen hellen blauen Augen, deren Glanz schon vor Jahren erloschen war. Doch ab und zu erwachten sie zum Leben, so wie in diesem Moment.

Alma nickte. »Ja, Ernst, lass unsere Kinder glücklich sein.«

»Ich habe das Gefühl, dass ein großes Unglück über uns hereinbrechen wird, wenn sie verheiratet sind.«

»Was meinst du damit?«, wollte Alma wissen.

»Es ist ein Gefühl, ich kann es dir nicht erklären. Hannah ist nicht eine von uns, sie ist anders, das wissen wir beide. Irgendwann wird das zum Vorschein kommen, und dann möchte ich nicht, dass sie meinen Sohn ins Unglück stürzt.«

Alma biss sich auf die Lippen. »Die zwei lieben sich, es wird kein Unglück über sie hereinbrechen. Ich kenne meine Tochter, sie ist ein gutes Mädchen.« Dann sah sie Ernst in die Augen. »Wir zwei sind auch nicht wie die anderen Dorfbewohner. Oder warum, denkst du, leben wir so weit außerhalb des Dorfes?«

Er lächelte und nickte.

Sie entschied sich, ihn direkt mit der Frage nach jener Schicksalsnacht zu konfrontieren. Vielleicht konnte sie die Wahrheit so aus ihm herauslocken. »Ernst, ich weiß genau, was in jener Nacht passiert ist, warum das Schiff untergegangen ist und warum du Angst vor Hannah hast.« Sie sagte das ganz ruhig und sanft. Ernst saß neben ihr, den Blick gesenkt und in sich zusammengesunken – wie ein kleiner Junge, der eine kostbare Vase zerbrochen hat. »Es ist aber nicht Hannahs Schuld, und du solltest nicht die Kinder dafür bezahlen lassen«, fügte sie hinzu.

Das erste Mal seit sehr langer Zeit sah sie Ernst weinen. Er sagte nichts, aber Tränen liefen ihm über die knochigen Wangen. Natürlich wusste sie nicht genau, was in der Nacht passiert war. Es war ihr damals aber verdächtig erschienen, dass ausgerechnet Gustav und Otto sich die ganze Zeit bei Ernst herumgetrieben hatten. Dabei hielt er nicht viel von den beiden, das wusste sie. Seine Reaktion zeigte ihr, dass sie mit ihrem Verdacht richtig lag.

»Du tust etwas Gutes mit dem Erteilen deines Segens, aufhalten kannst du es nicht.«

Ernst schien seine Zweifel zu haben. »Und wo sollen sie leben?«, wollte er wissen.

»Bei dir natürlich.« Sie sah ihn an und fuhr dann fort: »Aber wenn du das nicht möchtest, können sie auch bei mir sein.«

Er seufzte. »Ich habe nicht mehr damit gerechnet, dass er in meine Fußstapfen treten würde.«

»Eigentlich ist es so, wie du es dir immer gewünscht hast«, versuchte sie, ihn zu ermutigen.

Er zuckte mit den Schultern.

»Du wirst sehen, dass alles gut werden wird«, sagte sie.

Ernst wirkte so klein in diesem Moment. In sich zusammengesunken saß er da und sagte nichts.

»Ich wüsste gern, was in deinem Kopf vorgeht«, murmelte Alma, die ihn genau beobachtete. Sie wusste, dass er nicht glücklich über Arnes Wahl war; nicht, weil Hannah schlecht war, sondern weil sie für etwas stand, was ihm schlaflose Nächte bereitete. Aber viel wichtiger als Ernst war Hannahs Glück.

»Ich wusste, dass man mit dir reden kann. Du bist ein guter Mann, Ernst. Gott segne dich.« Dann goss sie ihnen noch einen weiteren Schnaps ein.

Nachdem das Glas geleert war, verabschiedete sich Alma. »Morgen ist Sonntag, da können wir dem Pfarrer die frohe Nachricht überbringen«, erklärte sie.

Hannah

Was in den nächsten Tagen folgte, waren für Hannah die glücklichsten Momente ihres bisherigen Lebens. Der Pfarrer verkündete die Verlobung von der Kanzel und ein gewaltiges Staunen ging durch die Reihen. Umso mehr strahlten Arne und sie.

Traditionsgemäß wurde einige Tage später im Haus des Bräutigams das Verlobungsfest abgehalten. Zu ihrer Verwunderung ließ Ernst dies geschehen. Er lud sogar den Pfarrer und einige Familien aus dem Dorf ein. Im Rosengarten vor dem Turm deckte er den Tisch und servierte Rindfleisch mit Grütze und Speck. Am Ende warfen die Gäste polternd ihre Blechteller und Tassen gegen die Eingangstür, so war es Brauch.

Danach machte sie sich an die Vorbereitungen für das Hochzeitsfest, das wie üblich im Haus der Braut abgehalten werden sollte. Gemeinsam mit Alma nähte sie ein neues Kleid samt sauberer Schürze. Ihre blaue Weste verzierte sie in Handarbeit. Alma flocht kunstvoll Hannahs Haare und band sie zu einem dicken Dutt.

Sie sah wunderschön aus als zukünftige Braut.

* * *

Arne unternahm mit Alma und Hannah sogar eine dreitägige Reise nach Husum. Dort übernachteten sie in einem Gasthaus und Arne ließ in einem Fotoatelier ein Verlobungsfoto erstellen.

Am Tag nach ihrer Rückkehr nach Süderwiek aßen Alma, Ernst, Hannah und Arne gemeinsam bei Alma zu Mittag. Hannah hatte gekocht. Es gab Lamm mit Kartoffeln und einen Honigkuchen.

»Ich habe schon lange nicht mehr so gut gegessen«, lobte Ernst. »Jetzt weiß ich, warum mein Sohn die Mahlzeiten immer bei euch einnimmt.«

Alle lachten.

Nach dem Essen durfte das Paar einen Spaziergang ohne Aufsicht unternehmen, während Alma und Ernst zurückblieben, um über die Mitgift und anderes zu sprechen.

Hannah wählte einen Strandabschnitt, der wenig besucht war, weil er nicht so weitläufig und gerade war. Die Wellen schlugen stärker gegen die Felsen, das Wasser war wilder und tiefer. Beide zogen ihre Schuhe aus und liefen barfuß den kleinen Weg entlang, um sie herum Gras und Wasser.

»Erinnerst du dich noch an die Gesichter der Leute in der Kirche, wie erstaunt sie waren?«

Arne lächelte. »Die arme Erna hatte Tränen in den Augen.«

»Das ist doch Unsinn! Sie dachte: ›Was, die Kleine von Alma hat den Arne abgekriegt?‹«

Arne nickte. »Ja, ich habe die wunderschöne Hannah bekommen.«

Ihre Augen strahlten. Arne nahm Hannahs Hand. Seine großen warmen Hände ließen sie ruhig werden. Sie stiegen ein Stück hinab und er half ihr über die großen runden Felsen. Dafür hob sie ihren Rock etwas hoch und er erhaschte einen Blick auf ihre Beine. Jeder Teil ihres Körpers faszinierte ihn und ließ sein Herz höherschlagen.

Am Ende der Felsenwand setzten sie sich auf den größten Felsen und blickten auf das Meer hinaus. Wie immer ergriff ihn so etwas wie ein Fieber, wenn sie neben ihm war. Es erforderte viel Kraft, Herr seiner Sinne zu bleiben und mit seinen Händen nicht weiter an ihrem perfekten Körper entlangzuwandern.

Als hätte sie seine Gedanken erraten, sagte sie: »Wie wird das sein, wenn wir Mann und Frau sind und dasselbe Bett teilen?« Dabei kicherte sie etwas verlegen. »Schnarchst du?«

Er schüttelte den Kopf.

»Dann wird es gut.«

Arne beobachtete sie und fragte sich, ob sie überhaupt wusste, was im Ehebett vor sich ging. »Es gibt da auch die ehelichen Pflichten.«

Sie sah zu ihm. »Du meinst, das mit dem Kinderkriegen?«

Er nickte.

»Ich habe Frauen darüber sprechen hören. Sie meinen, es sei nicht schön und tue sehr weh.«

Arne zuckte mit den Schultern. »Die Männer sagen, es sei sehr schön. Wir werden nichts machen, was nicht schön ist, und wehtun werde ich dir bestimmt nicht.«

Sie nickte. Obwohl sie keine Ahnung hatte, was wirklich zwischen Mann und Frau passierte. »Es ist doch ähnlich wie bei den Tieren«, meinte sie.

Arne war auch etwas verlegen. Er stimmte ihr zu. »Das sieht tatsächlich nicht schön aus, und die Weibchen wirken alles andere als glücklich«, sagte er.

»Wir sind keine Tiere und wir werden sehr glücklich, das weiß ich.« Sie lehnte ihren Kopf an seine Brust.

Arne streichelte ihr zart über die Hand. Ihr Haar war frisch gewaschen und roch nach Honig. Er konnte es kaum erwarten, sie zu ehelichen, und fragte sich, ob sie die Verlobungszeit irgendwie verkürzen konnten.

Während er in Gedanken versunken war, hob Hannah den Kopf und berührte mit ihren Lippen seine. Arne war so überrascht, dass er sich kaum bewegte.

»Das dürfen wir als Verlobte, oder?« Sie sah ihn unsicher an.

Er atmete schwer.

»Habe ich etwas falsch gemacht?«, fragte sie.

Er schüttelte den Kopf. »Es ist schön, zu schön. Für uns Männer ist es noch einmal schwieriger. Es ist besser, wir machen das erst nach der Hochzeit.«

Hannah verstand ihn nicht ganz, denn ihr hatte der erste Kuss sehr gut gefallen. Ihr Körper verlangte nach mehr und sie verstand gar nicht, was so schlecht daran war, wenn es sich so gut anfühlte.

»Du musst mir das besser erklären, über Männer weiß ich nicht viel.«

Arne schoss die Röte ins Gesicht. Wie sollte er ihr das nur erklären? »Weißt du, wenn du mir einen Kuss gibst, dann wünscht sich mein Körper mehr.«

»Meiner auch!«, rief sie.

»Aber das dürfen wir nicht. Nicht, bevor wir verheiratet sind.«

»Du meinst, weil ich dann schwanger werden könnte.«

Er nickte.

Schwanger werden, das wollte sie natürlich noch nicht. Schließlich wäre sie dann als Hure geächtet worden. Ihr fiel auf, dass bei so etwas immer die Frauen die Huren waren, um die Männer scherte sich niemand. Nein, das durften sie nicht, Arne hatte recht. Sie würde sich mit den wenigen Berührungen begnügen, die ihnen blieben. Das Streicheln der Hände, die Blicke.

»Ich liebe dich, Arne Johansen.«

Er küsste ihr Haar. So saßen sie noch lange da, blickten in die untergehende Sonne, genossen die Zweisamkeit und freuten sich auf die gemeinsame Zukunft. Ihr Glück schien unermesslich.

Als sie nach Hause kamen, war Ernst schon gegangen. Alma saß still da.

»Ihr wart aber lange draußen.«

»Wir haben das Meer beobachtet und waren spazieren.«

Alma nickte und sah streng zu Arne hinüber.

»Wir waren wirklich nur spazieren.«

»Das hoffe ich doch. Arne, du kannst jetzt nach Hause gehen zu deinem Vater. Ich denke, er will mit dir noch über einige Dinge sprechen.«

Wieder nickte Arne. »Einen guten Abend wünsche ich euch«, sagte er.

Als sie später im Bett lagen und der Schein der Öllampe bereits erloschen war, fragte Hannah: »Mutter, was passiert in der Hochzeitsnacht?«

Alma war froh, dass das Licht aus war, denn es war ihr sehr unangenehm, gerade mit ihrer jungen Tochter darüber zu sprechen. Das war ein Thema, über das man lieber kein Wort verlor.

»Das ist nicht etwas, worüber Mütter gern mit ihren Töchtern sprechen.« Sie räusperte sich. »Nicht einmal meine Mutter hat mich über die Ehe aufgeklärt. Ich habe es von anderen jungen Frauen aufgeschnappt, beim Wäschewaschen oder anderen Versammlungen, wo die Frauen unter sich waren und dann über ihre Männer witzelten. Hätte es das nicht gegeben, wäre ich ohne jegliches Wissen in die Ehe gegangen. Die Mädchen mussten früh Verantwortung übernehmen, kochen, putzen, die Geschwister versorgen. Aber über die wichtigste Säule der Ehe, das, was zwischen den Eheleuten passiert, darüber mochten unsere Mütter nicht sprechen.«

»Ich verstehe nicht, warum«, meinte Hannah.

»Wenn du mal verheiratet bist, wirst du es wissen.«

»Aber was passiert denn jetzt genau?« Hannah blieb hartnäckig.

»Also, du hast doch gesehen, was bei den Katzen passiert oder den Schafen, wenn sie sich paaren?«

»Ja, der Bock fährt sein Ding aus und steckt es in das Schaf.«

»Genauso ist es bei Mann und Frau!« Alma hoffte wohl, dass dieses unangenehme Gespräch damit beendet war.

»Aber wo steckt es der Mann hin?«, fragte Hannah erschrocken.

Alma flüsterte es ihr ins Ohr, als hätte sie Angst, jemand könnte sie hören. Dabei waren sie doch ganz allein in dem dunklen Raum.

Es dauerte sehr lange, bis Hannah an diesem Abend einschlafen konnte. Bis zu diesem Tag hatte sie ihrer Hochzeit voller Vorfreude entgegengesehen. Über den eigentlichen Akt in der Ehe hatte sie nicht ernsthaft nachgedacht. Doch nachdem ihr

Alma ins Ohr geflüstert hatte, was physisch in der ersten und den folgenden Ehenächten passieren würde, war sie verunsichert. Es war tatsächlich wie bei den Tieren.

»Mutti!« Sie stieß ihre Mutter in die Seite.

Alma war schon eingeschlafen und brauchte eine Weile, um zu sich zu kommen. »Was ist?«, fragte sie müde.

»Wie war es für dich?«, fragte sie.

»Was? Wovon redest du?« Sie rieb sich die Augen.

»Von der Hochzeitsnacht.«

»Denkst du immer noch daran?« Alma musste lachen.

»Es klingt alles nicht schön und ich habe irgendwie Angst«, murmelte Hannah.

»Ach was, die musst du nicht haben. Wenn man sich lieb hat, ist es schön.«

»Ja, wie denn nun?«

»Das kann ich dir nicht erklären. Arne und du, ihr habt euch lieb und deshalb wird das alles etwas sehr, sehr Schönes. Und jetzt lass uns schlafen.« Damit drehte sie sich um und begann wieder zu schnarchen.

Hannah war verwirrter als vorher, aber sie wusste, dass sie sich mit Almas Antwort zufriedengeben musste.

17.

Marie

Die Arbeiten in ihrer Wohnung gingen mittlerweile deutlich schneller voran. Vielleicht konnte sie bereits in ein bis zwei Wochen einziehen. Das war alles Joys Werk, die nun regelmäßig im Gespräch mit dem Bauunternehmen stand und Druck machte.

Voller Vorfreude drehte sich Marie in ihrem zukünftigen Schlafzimmer im Kreis. Die Wände waren noch kahl und die Schächte für die elektrischen Leitungen nicht verputzt. Doch die Wasserleitungen waren fertiggestellt, das Gäste-WC, die Fenster, der Boden. Streichen konnte sie auch selbst.

An diesem Abend würde sie sich mit Joy zum Essen treffen. Marie wollte sich bei ihr für ihren Einsatz bedanken. Ohne Joys Hilfe wären die Arbeiten wahrscheinlich immer noch in Planung gewesen. Sie überlegte, wie sie ihre Möbel stellen konnte, welche Pflanze passend war. Vielleicht konnte sie ein paar Bilder auch direkt an die Wände malen. Der Gedanke gefiel ihr. Der Ausblick war auch hier durch die schmalen Schlafzimmerfenster einzigartig. Egal durch welches Fenster sie rundherum blickte, überall war Weite. Allein deshalb hatte es sich gelohnt, hierher hochzuziehen. Vor ihrem inneren Auge sah sie schon die eingerichtete Wohnung. Es fiel ihr heute tatsächlich zum ersten Mal schwer, den Turm zu verlassen. Aber sie musste gehen.

In der Pension zog sie sich um und lief dann in Richtung Ortskern, zum einzigen griechischen Restaurant, das es im Ort und wohl auch in der weiteren Umgebung gab. Die anderen Gaststätten hatten Ruhetag; das änderte sich erst in der Hauptsaison, dann hatten die meisten Lokale durchgehend geöffnet.

Vor dem Restaurant wartete Joy bereits auf sie. Sie trug eine hoch geschnittene Jeans, dazu ein rosa Oberteil und sah sehr entspannt aus. Durch die legere Kleidung wirkte sie viel jünger, als sie ohnehin war. Ihr geflochtenes Haar hatte sie kunstvoll hinter dem Kopf zusammengebunden.

»Hallo, schön dich zu sehen«, begrüßte Marie Joy herzlich.

»Hallo«, erwiderte Joy mit einem Lächeln. Sie betraten das frisch renovierte Gebäude und setzten sich an einen Tisch in der Ecke. Die Einrichtung in diesem Restaurant war modern, in Braun und Weiß gehalten. Nur Fotos der griechischen Inseln erinnerten daran, dass es sich nicht um ein klassisches Café handelte. Die Karte bot überwiegend Fisch, Meeresfrüchte und zahlreiche Vorspeisen an.

»Es ist tatsächlich ungewöhnlich, dich nicht im dunklen Kostüm zu sehen.«

Joy lachte. »Stell dir vor, ich stehe so vor meinem Chef. Der würde mich keinesfalls ernst nehmen. Schon in meinem schwarzen Jackett und der Bluse muss ich ganz schön kämpfen, um gehört zu werden.«

»Das kann ich mir denken. Wie ist es für eine junge Frau, in einem so kleinen Ort zu leben?«

Joy lächelte. »Etwas zu klein. Singlemänner in meinem Alter gibt es auch keine. Aber Partner findet man heutzutage eh im Internet. Darüber hinaus vielleicht noch auf der Arbeit.«

Marie lachte. »Da muss ich dir recht geben.«

»Das mit der Arbeit fällt bei mir allerdings schon mal weg, da dort fast alle Männer über vierzig und der Rest Frauen sind. Ich fahre häufig am Wochenende nach Hamburg, zwei Freundinnen wohnen dort. Aber auch hier ist es nicht eintönig. In Husum und sogar St. Peter ist immer wieder was los.«

Marie nickte. »Vielleicht kannst du mich mal mitnehmen.«

Joy nickte. »Na klar. Je mehr, desto lustiger. Aber ich habe auch begonnen, eine Reihe kultureller Veranstaltungen hier vor Ort anzustoßen, damit Süderwiek aus dem Dornröschenschlaf erwacht.«

»Ach ja?«

»Ja. Erst mal nichts Großes. Das Budget für ein richtiges Dorffest mit Livebands konnte ich dem Bürgermeister bisher noch nicht abringen. Aber ich konnte zum Beispiel den Restaurantbesitzer hier überzeugen, einen Folkloreabend mit Livemusik und Tanz zu organisieren. Diesen Freitag. Da musst du auch kommen.«

Marie nickte. »Gern.«

Dann kam der Kellner. Sie schauten sich kurz die Karte an. Joy empfahl die Vorspeisenplatte und beide nahmen einen Lillet als Aperitif.

»Also, ich muss sagen, fast alle Frauen, die mir hier begegnen, sind freundlich. Du, Helene, Inga, Emma.«

Joy lachte. »Und die Männer?«

»Ich habe David kennengelernt.«

»Welchen David?«

»Den Bruder von Emma, der Bäckerin.«

Joy machte große Augen. »*Den* David!«

»Woher kennst du ihn, er lebt doch schon lange nicht mehr hier?«

»Gerade ist er aber wegen der Arbeit im Dorf.«

»Dann bist du ja doch bestens über ihn informiert.«

»Es geht. Das Forschungsprojekt, an dem er arbeitet, ist bei uns angemeldet. Daher weiß ich das. Ich kenne ihn noch von früher, allerdings nicht sonderlich gut. Woher kennst du ihn?« Joy sah sie mit großen Augen an, während sie von ihrem Lillet trank.

»Er ist der, dem ich bei meinem ersten Besuch im Leuchtturm Desinfektionsspray in die Augen gesprüht habe.«

»Nein! Das war David? Ich dachte, das wäre ein Obdachloser gewesen.«

»Ich ja auch. Aber es stellte sich heraus, dass David dort früher Zeit mit seinem Großonkel verbracht hat und deshalb ab und zu, wenn er da war, dort übernachtete. Sein Onkel war der letzte Leuchtturmwärter und hat ihm einen Schlüssel vererbt. Der Ausblick ist ja auch unbezahlbar.«

Der große Vorspeisenteller wurde serviert. Es duftete herrlich nach eingelegten Sardinen, gegrilltem Paprika und Fetakäse, aus dem Zaziki stieg eine angenehme Knoblauchnote hervor.

Sie unterbrachen ihr Gespräch, um von allem ein bisschen zu probieren.

Dann fuhr Joy fort: »Ich war mit David in der Schule, also er war drei Jahre über mir, aber wir waren zusammen im Schwimmverein.«

Marie hörte aufmerksam zu. »Und was kannst du über ihn erzählen?«

Joy zuckte mit den Schultern. »Na ja, er war sehr still, aber der beste Schwimmer von allen.«

»Kennst du den Schweinezüchter Karl?«

Joy verdrehte die Augen. »Kalle der Große.«

Marie musste lächeln. »So war sein Spitzname?«

»Er denkt tatsächlich, er wäre der beste und coolste Typ auf Erden.«

»Also, du magst ihn nicht«, stellte Marie fest.

»Ihn mag keiner, und wenn ich mich recht erinnere, hat er den armen David die ganze Grundschulzeit hindurch gequält.«

»Ja, ich weiß. Was meinst du, warum er das gemacht hat?«

»Weil er ein schlechter Mensch ist. Ich weiß, dass er nach dem Sport mal all seine Klamotten versteckt hat, und David musste nackt aus der Turnhalle laufen.«

»Diese Geschichte hat sich also in der ganzen Schule herumgesprochen?«

Joy nickte. »Und das war, glaube ich, nur eins der fiesen Dinge, die er mit ihm angestellt hat.«

»Und wurde etwas dagegen unternommen?«

»Schwierig. Sein Vater hat hier sehr viel Einfluss, weil er so wohlhabend ist. Er hat die Turnhalle der Schule finanziert, da wollte die Schule sicherlich nicht seinen Sohn strafen.«

»Was für eine verkehrte Welt! Ich kann Davids Reaktion immer mehr nachvollziehen.«

»Er war ein zierlicher Junge mit Brille und schüchtern dazu. Das perfekte Opfer für einen Bully wie Karl.«

»Ich frage mich, wie er das alles verarbeitet hat.«

»Wenn mir als Kind so was widerfahren wäre, säße ich heute sicherlich regelmäßig beim Therapeuten.«

In Gedanken stellte Marie sich den kleinen David vor, wie er nackt aus der Turnhalle rannte und alle ihn auslachten. Es brach ihr das Herz.

Sie widmeten sich wieder dem Essen. Joy lenkte das Gespräch auf andere Themen, doch Maries Gedanken wanderten immer wieder zu David. Am liebsten wäre sie direkt zu ihm gegangen und hätte ihn in den Arm genommen. Aber das war natürlich nicht möglich.

Zum Schluss bestellte Joy noch einen gemischten Dessertteller. Der üppige Nachtisch bestand aus Eis, Obst, Brownies, Joghurt mit Nüssen und Honig sowie frittierten Bällchen.

»Das Hüftgold ist gesichert!«, rief Marie, nachdem der letzte Bissen in ihrem Mund verschwunden war.

Joy lachte. »Der Nachtisch ist das Beste.«

»Dem kann ich nur zustimmen.«

Es war ein wirklich netter Abend. Marie erzählte noch vom Renovierungsstand ihrer Wohnung, und sie überlegten, wann Marie zur Einweihung laden konnte.

Kurz nach elf Uhr abends verabschiedeten sie sich.

Auf dem Nachhauseweg musste Marie wieder an David denken. Was Joy ihr erzählt hatte, ließ sie einfach nicht los. Als sie in der Pension in ihrem Bett lag, schickte sie ihm eine Nachricht. Es war nun schon drei Tage her, dass sie sich zuletzt gesehen hatten.

Daraufhin rief er sie per Videotelefonat an.

»Moin, wie ist es in Hamburg?«

Er blickte zur Seite, wohl zum Fenster. »Verregnet«, meinte er knapp.

»Hier schien den ganzen Tag die Sonne«, erwiderte Marie. »Und, warst du schon auf einer tollen Party?«

David lächelte. »Ständig, ich komme gar nicht mehr zum Arbeiten vor lauter Feiern.«

Marie mochte seinen Humor.

»Und du?«, fragte er.

»Ich war eben mit Joy beim Griechen.«

David schien kurz zu überlegen. »Joy, die Assistentin des Bürgermeisters?«

»Genau die.«

»Joy, klar, ich kenne sie vom Schwimmen. Sie ist nett.«

»Das ist sie wirklich«, bestätigte Marie.

Dann entstand eine kurze Pause. »Wann kommst du wieder?«, fragte sie schließlich.

»In zwei Tagen.«

»Das werden zwei sehr lange Tage.« Sie seufzte.

»Ich beeile mich.«

»Wenn du dich nicht beeilst, dann komme ich nach Hamburg. Das ist eine Drohung.«

Er lächelte. »Ich würde mich freuen. Muss nur meine Ehefrau und die drei Kinder verstecken.«

Nachdem sie aufgelegt hatten, merkte sie, dass ihr David jetzt nur umso mehr fehlte. Sie mochte ihn, sehr sogar.

18.

Marie holte David am Freitagabend an der Bushaltestelle am Ortsrand ab. Er hatte nur eine kleine Reisetasche dabei, die er lässig um die Schulter trug. In seiner blauen Jacke und der Jeans wirkte er unscheinbar. Doch dadurch kam sein schönes Gesicht umso besser zur Geltung. Marie musste zugeben, dass David tatsächlich ein gut aussehender Mann war. Nicht aufdringlich, doch bei genauerem Hinsehen fiel ihr auf, dass in seinem Gesicht alles zusammenpasste. Er war wohl dieser Typ Mann mit ebenmäßigen Gesichtszügen, von dem Frauenzeitschriften so gern schrieben. Sie hatte sich bis jetzt nicht viel darunter vorstellen können. Aber auf David traf es zu.

Sie verspürte das Bedürfnis, dieses Gesicht zu berühren. Deshalb rief sie: »Haben Sie ein Taxi bestellt?«

Überrascht drehte er sich um. Sie lächelte und lief auf ihn zu. Dann umarmte sie ihn und gab ihm einen Kuss. Davids Hände umfassten ihre Taille.

»Wie gut, dass du wieder da bist!«

David lächelte.

Dann liefen sie Hand in Hand durch den Ort zu seiner Wohnung.

»Heute Abend gibt es eine kleine Veranstaltung beim Griechen, alte griechische Lieder und dazu Getränke«, verkündete Marie.

»Kaum bin ich weg, steigt die Party im Ort«, erwiderte David lachend.

»Hast du Lust, hinzugehen?«

Er dachte nach. »Wir können ja einen kleinen Abstecher machen«, meinte er. »Ich fände zwar einen netten gemeinsamen Abend mit dir schöner, aber griechische Folklore klingt auch verführerisch.«

Marie schlug ihm freundschaftlich auf die Schulter. »Joy hat mich gebeten, hinzugehen. Sie will sicher sein, dass genug Gäste kommen.«

»Wann beginnt es denn?«, wollte David wissen.

Sie sah auf die Uhr. »In einer Stunde.«

Als sie in seiner Wohnung angekommen waren, zog sie ihn auf die Couch. »Ich kann mir nicht vorstellen, dass dich mal irgendjemand gehänselt hat, du siehst viel zu gut aus.«

David lachte. »Das empfanden die Kinder in der ersten Klasse nicht so.«

»Idioten«, sagte sie und begann, sein Gesicht zu küssen.

»Später im Studium fand es auch niemand. Vielleicht brauchst du eine Brille«, meinte er trocken.

»Umso besser für mich.« Sie zog sein T-Shirt hoch. »Sonst wärst du vielleicht schon verlobt.«

»Du bist unglaublich«, murmelte er und streichelte ihren Rücken.

Plötzlich piepste ihr Telefon. »Oh, das ist die Erinnerung für den Griechen.«

David seufzte. »Können wir nicht später hingehen?«

Sie schüttelte den Kopf. »Ich hab es Joy versprochen.«

»Du verpasst die Zeit mit mir, dem gut aussehenden Typen!«

Marie lachte. Sie fand ihn umwerfend, liebte seine Selbstironie. »Keine Angst«, erwiderte sie. »Wir werden nicht ewig bleiben und du musst doch heute sicher nicht früh schlafen gehen, oder?« Sie zwinkerte ihm zu.

Nachdem sie noch eine kurze Weile ihre Körper erkundet hatten, erhob sich Marie. »Ich muss los, will mich noch umziehen.«

Jetzt seufzte David und sah ihr traurig hinterher.

»Sollen wir uns in dreißig Minuten vor dem Restaurant treffen?«, fragte sie.

»Kann ich nicht einfach gleich mitkommen? Ich muss mich nicht zurechtmachen für griechische Folklore, oder?«

»Vielleicht ein Hemd?«, meinte sie, während sie ihre Turnschuhe anzog.

»Eins habe ich tatsächlich noch.«

Eine halbe Stunde später saßen sie beim Griechen, David im karierten Hemd und dem obligatorischen T-Shirt darunter und Marie in einem roten Kleid mit breiten Ärmeln.

»Ich hoffe, dass wir nicht mittanzen müssen«, flüsterte er.

»Nur deshalb sind wir hier.«

»Dann muss ich mir gleich zwei Ouzo bestellen.«

Marie kicherte. Sie tranken Prosecco.

Joy setzte sich zu ihnen. »Danke, dass ihr gekommen seid. Ich möchte unserem Kaff kulturelles Leben einhauchen, da ist es blöd, wenn keiner da ist.«

»Das machen wir doch gern.« Marie strahlte.

Joy zwinkerte ihr zu. »Bin gespannt, wer noch kommt«, sagte sie.

Wenige Minuten später traten Inga und Jasper ein und grüßten die beiden. Voll war es nicht, als sich eine Frau in Begleitung zweier Männer mit Gitarren in eine Ecke setzte, die speziell für sie beleuchtet wurde.

»Ist das die Folkloregruppe?«, fragte David.

»Vielleicht die Vorgruppe.«

Wie sich herausstellte, war es die Nichte des Inhabers. Sie begann, griechische Balladen zu singen, was ganz nett klang. Nach nur zwei Liedern machte sie eine Pause. Das Restaurant war mittlerweile fast voll, und die Sängerin musste ihrem Onkel am Ausschank helfen.

Dafür spielten die beiden Gitarristen schwungvolle Lieder. Gerade als die Laune im Restaurant wirklich gut war und Marie und David vom zweiten Glas Prosecco noch bessere Laune hatten, kam Karl mit seiner Frau herein. Seine laute Stimme drang durch den kleinen Raum und mehrere Leute drehten sich um. Er lief von Tisch zu Tisch und begrüßte die Anwesenden nach und nach. Seine Frau Marlene stand eher im Hintergrund und lächelte freundlich. Sie trug eine Dreiviertelhose, Schuhe mit hohen Absätzen und eine schöne grüne Bluse. Ihre Haare fielen wie glattgebügelt über ihre Schultern. Karl trug zwar ein Hemd und kein Poloshirt, doch auch dieses hatte ein auffällig großes Pferd auf der linken Brustseite aufgestickt. Offenbar sollten auch die mit den schlechtesten Augen erkennen, dass dieses Hemd viel Geld gekostet hatte.

»Kann es sein, dass er Bürgermeister werden oder in die Politik einsteigen möchte?«, fragte Marie.

David lachte nicht mehr, sondern beobachtete ihn ernst. »In der Kommunalpolitik mischt er schon lange mit, der Geier.«

»Ich hoffe nicht, dass er auch noch zu unserem Tisch kommt«, brummte Marie und nahm den letzten Schluck vom Prosecco.

David seufzte und spielte nervös mit den Fingern auf dem Tisch.

Tatsächlich kam Karl auch zu ihrem Tisch. »Ja, wer ist denn da? Unsere frisch verliebten Turteltäubchen.«

Marie verdrehte innerlich die Augen, versuchte aber, die Fassung zu bewahren.

Marlene drängte sich nun etwas in den Vordergrund und begrüßte vor allem Marie. »Hallo, ihr zwei.«

»Mensch, David, erst gestern waren wir gemeinsam im Sandkasten und jetzt bist du groß und hast sogar eine hübsche Frau an deiner Seite«, sagte Karl, ganz so, als hätte es ihre letzte Begegnung gar nicht gegeben.

»David ist ja auch ein sehr attraktiver Mann«, entgegnete Marie und schickte David einen Luftkuss.

Der war ruhig, er sah nicht einmal in Karls Richtung, sondern schien sich auf das Tischbesteck zu fokussieren.

»Du hättest ihn als Steppke erleben müssen, klein mit dicker Brille. Einmal hat er sogar seine Unterhose vergessen.« Karl lachte und sah zu den anderen, als wollte er sichergehen, dass das auch alle mitbekamen.

Marie sah ihn ernst an. Dieser Typ war wirklich ein rücksichtsloser Bully. Sie konnte sich sehr gut vorstellen, wie es damals für David gewesen sein musste. Sollte sie einschreiten?

Doch bevor sie auch nur den Mund aufmachen konnte, um ihm zu sagen, er solle von ihrem Tisch verschwinden, sprang David auf, holte aus und schlug Karl mit der Faust direkt ins Gesicht.

Marlene schrie auf.

Karl taumelte benommen ein paar Schritte. Er war so überrascht, dass er nicht fähig war, eine Reaktion zu zeigen. »Du kleines Arschloch, du bist ja genauso irre wie früher«, stammelte er schließlich.

Davids Blicke waren wie Blitze. Marie erkannte ihn nicht wieder. Er atmete tief, hatte ein leichtes Lächeln auf den Lippen, holte erneut aus. Gerade als seine Faust wieder in Karls Richtung schwang, schaffte Marie es, seinen Arm festzuhalten und ihn von einem weiteren Schlag abzuhalten.

Karl schrie auf vor Angst. Obwohl er ein bulliger Mann war, schien die Überraschung so groß, dass er kaum in der Lage war, sich zu wehren.

Marie stand nun hinter David und hielt ihn an beiden Armen fest.

»Lass mich!«, rief David.

»Erst wenn du dich beruhigt hast.« Es war das erste Mal, dass sie Gelegenheit hatte, ihre Griffe in der Praxis zu benutzen. Es war schon lange her, dass sie sie im Kampfsporttraining gelernt hatte.

Marlene beugte sich besorgt zu ihrem Mann. Die anderen Gäste umringten die beiden. Der Inhaber kam aus der Küche und schrie: »Was ist hier los?«

»Geht es, Schatz?«, fragte Marlene besorgt.

»Dieser Schweinehund!« Karls Nase blutete, aber darüber hinaus schien David ihn nicht schwer verletzt zu haben. »Dafür wirst du bezahlen!«

»Ich habe lange genug dafür bezahlt, dass du mich meine ganze Grundschulzeit hindurch gequält hast, du arrogantes, egoistisches Schwein.«

Um sie herum waren alle Gäste still. Keiner machte einen Mucks. Es schritt auch niemand ein.

»Hast du dich wieder unter Kontrolle?«, flüsterte Marie ihm ins Ohr. Sie hörte sein Herz schlagen und drückte ihn mit verschränkten Händen ganz fest an ihren Körper.

»Ja«, sagte er.

Sie ließ ihn los.

»Ruft die Polizei und einen Arzt, er ist verletzt!«, schrie Marlene.

»Seid ihr sicher?«, fragte der Inhaber, ein Mann Mitte fünfzig. »Wenn die Polizei kommt, dann ist mein ganzer Abend hier ruiniert.«

»Meine Nase ist gebrochen und du denkst an deinen beschissenen Abend!«, schrie Karl.

Diesen Schweinezüchter mochten die wenigsten im Ort, das wurde Marie klar, als sie die Blicke der anderen Gäste sah. Selbst jetzt, da er zum Opfer geworden war, schien niemand Mitleid für ihn zu empfinden.

»Dann rufe ich die Polizei und einen Krankenwagen«, mischte Joy sich ein.

»Du wirst eine fette Klage bekommen«, drohte Karl.

David zuckte nur mit den Schultern. »Von mir aus.«

Es dauerte mindestens fünfzehn Minuten, bis die Polizei eintrudelte, und noch etwas länger, bis der Notarzt kam. Die beiden Polizisten befragten alle Anwesenden, was einige Zeit in Anspruch nahm.

David schilderte die Situation und erklärte: »Er hat mich provoziert und … ich weiß auch nicht, warum ich ausgeholt habe. Es war der Alkohol.«

Die Polizei wollte von Karl wissen, ob er Strafantrag stellen wolle. Er nickte.

Der Notarzt konnte außer einer gebrochenen Nase nichts feststellen, nahm ihn aber zur Behandlung ins Krankenhaus mit.

David durfte nach der Befragung nach Hause. Marie versprach, ihn zu begleiten. Sie entschuldigte sich gefühlt tausend Mal bei Joy.

Diese atmete tief ein. »Na ja, das ist ein Kulturabend, an den sich die Menschen noch jahrelang erinnern werden.« Dann sagte sie: »Ich weiß nicht, warum dieser Großkotz kommen musste. Ich hatte ihn nicht mal eingeladen. Aber er denkt, er müsse überall dabei sein. Ich verstehe David. Ich befürworte nicht, was er getan hat, aber manchmal platzt einem der Kragen, wenn auch erst Jahre später.«

Schweigend liefen Marie und David zur Bäckerei.

»Es tut mir leid«, sagte er. »Das war so nicht geplant.«

Sie entgegnete nichts. Den ganzen Weg über hatte sie versucht, die Erlebnisse für sich einzuordnen. Doch sie wusste immer noch nicht, wie sie dazu stehen sollte. Einerseits verabscheute sie Gewalt. Andererseits konnte sie seine Reaktion verstehen. Es war fast so, als hätte sie seinen Schmerz, der ihr in den letzten Tagen selbst so nahegegangen war, durch den Schlag gegen Karl hindurch spüren können. Es war ein verwirrendes Gefühl.

Als sie an seinem Gartentor angekommen waren, sagte Marie: »Ich geh dann mal.«

David nickte stumm. »Es tut mir leid, dass ich den Abend versaut habe.«

Das kann man wohl sagen, dachte sie und sah ihn einen Moment wortlos an. Sie wollte schon gehen, doch dann fragte sie ihn: »Was ist da nur mit dir passiert, David? Du bist doch nicht der Einzige, der als Kind gemobbt wurde. Mir ging es nicht anders, vielleicht nicht in deiner Größenordnung, aber ich habe mir rechtzeitig Hilfe geholt, sogar einen Kampfsport gelernt. Ich, die moppelige Marie!« Dabei lachte sie ironisch auf. »Jedenfalls habe ich gelernt, meine negative Energie anders rauszulassen.« Sie konnte diese Gewalt nicht rechtfertigen. So war sie nicht erzogen. Vor allem ihre Mutter hatte sie immer vor Männern gewarnt, die zuschlugen.

»Mein Leben lang habe ich mich zurückgehalten und alles runtergeschluckt, doch heute ging es nicht mehr«, entgegnete David.

»Und dann brichst du ihm einfach so mal die Nase? Dir ist klar, dass du dafür ins Gefängnis gehen kannst? Das ist Körperverletzung.«

David sagte nichts.

»Ich verstehe, dass er dich provoziert hat … aber ist Schlagen die richtige Antwort darauf? Du bist doch nicht vier.«

»Ich verstehe mich ja selbst nicht! Ich hasse Gewalt, aber gleichzeitig spüre ich schon länger, dass ich so eine Wut in mir herumtrage, obwohl ich doch gar nicht so sein will. Dass es so weit kommen konnte, dass ich zuschlage, hätte ich selbst nicht für möglich gehalten. Ich fühle mich wie der letzte Idiot, das kannst du mir glauben. Und nun wird er mich noch verklagen …« David schien erst jetzt die Konsequenzen seines Handelns zu begreifen.

»Und, denkst du, dass du wieder so ausrasten könntest?«

»Ich weiß es nicht.« Er zuckte mit den Schultern und dachte nach. »Gerade weiß ich gar nichts. Bis vorhin hätte ich es ja selbst nicht für möglich gehalten.«

Marie sah zu Boden und atmete tief aus. Dann blickte sie wieder auf. »David, ich fühle mit dir. Aber ich habe Angst. Das ist alles zu viel für mich. Ich habe ja meine eigenen Baustellen.« Sie schaute ihm in die Augen.

Er konnte ihrem Blick nicht standhalten und sah zur Seite. Wahrscheinlich war diese Beziehung für sie beide nicht gut, realisierte sie in diesem Moment. Für sie nicht, weil sie fühlte, dass sie sich gerade nicht um seine Lasten kümmern konnte. Aber auch nicht für ihn. Weil er sich darauf konzentrieren musste, seine Wut und seinen Schmerz zu überwinden. Und wie konnte sie ihm dabei schon helfen? Sie wusste, dass jeder sich seinen Emotionen nur selbst stellen konnte.

Sie atmete tief ein und sagte mit etwas zittriger Stimme: »Ich glaube nicht, dass ich mit einem Mann zusammen sein möchte, bei dem ich Angst haben muss, dass er beim Ausgehen jemanden k. o. schlägt!« Es klang viel zu scharf, das merkte sie schon, während sie es aussprach. Sie hatte ihm und ihr das Auseinandergehen leichter machen wollen. Doch nun hingen ihre Worte schwer und bitter in der Luft.

David sagte nichts, er nickte schuldbewusst. Für einen Moment sah es so aus, als wollte er etwas sagen, aber er brachte kein Wort heraus.

»Tschüss, David«, murmelte sie und merkte, wie lächerlich auch diese zwei Worte klangen. Sie hielt kurz inne, aber irgendwie war alles gesagt. Also ging sie.

19.

Zurück in der Pension konnte Marie nicht einschlafen. Sie hatte sich so sehr auf das Wiedersehen gefreut und sich den Abend so schön ausgemalt. Sogar die neue Spitzenunterwäsche hatte sie angezogen. Es hatte romantisch werden sollen. Und vielleicht wäre sie über Nacht bei ihm geblieben. Stattdessen lag sie jetzt allein in ihrem Bett und die doofe Unterwäsche zwickte. Also zog sie sie aus und tauschte sie gegen ihre Schlabberhose samt altem rosa T-Shirt.

Marie wälzte sich so lange im Bett herum, bis sie sich schließlich entschied, das Licht anzuschalten. Was hatte sie einmal in einem Interview mit einem Schlafforscher gelesen? Er war der Meinung, dass es nichts brachte, ewig zu versuchen, einzuschlafen. Lieber sollte man ein Buch lesen und abwarten, bis man müde wurde.

Ihr Blick fiel auf das Buch mit Hannahs und Arnes Geschichte auf dem Nachttisch. Bis jetzt hatte sie nicht ohne David weitergelesen. Es war ihre gemeinsame Entdeckung, etwas, was sie mit ihm verband. Aber irgendwie war das gerade auch egal. Also griff sie zu dem ledernen Einband und klappte das Buch auf.

Sie las ein ganzes Kapitel, doch selbst das Entziffern der altmodischen Handschrift ließ sie nicht müde werden. Also legte sie das Buch zur Seite. Es war mittlerweile nach drei Uhr in der Nacht.

Marie ging hinunter in die Küche, um sich etwas zu trinken zu holen. Schon im Treppenhaus sah sie Licht in der Kochstube.

»Was machst du hier mitten in der Nacht?«, fragte Marie, als sie in die Küche trat und Inga am kleinen Tisch am Fenster sitzen sah. Gemütlich trank sie einen Tee.

»Dasselbe könnte ich dich fragen.« Inga lächelte.

»Ich wollte mir ein Glas Wasser holen.«

»Du kannst auch gern einen Tee mit mir trinken.«

»Kannst du nicht schlafen?«, wollte Marie wissen.

»Das ist das Alter. Ich habe außerdem zu spät Kaffee getrunken und jetzt bin ich hellwach. Und du?«

Marie wehrte mit der Hand ab. Doch dann meinte sie: »Ich kann es dir ja sagen. Früher oder später werden es eh alle wissen.«

Inga sah sie mit großen Augen an.

Marie schenkte sich Tee ein und dann begann sie zu erzählen.

»Wenn ich ehrlich bin, kann ich David verstehen. Karl ist offensichtlich ein Großkotz, wie er im Buche steht«, meinte Inga, nachdem Marie geendet hatte.

»Aber wenn wir auf jeden mit Fäusten losgehen, was soll dann werden?«

Inga nickte. »Das ist richtig. Ich glaube zwar, hier ist die Situation eine andere, aber du hast recht und David hat leider am meisten sich selbst geschadet. Dass er deswegen ins Gefängnis muss, da brauchst du dir wohl keine Sorgen zu machen. Ich glaube, da benötigt es mehr Vorsatz und Planung oder dass er eine Waffe benutzt. Aber er könnte eine erhebliche Geldstrafe erhalten und vielleicht einen Eintrag ins Führungszeugnis.«

»O Mann«, seufzte Marie. »Aber das ist jetzt auch egal.«

»Wieso?«

Marie wärmte ihre Hände an ihrer Tasse, während beide Frauen am großen Fenster saßen und in die Dunkelheit blickten.

»Als wir vorhin auseinandergegangen sind, habe ich ihm gesagt, dass ich nicht mit einem gewalttätigen Mann zusammen sein kann«, sagte Marie.

»Das verstehe ich. Nur zu gut. Aber glaubst du wirklich, dass David ein Schläger ist?«

»Nein. Ich kann ihn ja sogar ein bisschen verstehen. Nur sehe ich jetzt erst, wie viel Wut er in sich angestaut hat. Und ich merke, dass ich ihm dabei nicht helfen kann.«

»Sicherlich nicht. Er muss für sich selbst einen Weg finden, wie er damit klarkommt. Eine Partnerin kann ihm diesen Prozess nicht abnehmen«, stimmte Inga zu.

»Ja, das habe ich auch gedacht.«

»Aber wer weiß, vielleicht ist eure Zeit noch nicht reif. Möglicherweise findet er professionelle Hilfe. Und danach sieht die ganze Sache wieder anders aus.«

Marie seufzte. »Ich fürchte, ich habe ihn vorhin mehr verletzt, als nötig war. Ich glaube, das war's. Was einmal gesagt wurde, kann man schlecht wieder zurücknehmen.«

»So schlimm?«

Marie nickte.

»Mach dir keine Sorgen. Er wird es überstehen. Ich verstehe, dass man manchmal etwas übertreibt, wenn man eine Beziehung beendet, damit klare Fronten herrschen.«

»Ich wollte gar nicht so hart klingen«, meinte Marie traurig.

»Sieh es mal so: Vielleicht gibt ihm deine Aussage den nötigen Anstoß, damit er merkt, dass er seine Probleme angehen muss. Wäre doch möglich.«

Marie zuckte mit den Achseln. »Hoffentlich.«

»Es wird schon wieder, du wirst sehen.« Inga lächelte ihr aufmunternd zu.

Es war wirklich gut, jemanden wie Inga um sich herum zu haben. Diese Frau schickte der Himmel, dachte Marie. Dennoch fühlte sie sich immer noch verwirrt und schwermütig.

»Da ist noch etwas«, sagte sie. »Ich habe nicht nur so reagiert, um ihm eine klare Ansage zu machen. Ich hatte auch das Gefühl, dass mir das selbst alles zu viel wird. Ich habe momentan so viel zu meistern. Dieser Neuanfang als Illustratorin, der nicht so läuft, wie ich das geplant habe«, brach es aus ihr heraus. »Wahrscheinlich hatten meine Freunde doch alle recht und ich schaffe das nicht! Die echte Baustelle im Leuchtturm, mein Ex-Freund, über den ich dachte hinweg zu sein. Aber nun muss ich doch immer wieder an ihn denken. Die Verletzung, dass er mich betrogen hat, sitzt doch tiefer, als ich es mir bisher eingestanden habe. Ich habe momentan einfach Probleme, zu vertrauen … Ich dachte jahrelang, ich kenne Sebastian. Natürlich war bei uns schon lange der Alltag eingekehrt, die Höhen in der Beziehung haben gefehlt. Aber er wirkte auch verlässlich. Ich habe nie kommen sehen, dass er mich betrügen könnte. Ich möchte einfach nicht mehr so hinters Licht geführt werden. Für einen Moment dachte ich, ich hätte den wahren, liebenswürdigen David kennengelernt. Und dann springt er auf einmal auf und bricht jemandem die Nase? Das ist mir gerade zu viel Drama in meinem Leben.«

Inga legte ihr beruhigend eine Hand auf den Arm. »Und jetzt fühlst du dich selbstsüchtig, weil du David wegen deiner eigenen Probleme einen Korb gegeben hast?«

Marie nickte.

»Es ist in Ordnung, dass wir auch hin und wieder an uns selbst denken. Wenn du es momentan nicht schaffst, ist das Ordnung. Ich hätte mich für euch beide gefreut. Aber möglicherweise war es wirklich die falsche Begegnung zur falschen Zeit. Wichtig ist, dass sich die Entscheidung für dich richtig anfühlt.«

Marie nickte. Inga strahlte Ruhe und Weisheit aus, das beruhigte sie. Doch fühlte es sich für sie wirklich richtig an, wie sie mit David auseinandergegangen war?

Sie saßen noch ein paar Minuten beisammen, dann verabschiedete sich Inga. »Ich versuche, noch ein bisschen Schlaf zu bekommen«, meinte sie. »Du kommst klar?«

Marie nickte. Nachdem Inga gegangen war, entschloss sie sich, auch wieder ins Bett zu gehen.

Es war schon nach vier, als sie ihr Smartphone in die Hand nahm. Sollte sie David schreiben, sich bei ihm entschuldigen?

Mehrmals setzte sie an, eine Nachricht an ihn zu schreiben. Und jedes Mal löschte sie die geschriebenen Worte wieder. Es ergab einfach nichts Sinn, was sie hätte schreiben können.

Irgendwann merkte sie, dass sie müde war. Im Halbschlaf zogen die Erinnerungen an Arne und Hannah, über die sie zuvor gelesen hatte, wieder vor ihrem inneren Auge auf. Während sich die karge Welt von Süderwiek im 19. Jahrhundert mit ihren Erlebnissen des Vorabends zu einem Gedankenbrei vermischte, schlief sie endlich ein.

20.

Hannah

1878

Arne und Hannah saßen jetzt im Gottesdienst gemeinsam zwischen ihren Eltern. Nach der Kirche ging sie nicht mehr mit den jungen Mädchen spazieren, sondern war im Kreise der Erwachsenen angekommen, was ihr schon seit einiger Zeit besser gefiel. Die Hochzeitsvorbereitungen waren mittlerweile in vollem Gange. Die anderen heiratswilligen Mädchen fragten sie bei jeder Gelegenheit aus. Nur Erna war abweisend. Sie konnte ihr wohl nicht verzeihen, dass sie Arne abbekommen hatte, während sie selbst weiter auf einen Bräutigam hoffen musste. Meist musterte sie Hannah argwöhnisch, wenn sie sich sahen. Deshalb ging Hannah ihr am liebsten aus dem Weg.

»Und? Hast du schon deine Mitgift fertig?«, fragte eins der Mädchen, die nach dem Gottesdienst vor der Kirche standen, um auf ihre Eltern zu warten.

»Nein, noch nicht, es ist noch so einiges fertigzustellen. Arne baut mit seinem Vater noch ein Bett und einen Schrank.«

»Da hast du aber einen sehr liebenswerten zukünftigen Schwiegervater«, sagte Frieda, eine junge Frau Anfang zwanzig, die noch unverheiratet war.

»Na, ich weiß nicht. Bei Ernst ist doch immer alles ernst«, meinte Erna.

Die Mädchen kicherten.

»Wir bauen ihm ein Zimmer unten am Leuchtturm, damit er nicht mehr die vielen Stufen laufen muss, und dann wird Arne seine Arbeit übernehmen«, erklärte Hannah.

Alle nickten, außer Erna. Stattdessen sagte sie unvermittelt: »Ich habe meine Kiste schon längst fertig!«

»Du musst nur noch einen Mann finden«, meinte ein anderes Mädchen.

Hannah musste lächeln. Doch Ernas finsterer Blick zeigte, dass sie ihr das übel nahm.

»Wenn die Jüngeren uns die Männer wegschnappen …«, giftete Erna.

»Du wirst auch noch unter die Haube kommen«, meinte Alma, die in diesem Moment aus der Kirchentür trat.

Sie verabschiedeten sich.

»Ich glaube, Erna ist eifersüchtig, dass ich ihr Arne weggeschnappt habe«, sagte Hannah, als sie den Steinweg des Kirchenhügels hinabliefen.

Alma wehrte ab. »Ach was, Arne hätte sie nicht genommen. Er hatte schon immer nur Augen für dich. Seit dem Tag, als du zu mir kamst.«

Hannah sah irritiert zu ihrer Mutter. Wie meinte sie das? *Der Tag, als du zu mir kamst.* Alma schien ihrem Blick auszuweichen. Meinte sie den Tag ihrer Geburt? Aber warum drückte sie sich dann so gestelzt aus?

In diesem Moment entdeckte sie Arne, der mit seinem Vater am Fuße des Hügels stand. Als Arne sie erblickte, lächelte er. Sofort waren ihre Gedanken bei ihm. Sie wusste, was der

Grund für ihre Freude war. Keine Mitgift, kein neues Bett, sondern die Aussicht, dass sie zusammen sein würden und sich liebkosen durften, so viel sie wollten. Dieser Drang wuchs von Tag zu Tag, und Hannahs anfängliche Angst davor war längst von einer Leidenschaft abgelöst worden, die immer stärker brodelte.

Gemeinsam gingen die vier zum Haus der Schäferin. Mittlerweile kochte Hannah jeden Sonntag für Arne, Ernst und Alma. Sie sollte sich langsam daran gewöhnen, meinte Alma. Nachdem alle satt geworden und Ernst und Arne nach Hause gegangen waren, um sich auszuruhen, legte auch Alma sich ins Bett.

Hannah war langweilig, also beschloss sie, an der Füllung für ihre Truhe weiterzuarbeiten. Alma hatte gesagt, dass sie in ihrer eigenen Truhe einen guten Stoff habe. Also entschloss sich Hannah, dort nachschauen und zu überlegen, ob sich daraus etwas nähen ließ.

Vorsichtig öffnete sie die Tür zum alten Schlafzimmer. Da sich kaum einmal jemand darin aufhielt, war der Raum stickig; die Luft hing schwer und schal unter der Decke. Sie schob die Fensterläden auf. Dann ging sie zu der von Alma kunstvoll bemalten Truhe und öffnete sie. Als Erstes fiel ihr ein zusammengeknülltes Tuch auf. Als sie es hochhob, fiel etwas herunter. Es war eine Brosche. Überrascht hob sie diese hoch. Seit wann hatte Alma so ein wertvolles Schmuckstück? Vielleicht wollte sie es für ihre Tochter aufheben.

Als sie die Brosche genauer betrachtete, hatte Hannah den Eindruck, das darauf eingravierte Bild schon einmal gesehen zu haben. Es zeigte ein Haus und Bäume. Plötzlich erschien dieses Bild vor ihrem inneren Auge – riesengroße Bäume und Tannen, die sich vor ihr niederbeugten, während sie zu diesem wunderschönen weißen Haus mit großen Fenstern lief. Nein, sie lief nicht, sie fuhr in einer Kutsche. Hannah konnte nicht aufhören, auf die Gravur zu starren. Sie wusste nicht, wie lange sie so verharrte.

»Hannah, was machst du da?« Alma stand auf einmal hinter ihr.

»Was ist das?«, fragte Hannah und drehte die Brosche zu ihr.

Alma sah sie fast erschrocken an. »Jetzt hast du es gefunden, bevor ich es dir zeigen konnte.«

»Wie meinst du das?«

Alma nahm Hannah an die Hand. »Komm mit.«

»Wo gehen wir hin?«, fragte sie, als sie vor das Haus traten.

»Zum Grab deiner Mutter.«

»Wovon redest du?«

Alma hielt ihre Hand fest. Hannah sah sie erschrocken an. Sie führte sie an eine Stelle hinter dem Gemüsegarten, wo das Gras und die Büsche hoch standen. Eigentlich gab es hier nichts von Bedeutung. Hannah war sonst nie in diesem Bereich des Gartens.

Alma musste einige verwilderte Büsche zur Seite schieben, damit sie überhaupt vorwärtskamen.

Doch dann kamen sie an zwei Grabsteine, die zwischen wilden Rosensträuchern in den Boden eingelassen waren. Sie waren vom Moos, den wuchernden Sträuchern und dem Efeu befreit, die sonst überall wuchsen. Um einen Stein herum lagen Muscheln aufgereiht.

»Was ist das?«, fragte Hannah.

»Kannst du dich daran nicht erinnern?«

Sie schüttelte den Kopf.

Alma atmete tief aus. Dann deutete sie auf einen Baumstamm. »Setzen wir uns«, sagte sie.

»Bist du oft hier?«, fragte Hannah. »Der Stein sieht so gepflegt aus.«

Alma nickte. Beide setzten sich auf den Stamm.

»Schau mal, diese Muscheln hast du gemeinsam mit Arne gelegt«, sagte Alma. »Sie werden immer wieder verweht. Aber wenn ich gelegentlich hierherkomme, um die Steine zu säubern, reihe ich sie wieder auf.«

»Wann soll das gewesen sein?«

»Als du vier Jahre alt warst.«

Und dann begann die Schäferin zu erzählen. Von einem Schiffsunglück, das sich vor Süderwiek ereignet hatte. Davon, dass Arne sie als kleines Kind zusammen mit ihrer Mutter gerettet und zu Alma gebracht hatte. Dass sie eine andere Mutter als Alma gehabt hatte, diese jedoch nach kurzer Krankheit verstorben war.

Es waren so viele Worte, die Alma sprach. Und sie ergaben so wenig Sinn für Hannah. Doch sie spürte, wie ihr Tränen die Wangen hinabliefen. »Warum kann ich mich nicht erinnern?«, brachte sie heraus.

»Bald nachdem deine Mutter gestorben war, wolltest du nicht mehr darüber sprechen. Du hast dir die Ohren zugehalten, wenn ich von der Krankheit deiner Mutter erzählt habe oder davon, wie du zu uns kamst. Es war wahrscheinlich zu schmerzhaft für dich, deshalb habe ich nicht mehr mit dir darüber geredet und nie mehr ein Wort verloren. Außerdem warst du noch ein Kind. Kinder vergessen schnell.«

Hannah merkte, dass es für sie schwierig war, alles zu verstehen.

»Es war natürlich auch für mich einfacher so«, fuhr Alma fort. »Du hast mich als deine Mutter angenommen. Wenn ich ehrlich bin, habe ich gehofft, dass du alles vergessen hast. Ich wollte nur, dass du glücklich bist, und hatte die Hoffnung, dass es dir ohne diese schreckliche Erinnerung besser geht. Doch jetzt bin ich mir nicht mehr so sicher, dass es so ist.«

»Ich träume so oft von diesem Haus, genau diesem Haus auf der Brosche, und frage mich, was für ein Hirngespinst das sein könnte.«

Alma umarmte sie. »Es ist kein Hirngespinst. Es ist wahrscheinlich das Haus, aus dem du kommst. Deine Mutter war eine gute Frau. Ich erzähle ihr jede Woche, was du gemacht hast, wenn ich hier sitze und auch zu meiner Harmke spreche.« Sie zeigte auf den anderen Stein. »Du weißt, dass ich eine andere Tochter hatte, die kurz nach der Geburt gestorben ist.«

Hannah nickte. »Und du pflegst die Gräber?«

Alma nickte. »Wer soll es sonst tun?«

»Warum hast du es mir nicht früher gezeigt?«

»Es war doch gut, so wie es war, oder? Ich hatte Angst, dich zu verlieren«, gab sie zu. »Ich bin deine Mutter und ich liebe dich mehr als mein eigenes Leben. Das weißt du doch, oder?« Alma nahm ihre Hand und sah zu ihr. Ihr Blick wirkte ängstlich, fest hielt sie Hannahs Hand umklammert.

Hannah entgegnete nichts. Sie musste die Augen schließen. Erinnerungsbruchstücke kamen ihr in den Sinn. Sie sah nun ein Schiff vor sich, das in dunkler Nacht vom Wasser verschluckt wurde. Hörte Schreie. Waren das ihre eigenen Erinnerungen, die sie all die Jahre vergraben hatte? Oder malte sie sich diese Bilder nur in ihrer Fantasie aus, weil Alma ihr von einem Schiffsunglück erzählt hatte?

»Ich wollte es dir zu deinem Geburtstag erzählen«, sagte Alma.

»Weiß Arne das?«, fragte Hannah. Dann fiel ihr ein, was Alma gesagt hatte. Arne hatte geholfen, sie aus dem Wasser zu retten. »Natürlich weiß er es.«

Alma nickte. »Er ist nie wieder von deiner Seite gewichen, seit er dich und deine Mutter aus dem Wasser gefischt hat.«

»Das ist so viel. Ich fühle mich so … so komisch.«

Alma hielt sie weiter fest.

»Mutter …«, sagte Hannah, »… darf ich dich weiter so nennen?«

»Natürlich, du bist die beste Tochter, die ich mir jemals hätte wünschen können. Wir werden immer Mutter und Tochter bleiben.«

Sie saßen noch eine ganze Weile da. Gelegentlich fragte Hannah etwas und Alma antwortete, bis Hannah von all den neuen Informationen der Kopf dröhnte.

In dieser Nacht träumte Hannah von ihrer leiblichen Mutter, dem großen Haus, dem Schiff. Doch alles war so nebulös und unbekannt, dass sie noch vor dem Krähen des Hahnes wach wurde. Sie fühlte sich wie erschlagen. Ihr Kopf schmerzte, so viele Gedanken kreisten darin. Ihr Magen drehte sich, sodass ihr schlecht wurde. Die einzige Linderung war Arne. Als er an diesem Morgen zur Schäferei kam, schienen alle Probleme vergessen.

»Wie geht es meiner Braut?«, fragte er schon an der Tür und hielt in einer Hand Rosen, die er wohl im eigenen Garten gepflückt hatte.

»Jetzt wieder gut«, sagte Hannah, die am Esstisch saß. Sie blickte auf die zartrosafarbenen Blüten, die einen dezenten, süßlichen Duft verströmten. Sie erhob sich, als er auf sie zuschritt, und nahm ihn in den Arm. »Die sind wunderschön!«

»Du bist wunderschön, viel schöner als diese Blumen.«

Hannah errötete leicht. Dabei lächelte sie. Er gab ihr einen Kuss auf die Stirn.

Alma, die eigentlich recht streng war, was den Austausch von Zärtlichkeiten betraf, sagte diesmal nichts. Sie hoffte wohl, dass Hannah dadurch auf andere Gedanken kam.

»Wollt ihr einen kleinen Spaziergang unternehmen?«, fragte sie.

Die beiden nickten. Hannah stellte die Rosen in einen Becher, dann liefen sie hinaus.

»Bring mich zu dem Ort, wo wir uns das erste Mal begegnet sind«, bat sie.

Arne blieb abrupt stehen. »Du meinst das allererste Mal?«

Sie nickte. »Dorthin, wo du mich aus dem Meer gefischt hast.«

Es war nicht schwer zu erkennen, dass Arne etwas verunsichert war. »Wie?« Er kratzte sich am Hinterkopf.

»Ich weiß, wir haben niemals darüber gesprochen, aber ich bin jetzt erwachsen genug, um darüber zu reden. Alma hat mir bereits einiges erzählt.«

Arne wirkte plötzlich blass. »Ich muss überlegen, es ist schon so lange her.«

Sie nahm seine Hand. »Du weißt es bestimmt.«

Arne lächelte zaghaft. »Komm, wir versuchen, es zu finden. Es war zwischen dem Leuchtturm und eurem Haus.«

Es herrschte Ebbe und sie liefen durchs Watt.

Etwa auf halber Strecke blieb er stehen und zeigte aufs Meer. Dann erzählte er ihr jede Einzelheit. Die Schreie, die ihn geweckt hatten. Das fehlende Licht im Leuchtturm und wie er mit einer Petroleumlampe zum Steg gegangen und schließlich aufs Meer gerudert war. »Deine Mutter und du, ihr wart die Einzigen, die ich retten konnte. Ich wollte zurückrudern, doch ich bin an Almas Steg herausgekommen. Huckepack habe ich dich über den Deich zu ihrem Haus getragen.«

Sie umarmte ihn und merkte, dass ihr unwillkürlich Tränen über die Wangen liefen. Als sie sich gefangen und ein wenig aus der Umarmung gelöst hatte, fragte sie: »Gibt es häufiger Probleme mit dem Leuchtturm? Ich kann mich nicht daran erinnern, dass so etwas in den letzten Jahren vorgefallen ist.«

»Nein«, entgegnete Arne. »Natürlich muss man die Laterne regelmäßig befüllen und alles richtig einstellen. Aber seit dieser

Nacht gab es nie wieder Probleme damit. Ich weiß nicht, mein Vater spricht nicht gern über dieses Unglück. Überhaupt ist er seither noch schweigsamer geworden, als er vorher schon war. Ich denke, es belastet ihn zu sehr. Ich weiß nicht, ob er sich die Schuld dafür gibt, dass das Petroleum erloschen ist. Doch auch er war bereits vor mir mit zwei Männern rausgefahren, um zu helfen.«

Hannah nickte. »Ich kann mich immer noch nicht erinnern. Nicht einmal an meine Mutter«, murmelte sie traurig.

»Alma hat mir mal gesagt, wenn etwas zu schlimm ist, dann gräbt man es tief ein, sodass man es vergisst.«

Hannah blickte aufs Meer. »Ich erinnere mich nur an das große Haus und die Bäume.«

»Du warst noch sehr klein. Ich erinnere mich auch nur an einzelne Begebenheiten aus der Zeit, als ich drei oder vier Jahre alt war.« Arne strich ihr über die Wangen.

»Kannst du dich an meine Mutter erinnern?«, fragte sie.

Er nickte.

»Beschreibe sie mir!«

»Du siehst ihr ähnlich, finde ich. Sie hatte nur nicht dieselben Augen. Ihre waren hellbraun. Aber ich kann mich leider nur daran erinnern, wie sie aussah, als sie schon krank war. Weißt du wirklich gar nichts mehr?«

Hannah schüttelte den Kopf.

»Vielleicht kommt die Erinnerung wieder, wenn du mehr darüber nachdenkst«, meinte er.

Erst in diesem Moment verstand Hannah, dass sie die Wahrheit all die Jahre nicht hatte wissen wollen. Alma hatte recht. Sie lehnte sich an Arne und er umarmte sie.

»Warum muss das so schwierig sein?«, fragte sie.

»Es ist nicht schwierig, wichtig sind wir zwei.«

Sie gab ihm einen Kuss. »Du hast recht.«

21.

In den nächsten Tagen versuchte Hannah, an die Zukunft zu denken, und beschäftigte sich wieder mit ihrer Truhe. Das beruhigte sie. Sie hatte so viele Fragen, doch sie merkte, wie sehr es sie anstrengte, darüber nachzudenken.

Erna kam zu ihnen, um Wolle zu kaufen, als Alma gerade nicht da war.

»Wie viel Wolle hättest du denn gern?«, fragte Hannah.

»Vier Handvoll«, meinte Erna.

Hannah ging ins Haus und holte aus einem großen Jutesack die benötigte Menge.

»Was machen die Hochzeitsvorbereitungen?«

»Sie laufen, wir wollen Ernst jetzt sein Zimmer fertig machen.«

»Mein Vater meinte, dass es verrückt ist, dass du gerade Ernst als Schwiegervater hast. Er sagt, Ernst ist kein frommer Mann.«

»Warum?«, fragte Hannah.

Erna lachte laut. »Weil er früher absichtlich das Licht im Leuchtturm hat erlöschen lassen. Kannst du dich noch daran erinnern, als wir kleine Kinder waren? Da gab es ein großes

Schiffsunglück. Mein Vater ist sich sicher, dass Ernst das eingefädelt hat.«

»Das ist doch ewig her«, entgegnete Hannah mit trockenem Mund. »Damals kannten wir uns noch gar nicht, Erna.« Dann fügte sie hinzu: »Arne hat mir davon erzählt. Das Petroleum war ausgegangen.« Ihre Augen funkelten. »Warum hätte er das absichtlich machen sollen?«

»Um die an Land gespülte Beute an sich zu reißen, wenn ein Schiff unterging.«

»Was redest du da?« Hannah wurde richtig wütend.

»Ich sag ja nur. Aber du heiratest ja Arne und nicht seinen Vater.«

»Weißt du was, wir brauchen alles für uns selbst«, sagte Hannah und riss Erna die Wolle aus den Händen. Dann schloss sie die Tür direkt vor ihrer Nase.

»Meine Mutter braucht die Wolle!«, hörte sie Erna durch die Tür rufen.

»Die kannst du dir woanders holen, und hör auf, so böse daherzuschwatzen!«

Hannah war aufgewühlt. Sie lief auf und ab. Versuchte zu verstehen, was dieses Tratschweib erzählt hatte. Ernst war für das Schiffsunglück verantwortlich? War das möglich?

Sie konnte nur Alma fragen. Sollte sie überhaupt jemanden diesbezüglich ausfragen? Es war doch die böse Fantasie einer eifersüchtigen Frau.

Als Alma heimkam, versuchte Hannah, sich nichts anmerken zu lassen.

Doch Alma merkte sofort, dass etwas nicht stimmte. »Was ist passiert?«

Sosehr Hannah sich vorgenommen hatte, nicht darüber zu sprechen, so wenig gelang es ihr. Mit vor Wut zitternder Stimme erzählte sie, was Erna für böses Gerede verbreitete.

Alma war für einen kurzen Moment blass und still. Sie sagte nichts.

Hannah blickte sie an. »Mutter, warum schaust du so komisch? Stimmt es etwa?«

»Ich glaube nicht, dass Ernst es absichtlich gemacht hat. Die Menschen im Ort waren damals sehr arm. Noch schlimmer als heute. Zu dieser Zeit gab es viele Missernten. Und nachdem der Leuchtturm errichtet worden war, gab es hier in der Gegend lange keine Schiffsunglücke mehr. Früher waren die gestrandeten Ladungen ein gutes Zubrot für die Menschen. Ich denke, jemand hat Ernst dazu gedrängt, das Licht auszulassen.«

Hannah hatte das Gefühl, ihren Körper nicht mehr zu spüren. Was erzählte Alma da? Dass die blöde Erna recht hatte? Arnes Vater war schuld am Tod ihrer Mutter und vieler anderer? Ihr war so schlecht, dass sie vors Haus musste und sich dort erbrach.

Alma lief ihr hinterher.

»Hast du das gewusst?«, fragte Hannah.

»Nein, aber ich habe es mir gedacht. Damals haben sich zwei Fischer, zwielichtige Gestalten, die ganze Zeit über bei Ernst herumgetrieben. Und als ich ihn wegen eurer Verlobung angesprochen habe, da habe ich auch dieses Thema erwähnt. Er hat es nicht geleugnet. Aber es war nicht allein Ernst. Wenn überhaupt, dann haben die beiden Fischer ihn dazu genötigt. Ernst musste es ausführen. Glaube mir, Hannah, er ist kein schlechter Mensch.«

Hannah sah sie an. Sie spürte Wut in sich aufsteigen, die sie nicht kontrollieren konnte. Sicherlich sah es die Schäferin auch. Alma wich einen Schritt zurück.

Wortlos ließ Hannah Alma stehen. Sie lief zum Grab ihrer Mutter und saß dort eine Weile. Wie aus dem Nichts zogen Wolken auf, der Wind fing an zu wehen. Es war, als ahmte das Wetter ihren Gemütszustand nach. Die Wut ließ nach, doch unzählige andere Gefühle strömten auf sie ein. Sie blickte auf die Muscheln, die sie dort vor Jahren mit Arne hingelegt hatte. Als sie mit den Fingerkuppen darüberfuhr, tauchte für den Bruchteil einer Sekunde das Bild ihrer Mutter vor ihrem inneren Auge auf. Dann war es auch gleich wieder weg.

»Hannah! Hannah!«, hörte sie Alma nach ihr rufen. »Wo bist du? Komm ins Haus!«

Doch sie antwortete nicht.

Noch nie hatte sie Alma so hilflos und traurig gesehen wie zuvor, als sie sie hatte stehen lassen. Sie war jedoch unfähig, Rücksicht darauf zu nehmen. Es war, als wäre sie in ein Kissen gehüllt.

Arne

Als er an diesem Frühsommerabend zur Schäferei kam, berichtete Alma ihm, was vorgefallen war.

»Aber das ist doch nur Geschwätz von Erna«, versuchte er, sie zu beruhigen.

»Ich weiß es nicht, Arne. Was, wenn etwas dran ist? Erinnerst du dich noch an Gustav und Otto?«

»Dunkel. Sind die beiden nicht weitergezogen?«

»Ja. Aber damals waren sie bei deinem Vater. Weißt du noch? Schon vor der schicksalsschweren Nacht habe ich sie bei ihm gesehen.«

»Und?«

»Die beiden waren kein guter Umgang.«

»Wo ist sie?«, fragte er.

»Hinten auf der Wiese, bei den Schafen. Aber sie redet nicht mehr mit mir. Ich weiß nicht, was ich mit ihr anstellen soll. Vielleicht kannst du helfen. Du warst immer der Einzige, der wirklich an sie herankam, Arne.«

Er atmete schwer, versuchte jedoch, sich zusammenzureißen. Er spürte eine fürchterliche Angst in sich aufsteigen. Was, wenn ihre Liebe dadurch zerstört wurde? Gab sie wirklich seinem Vater die Schuld an dem Unglück?

»Arne, ich habe Angst, dass ich sie verliere. Erst das Wissen um ihre wahre Mutter und jetzt das … das ist zu viel zu tragen für ein junges Mädchen.«

»Es wird alles gut werden«, sagte er zu der Schäferin, auch, um sich selbst zu beruhigen. »Ich werde erst mal mit meinem Vater reden. Aber du wirst sehen. Es wird sich alles klären.«

Mit schweren Schritten lief er zurück zum Leuchtturm. Sein Vater saß im Rosengarten, wie fast jeden Abend in der letzten Zeit.

»Vater, ich habe eine Frage.«

Ernst schien überrascht, seinen Sohn so kühl zu sehen.

»Mein Sohn, gerade habe ich mir überlegt, dass wir nicht so viel Hilfe brauchen, um das Zimmer fertigzustellen. Du und ich können das gut selbst hinkriegen, vielleicht noch zwei oder drei deiner Freunde.«

Verständnislos blickte Arne ihn an. »Das ist nicht so wichtig, Vater. Ich habe eine andere Frage.«

Nichtsahnend blickte Ernst hoch zu seinem Sohn. »Ja, Arne, was für eine Frage hast du? Geht es um die Hochzeit? Euer Bett werden wir auch rechtzeitig fertigstellen, keine Angst.«

»Hast du in jener Nacht das Licht absichtlich erlöschen lassen?«

Ernst verstand erst nicht, was er meinte, das konnte er an seinem Blick erkennen.

»In der Nacht, als wir Hannah und ihre Mutter gerettet haben!«

»Was redest du da?«

»Ja oder nein?«

Plötzlich waren die Rollen vertauscht. Arne war der Vater in dieser Situation und Ernst der schuldbewusste kleine Junge. Er senkte den Kopf, konnte seinem Sohn nicht in die Augen schauen. Also war es wirklich wahr?

»Du hast aus Gier tatsächlich Menschen sterben lassen?«

»Nein, nein, so war es nicht. Ich wurde unter Druck gesetzt«, versuchte er, sich zu rechtfertigen, doch als Arne ihn wieder ansah, senkte er erneut den Blick. »Es war ein großer Fehler, aber sie haben mir gedroht«, sagte er.

Arne erging es wie Hannah. Er konnte nicht glauben, dass sein Vater so heimtückisch sein konnte.

»Lass es mich erklären!«

»Nein, Vater, das kann man doch nicht erklären. Das … das kann ich dir niemals verzeihen.«

Arne sah ihn voller Verachtung und Ekel an, dann drehte er sich um und lief davon.

Als er zurück zu Almas Haus kam, sah er Hannah draußen bei den Schafen.

Tränen liefen ihm über das Gesicht.

Hannah blickte ihn erschrocken an. Sie stand auf und lief zu ihm.

»Es ist wahr. Mein Vater hat wirklich absichtlich das Licht ausgelassen. Ich habe eben mit ihm gesprochen.«

»Aber du wusstest es nicht?«

»Nein, bei meinem Leben, ich wusste es nicht.«

»Ich … ich weiß nicht mehr, was ich noch glauben soll. So viele Lügen. Mein ganzes Leben ist mit einem Mal nur noch ein Lügengebilde.«

»Du hast jedes Recht, die Verlobung mit mir zu lösen.«

»Ich habe den ganzen Tag darüber nachgedacht«, murmelte sie.

Er hatte erwartet, dass sie ihn wütend von sich wegschieben würde. Doch zu seiner Überraschung machte sie einen Schritt auf ihn zu.

Hannah begann, seine Tränen mit ihren Lippen wegzuwischen, setzte viele kleine Küsse überall auf seine Wangen.

Dieses Mal warfen sie alle Benimmregeln über Bord. Arne suchte ihre Lippen. Das erste Mal küsste er sie auf den Mund, einen Moment später berührten sich ihre Zungen. Der Damm war gebrochen. Arne wanderte mit seinen Händen an ihrem Körper entlang. Sie führte seine Hände an ihre Brüste, und beide vergaßen für einen Moment alles um sich herum.

Doch dann sah Arne Alma am Haus und hielt inne.

Hannahs Wangen glühten.

»Deine Mutter ist vorn. Sie kann uns sehen.«

Beide atmeten schwer.

Sie richtete ihre Bluse. »Ich brauche dich, Arne. Du bist der Einzige, der immer für mich da war«, sagte sie. »Aber ich kann hier nicht bleiben.«

»Was?«

»Wie soll ich deinem Vater gegenübertreten? Und wie soll ich glücklich werden an diesem Ort, wo meiner Familie so viel Leid zugestoßen ist?«

»Ich will dich nicht verlieren, Hannah.«

»Arne, ich muss mehr herausfinden. Über meine Familie. Darüber, wo ich herkomme. Hilfst du mir?«

Er nickte.

»Komm, wir gehen zu Mutter. Bevor sie in Ohnmacht fällt«, meinte Hannah.

Beide atmeten tief ein und aus, dann nickten sie einander zu und liefen zu Alma. Würde er sie wirklich retten können, wenn er sich mit ihr auf die Suche nach ihrer Familie machte? Was, wenn dies nur neue Wunden öffnete? Doch es war wohl die einzige Möglichkeit für ihn, wenn er sie nicht verlieren wollte.

22.

Marie

Marie saß an ihrem provisorischen Zeichentisch. Sie hatte die Lautstärke ihres Bluetooth-Lautsprechers voll aufgedreht. Es lief eine Playlist mit Achtziger-Hits, in diesem Moment erklang das Synthesizer-Intro von »The Final Countdown« von Europe. Das Lied beflügelte sie beim Zeichnen.

In den letzten Tagen hatte sie sich endlich auf ihre Buchidee konzentriert. Das war eine hervorragende Ablenkung von David und allem, was um sie herum geschah.

Mittlerweile war es zwei Wochen her, dass sie ihn das letzte Mal gesehen hatte. In den Tagen danach hatte sie oft auf ihr Smartphone geschaut. Immer wieder hatte sie sich dabei ertappt, wie sie insgeheim hoffte, dass er ihr eine Nachricht geschickt hatte. Und auch sie hatte mehrmals zum Telefon gegriffen mit dem Gedanken, ihm eine Nachricht zu schreiben. Doch beides war nicht passiert.

Am Ende war es besser so, für sie und auch für ihn, sagte sie sich immer wieder. Auch wenn es schmerzte.

Dafür hatte sie der Lektorin endlich ein fertiges Konzept schicken können.

Die Absagemail war bereits am nächsten Tag eingetroffen.

> Liebe Marie … eine ganz wundervolle Idee … doch nach näherer Prüfung … die Konkurrenz hat gerade erst eine ähnliche Wattwurm-Buchreihe auf den Markt gebracht … außerdem ist uns aufgefallen, dass wir mittlerweile genug Umweltbücher im Programm haben … aber wir freuen uns auf deine nächsten Ideen … liebe Grüße …

Das hatte Marie für einen Moment fassungslos gemacht. Nicht einmal einen Anruf war der Lektorin die Absage wert gewesen. Dabei hatte sie doch Marie selbst auf das Thema angesetzt. Der anfängliche Schock wich einem Gefühl der Hoffnungslosigkeit. Was sollte sie jetzt nur machen? Seit ihrer Ankunft hatte sie keine neuen Aufträge als Illustratorin erhalten. Wovon sollte sie leben, wenn ihre Ersparnisse in ein paar Monaten aufgebraucht waren?

Doch kaum hatte sie ihren Laptop mit der Absagemail frustriert zusammengeklappt, fiel ihr Blick auf die Zeichnung, die sie von dem Medaillon angefertigt hatte. Wenn sie sich die Porträts nun ansah, war sie sicher, dass es sich um Hannah als Kind und ihren Vater handelte.

Um ihren Frust loszuwerden, entschloss sich Marie, das zu tun, wobei sie am besten abschalten konnte. Zeichnen. Seit zwei Tagen entwarf sie nun schon zahlreiche Skizzen, die den Leuchtturm und die Schäferei zeigten. Inmitten der Bilder zeichnete sie Hannah, Alma und Arne. Im Kaminzimmer hatte sie einen Bildband entdeckt, der einen Einblick in das karge Küstenleben im 19. Jahrhundert lieferte. Dieser half ihr dabei, die Kleidung der Zeit richtig darzustellen.

Marie wusste noch nicht, was sie mit den Zeichnungen anfangen sollte. Vielleicht konnte sie die Skizzen zu Gemälden ausarbeiten, um sie an Touristen zu verkaufen. In ihrer eigenen Leuchtturm-Galerie? Bei dem Gedanken musste sie schmunzeln. Als Touri-Malerin hatte sie sich bisher nicht gesehen.

Aber letztendlich war es auch egal, ob die Bilder einen praktischen Nutzen hatten. Sie halfen ihr, den Kopf von all dem Stress der letzten Wochen freizubekommen. Und das war fürs Erste ausreichend.

Nun sang sie die Melodie des Achtziger-Hits lauthals mit. Zum ersten Mal seit Tagen fühlte sie sich wieder lebendig.

In diesem Moment klopfte es an ihrer Tür. »Herein!«, rief Marie.

Nicht Inga oder Helene standen in der Tür, wie sie erwartet hätte. Auch keine anderen Gäste, die sich über die Lärmbelästigung beschwerten. Es war Emma, die Bäckerin.

»Das ist ja eine Überraschung!«, rief Marie und schaltete die Musik aus. »Was machst du hier?« Sie wusste nicht so recht einzuschätzen, wie Emma gelaunt war. War sie nachtragend, weil Marie ihrem Bruder einen Korb gegeben hatte?

»Ich hoffe, ich störe dich nicht«, sagte Emma.

Marie zuckte die Schultern. »Ach, ich arbeite nur. Aber es wäre sowieso eine Pause fällig. Sollen wir runtergehen ins Kaminzimmer?«

Emma lächelte etwas verlegen. »Gern.«

Sie liefen die Treppe hinunter in das große Wohnzimmer mit dem gemütlichen Kamin, das für die Pensionsgäste reserviert war. Dort standen zwei große Couchen und mehrere Sessel zum Entspannen.

»Du wunderst dich bestimmt, warum ich hier bin«, begann Emma, nachdem sie sich hingesetzt hatten.

»Ich nehme nicht an, dass du mir Brot vorbeibringen möchtest, oder?«

Sie schüttelte lächelnd den Kopf. »Ich wollte mit dir über David sprechen.«

»Ich höre«, sagte Marie.

»Er hat sich ja neulich wie ein Idiot benommen.«

»Ach, er hatte seine Gründe«, meinte Marie unwillkürlich.

»Und dennoch hast du ihm gesagt, dass du nichts mehr mit ihm zu tun haben willst, weil er sich geprügelt hat.«

Marie seufzte. Ja, das hatte sie gesagt. Sie nickte. »Wie geht es ihm?«

»Nicht sehr gut, das kannst du dir denken. Aber keine Angst, ich mache dir keinen Vorwurf. Das müsst ihr unter euch ausmachen.«

»Warum bist du dann hier?«

»Kannst du bitte mit Karl und seiner Frau sprechen?«, fragte Emma. »Dass sie den Strafantrag zurücknehmen?«

»Karl will ihn also wirklich verklagen?«

»Allerdings.«

»Weiß David, dass du hier bist?«

Sie schüttelte den Kopf. »So etwas kann ihm sehr schaden. Ich weiß, dass es nicht richtig war, was er gemacht hat. Aber tief drinnen ist er kein Schlägertyp.«

»Das weiß ich doch«, erwiderte Marie.

»David hat mal erzählt, dass du Karls Frau kennst …«

»Das hat er dir gesagt? Also ›kennen‹ ist etwas übertrieben. Emma, ich finde es gut, dass du zu mir gekommen bist. Und ich würde gern helfen. Ich finde es auch nicht richtig, dass Karl die ganze Sache jetzt auch noch so genüsslich ausschlachten will. Aber ich weiß ehrlich gesagt nicht, wie ich helfen soll.«

Emma nickte nur. »Verstehe. Ich dachte, eine Frage wäre es wert. Danke, dass du dir Zeit für mich genommen hast.«

»Tut mir leid.«

Emma verabschiedete sich und ging.

Marie blieb noch einen Moment sitzen.

Helene kam herein. »Was wollte Emma?«, fragte sie.

»Ach, sie wollte, dass ich bei Karl und seiner Frau ein gutes Wort für David einlege. David hat wahrscheinlich eine Anzeige am Hals.«

»Und?«

»Ich weiß nicht, wie ich da helfen kann.«

»Ich muss dir ehrlich sagen, es gibt Typen, denen würde ich auch liebend gern ins Gesicht schlagen.«

Helenes Aussage überraschte sie. »Aber du machst es nicht, und das ist der Unterschied«, erwiderte Marie, die nun wieder spontan anfing, gegen den Wutausbruch zu argumentieren. Sie merkte selbst, wie ambivalent das war. Vor ein paar Minuten hatte sie noch zu Davids Schwester gesagt, dass David seine Gründe gehabt habe.

»Ich wurde aber auch nicht von jemandem böse gemobbt.«

»Also, ich wurde wegen meines Gewichts auch gemobbt. Es war wirklich nicht schön und ich habe darunter gelitten. Aber ich habe mich irgendwann dagegen gewehrt, immer das moppelige Opfer zu sein. Deshalb habe ich mit Selbstverteidigung begonnen. Wahrscheinlich war ich die dickste Kampfsportlerin im ganzen Verein«, bekannte sie lächelnd. »Es geht also auch ohne Prügelattacken.«

»Aber David ist ein anderer Mensch. Ich finde ihn sehr sympathisch und ich dachte, du auch.«

Marie seufzte. »Ich fand ihn sympathisch, das stimmt. Mehr noch. Ich dachte, dass ich mich endlich wieder einem Mann ganz öffnen könnte.«

Helene setzte sich neben Marie und legte einen Arm um sie.

»Er hat sich in den letzten zwei Wochen nicht ein Mal bei mir gemeldet«, sagte Marie.

»Wahrscheinlich, weil du ihm eine deutliche Abfuhr erteilt hast.«

»Ja, das habe ich. Auch wenn ich mich manchmal frage, ob das richtig war. Aber ich muss mich jetzt erst einmal auf meine Arbeit konzentrieren. Wenn ich keine neuen Aufträge an Land ziehe oder mir ein neues Geschäftsmodell für meine Kunst ausdenke, werde ich hier eh nicht lange bleiben können. Dann war's das mit dem Traum vom Neuanfang im Norden.«

»Du musst dich nicht rechtfertigen«, sagte Helene. »Trotzdem sollten wir David helfen, damit Karl den Strafantrag zurücknimmt. Meinst du nicht? Du brauchst ihm ja nicht zu sagen, dass du dahintersteckst.«

»Ehrlich, das würde ich gern machen. Aber ich weiß wirklich nicht, wie ich ihm helfen kann. Karl und Marlene kenne ich doch kaum. Du kennst sie besser.«

Helene dachte nach. »Ich frage Lasse. Kalle wird den Strafantrag nur zurücknehmen, wenn er im Gegenzug etwas bekommt. So tickt der Typ. Aus reiner Nächstenliebe macht er nichts. Seiner Frau zuliebe auch nicht.«

»Also bräuchte man etwas, womit man ihn erpressen könnte.«

»Ui, das klingt krass. Siehst du, du hast es auch faustdick hinter den Ohren.« Helene lächelte sie an. »Ich dachte eher daran, meinen Mann zu fragen, ob es irgendeinen Geschäftsdeal gäbe, der Kalle besänftigen könnte. Kalle hat ja bereits versucht, mit Lasse ins Gespräch zu kommen.«

»Ich dachte nur … wenn er so unbeliebt ist im Ort, müsste sich doch irgendetwas finden lassen, das man gegen ihn verwenden kann.«

»Stimmt. Dann müssen wir mal eine Recherche starten«, meinte Helene mit einem siegesgewissen Lächeln.

In diesem Moment klingelte es an der Tür der Pension.

»Oh, ich gehe mal aufmachen«, erklärte Helene.

Kurz darauf stand sie mit Joy in der Zimmertür, die eine Flasche Sekt in der Hand hielt.

»Gibt es etwas zu feiern?«, fragte Helene und deutete auf die Flasche.

»Und ob!«

»Was denn?«, fragte Marie und überlegte, was der Grund sein könnte.

»Du bist verlobt?«, schoss Helene heraus.

»Neee«, wehrte Joy ab. »Mit wem denn bitteschön?«

»Du bist Bürgermeisterin?«, fragte Marie.

Joy lachte. »Quatsch! Deine Wohnung ist fertig. Du kannst einziehen!«

»Nein!«, rief Marie. »Ist es wirklich endlich so weit?«

»Wie cool!« Helene strahlte.

Alle drei jubelten und umarmten sich.

Joy ließ die Korken knallen. Helene holte Gläser und die drei stießen an.

»Wie geht es David?«, fragte Joy.

Marie verschluckte sich fast. »Ich weiß nicht, seit dem Abend haben wir uns nicht mehr gehört.«

»Echt?« Joy war überrascht. »Ich dachte, Frauen finden Typen cool, die anderen die Nase brechen.«

»Dazu gehöre ich nicht, eher das Gegenteil.«

»Natürlich, ich doch auch nicht«, entgegnete Joy.

»Aber das ist auch nicht alles. Die Sache ist komplizierter.«

»Du wirst deine Gründe haben«, meinte Joy.

Helene trank einen großen Schluck des köstlichen Sekts. Dann sagte sie: »Also, ich kann mich nur wiederholen. Ich freue mich, dass es endlich mal jemand diesem Großmaul gezeigt hat.«

»Er ist nicht nur ein Großmaul, sondern einfach egozentrisch und ohne jedes Mitgefühl«, fuhr Joy fort. »Heute genauso wenig wie früher, und das lässt er die Menschen spüren. Deshalb mag ihn keiner. Ich ehrlich gesagt auch nicht.«

»Emma war vorhin da und hat mich gebeten, für David bei Marlene ein gutes Wort einzulegen«, meinte Marie.

»Das würde nichts bringen.«

»Das haben wir uns auch gedacht«, sagte Helene. »Jetzt suchen wir etwas, mit dem wir Kalle unter Druck setzen können.«

»So was wie ein dunkles Geheimnis?«, fragte Joy.

Helene nickte.

Joy überlegte einen Moment. »Hm. Vielleicht wüsste ich da was. Kein dunkles Geheimnis, aber etwas, was ihn zum Nachdenken brächte, wenn man ihn damit konfrontieren würde.« Joy sah die zwei Frauen mit ihren großen braunen Augen an, wie jemand, der das letzte fehlende Puzzlestück in der Hand hielt. »Das ist echt geheim.« Joy flüsterte jetzt und Helene und Marie beugten die Köpfe zu ihr.

»Vor zwei Jahren, als ich hier neu anfing, da habe ich am Rande etwas mitbekommen, das nicht rechtens war.«

Beide Frauen machten große Augen.

»Jetzt wird es spannend«, murmelte Helene.

»Also, ich kann das alles nicht beweisen, aber … Karl hatte eine neue Stallanlage gebaut, ohne die Genehmigung abzuwarten. Es kam dann raus, dass er das so gar nicht hätte machen dürfen, wegen der Naturschutzauflagen auf dem Gelände. Aber die Sache wurde aus irgendeinem Grund nicht weiterverfolgt, die Halle steht immer noch. Zur gleichen Zeit habe ich zufällig mitbekommen, dass Kalle den Bürgermeister in sein Ferienhaus in Spanien eingeladen hatte – kostenlos. Seither macht mein Chef jedes Jahr Urlaub in Spanien.«

»Ah, deshalb hat unser Bürgermeister immer so braune Haut«, witzelte Helene.

Marie trank ihr Glas aus. »Sehr lecker, dieser Sekt. Joy, du bist die Beste.«

Joy lachte, stieß an und trank. »Ach, das erzähle ich euch im Vertrauen. Der Chef weiß nicht, dass ich es mitbekommen habe. Und es ist natürlich auch besser, wenn er nicht erfährt, dass es von mir kommt. Morgen früh um zehn hat Kalle einen Termin beim Bürgermeister. Zufälligerweise hat er jedes Jahr einen, wenn der Häuptling aus dem Urlaub kommt. Ich glaube, da gibt er ihm den Schlüssel zurück. Mehr sage ich dazu nicht«, meinte Joy. »Denn hier geht es nicht um David, sondern um Marie und ihre neue Wohnung.«

Erneut stießen sie an und sprachen den Rest der Zeit darüber, wie Marie die Wohnung einrichten würde.

23.

Marie hatte verschlafen, es war schon recht spät. Schnell machte sie sich fertig und rannte zu ihrem Auto. Als sie am Rathaus ankam, war es kurz nach zehn Uhr. Sie lief an Joys Büro vorbei, doch ihre Freundin war nicht anwesend.

Marie hatte sich überlegt, dass es sicherlich Eindruck machte, wenn sie vor der Bürotür des Bürgermeisters wartete, wenn Karl heraustrat. Dann konnte sie ihn einfach unangemeldet bequatschen und ausfragen, was es mit dem Schlüssel auf sich hatte, den er gerade beim Bürgermeister abgeholt hatte. Irgendwie würde sie ihn schon aus der Reserve locken. Nun fiel ihr auf, dass die Tür nur angelehnt war. Und dass Karl eine sehr kräftige Stimme hatte. Er sprach laut und sie verstand ihn im Flur so gut, als wären die Wände aus Pappe. Sie war fast gezwungen, zu lauschen.

»Prima, dass es euch so gut gefallen hat in meiner kleinen Hütte«, hörte sie ihn sagen.

»War super, Kalle, war super. Danke dir«, entgegnete eine zweite Stimme. War das der Bürgermeister?

»Hast du das mitgekriegt? Dieser kleine Mistkerl hat mir die Nase gebrochen, mitten im Restaurant.«

»Das habe ich mitgekriegt. Du hast doch Strafantrag gegen ihn gestellt, oder?«

»Na klar, damit die Staatsanwaltschaft auch wirklich ermittelt und das nicht als Lappalie abtut. Dem zeige ich, dass man sich mit mir nicht anlegen sollte. Kalle der Große gewinnt immer.«

»Der nervt eh mit seinem ganzen Meeres- und Umweltgewusel.«

»Keine Angst, ich mache ihn klein vor Gericht.«

Marie merkte, wie Wut in ihr aufstieg. Dieses Schwein, dachte sie.

»Ich muss wieder los. Schön, dass du eine gute Zeit hattest, bei uns ist das ja ein Geben und Nehmen.«

Als Karl beim Verlassen des Zimmers beinahe mit Marie zusammenstieß, wirkte er nicht mehr so freundlich wie zuvor, wenn er sie getroffen hatte. Er blickte sie nur an, grüßte sie jedoch nicht. Er war so schnell, dass sie keine Chance hatte, ihn in ein Gespräch zu verwickeln. Marie biss sich auf die Lippe.

Dann sah sie, dass Karl die Bürotür hatte offen stehen lassen. Sie entschied sich für eine Planänderung. Kurz entschlossen stellte sie sich in den Türrahmen und blickte in das Büro.

Der Bürgermeister saß an seinem Schreibtisch und sah sie irritiert an. »Äh, haben wir einen Termin?«

»Moin, Herr Müller, wir haben uns ja durch Ihren Urlaub lange nicht mehr gesehen«, begrüßte sie ihn.

Etwas verunsichert lächelte er. »Das stimmt, das stimmt. Die Künstlerin! Ihre Wohnung ist fertig, ist das nicht gut?«

»Das ist sehr gut, schließlich wurde es auch Zeit.«

Er lächelte.

»Wie war denn Ihr Urlaub?«, fragte Marie.

»Gut, gut. Nichts Besonderes. Aber Sie müssen wirklich einen Termin ausmachen, ich habe leider zu tun«, sagte er, stand auf und ging auf sie zu, um sie aus der Tür zu geleiten.

Marie ließ sich davon nicht beirren. »Die Unterbringung war sehr gut, wie ich gehört habe«, fuhr sie fort.

»Äh, ja. Von wem haben Sie das gehört?«

»Von Karl höchstpersönlich.«

Sie merkte, wie sich Müllers Gesicht versteinerte. »Oh, ach ja?«

»Ja, Sie wissen, wie das ist. Karl redet viel und gern und manchmal zu viel, wenn er …« Sie lächelte und deutete mit der Hand an, wie jemand Alkohol in sich hineinkippte. Es war ein spontaner Bluff. Doch er schien seine Wirkung nicht zu verfehlen.

Der Bürgermeister, ein kurzer und etwas untersetzter Mann, der in seiner Freizeit wohl selbst zu viel Bier trank, räusperte sich und sah sich um. »Setzen Sie sich doch kurz, Frau Hahnke.«

»Klar.«

»Was redet Karl denn so?«, fragte er, nachdem er die Tür hinter ihr geschlossen hatte und zurück zu seinem Tisch lief.

»Dies und das«, entgegnete sie lächelnd. »Sie wissen schon«, fügte sie vielsagend hinzu, ohne einen konkreten Hinweis zu geben. Sollte er doch seine eigenen Schlüsse ziehen. Sie musste sich eingestehen, dass dieses Gespräch einen gewissen Nervenkitzel bei ihr auslöste, auf eine positive Art. Sie kam sich vor wie in einem Spionagefilm.

Der Bürgermeister kratzte sich am Hinterkopf. Dämmerte es ihm langsam? Oder wollte er weiter den Unwissenden spielen?

»Nun ja«, fuhr sie fort, »ich denke, wenn so ein paar Dinge rauskommen, könnte Ihr schöner Posten hier verloren sein. Nicht wahr?«

Er sah sie erschrocken an. »Ich habe niemals etwas gemacht, was gesetzeswidrig ist.«

»Ach, nein? Vielleicht ordnungswidrig oder nicht so koscher? Und Kalle ist einfach nur ein guter Kumpel von Ihnen, richtig?«

Nun sackte er in seinem Stuhl zusammen und verschränkte die Hände auf dem Tisch. »Was wollen Sie?«

»Das sage ich Ihnen gleich.« Sie beugte sich vor und flüsterte ihm etwas ins Ohr.

24.

Arne

1878

Er stand gemeinsam mit Hannah und Alma auf Deck. Alma hielt ihre selbst genähte Tasche in der Hand und sah aufs Meer. Sie fuhren ins Unbekannte. Hannah hielt Alma fest umarmt.

»Danke, dass ihr mit mir kommt, um herauszufinden, wer ich bin«, sagte Hannah.

Alma liefen die Tränen herunter. »Mein Glück ist, wo du bist, mein Herz«, antwortete sie, doch Arne wusste, wie schwer es für sie gewesen war, sich auf diese Reise einzulassen. Ihm ging es ja nicht viel anders. Natürlich wollte er Hannah helfen, ihre Familie zu finden. Er hatte sogar all seine Ersparnisse aus der Zeit bei seinem Onkel dafür zusammengetragen. Weil er sie liebte und wollte, dass sie glücklich war. Doch er hatte auch Angst. Wie sie reagieren würde, wenn sie in Dänemark tatsächlich etwas fanden. Vielleicht eine andere, reiche Familie. Vielleicht würde Hannah dieses andere Leben besser gefallen als das, was sie mit Alma und ihm in Süderwiek hatte? Zu seinem Vater wollte sie sowieso nicht zurückkehren, das hatte sie klargemacht.

Alma hatte ihre Schafe für die Zeit der Reise zu einem benachbarten Schäfer gebracht. Aber auch sie hatte bereits die Möglichkeit erwogen, eventuell nie mehr zurückzukehren, das wusste Arne.

Hannah drückte Almas Hand. »Ich weiß, wie schwer es für euch ist, alles stehen und liegen zu lassen. Die Schafe, unser Haus.«

»Geliebte Menschen sind wichtiger«, entgegnete Alma lächelnd.

Arne blieb ernst. Seit dem Gespräch mit seinem Vater hatte er keine Nacht mehr durchgeschlafen. Er konnte immer noch nicht verstehen, dass sein eigener Vater in einen Strandraub verwickelt war. Wie hatte er so herzlos sein können? Er hatte auch nicht mehr mit ihm gesprochen.

Vielleicht war auch die Situation mit seinem Vater der Grund gewesen, warum er sich ohne Weiteres auf diese Reise eingelassen hatte. Er hatte schließlich die Initiative für die Nachforschungen ergriffen. Hatte sich im Dorf umgehört, wer sich noch an das Schiffsunglück erinnern konnte. Tatsächlich fand er einen Fischer, der damals eine Ladungskiste geborgen hatte, auf der der Name des Schiffs und der Heimathafen zu lesen gewesen waren. Es war unter dem Namen *Sylgja* gelaufen und stammte aus der dänischen Hafenstadt Aalborg, hoch im Norden von Jütland. Arne unternahm eine Tagesreise nach Tönning zum Königlichen Kreisbauamt, das vor einigen Jahren von der preußischen Regierung eingerichtet worden war und seither für die Schifffahrtsangelegenheiten nördlich der Eider zuständig war. So hatte dieses neue Amt auch die Verwaltung des Leuchtturms übernommen. Schon vor einigen Wochen hatte sein Vater ein Empfehlungsschreiben an die Behörde geschrieben, in dem er seinen Sohn als Nachfolger für die

Stelle des Leuchtturmwärters vorschlug. Nun nutzte Arne den Vorwand, den Brief persönlich zu übergeben, um in Tönning Nachforschungen anzustellen.

Wie nebenbei sprach er dabei den Schiffbruch an, den er in seiner Kindheit in Süderwiek erlebt hatte und der ihm nun wieder in den Sinn kam, da er eine Kiste mit dem Namen des Schiffs entdeckt hatte. Der freundliche, aber etwas steife Beamte erklärte ihm, dass sie tatsächlich eine Kartei hatten, in der alle Schiffe aufgeführt waren, die in den letzten Jahren der preußischen Verwaltung Schleswigs Schiffbruch erlitten hatten oder vermisst wurden.

»Sie sind sehr gut organisiert«, hatte Arne erwidert, was dem Beamten offensichtlich schmeichelte. Nach nur wenigen Minuten kam er mit einem Stapel Unterlagen zurück.

»Junger Mann, selbstverständlich sind unsere Akten bestens sortiert. Wir müssen die Ansprüche der Ladungseigner zu jeder Zeit nachverfolgen können. Manchmal wird die Ladung eines Schiffs noch Jahre später angespült. Sie kennen doch die Strandungsordnung von 1774. Als Leuchtturmwärter müssen Sie die kennen.«

»Ich werde mich gern einlesen.«

»Machen Sie das. Ich gebe Ihnen eine Abschrift mit. Diese neue Ordnung gibt uns endlich ein klares Regelwerk, um die rechtliche Situation des Strandguts zu regeln. Nun bekommen die Eigentümer ihre Güter wieder, natürlich nach Abzug der Bergungskosten. Aber das steht alles …«

»… in der Verordnung«, hatte Arne den Satz beendet und gelächelt.

»Eben. Sie lernen schnell, junger Mann. So, was haben Sie gesagt? Frühjahr 1866. Da hätten wir die *Sylgja,* am zwanzigsten März in Aalborg ausgelaufen und nie in Altona angekommen. Verschollen. Eine Brigg mit neunköpfiger Besatzung, außerdem waren fünf Passagiere an Bord.«

»Das sehen Sie alles in Ihren Papieren?«

»Aber natürlich«, hatte der Beamte stolz erwidert. »Ich habe auch eine komplette Liste der Ladung.«

»Und der Passagiere?«

Er hatte genickt. Dann las er die Namen vor. »Frederik Christensen. Enno und Marta Boekhoff. Albertine und Hannah-Luise Doostberg.«

Das waren sie. Auch wenn er bisher nichts von Hannahs Doppelnamen gewusst hatte. Als Wohnort war bei ihnen Aalborg, dazu ein Straßenname samt Hausnummer angegeben.

Arne hatte sich für die imposante Vorführung der preußischen Effizienz bedankt, was den Beamten sichtlich erfreute. Danach hatte er sich im Hafen umgehört, ob es eine Möglichkeit gab, eine Schiffspassage nach Aalborg zu bekommen.

Nun, zwei Wochen später, standen sie zu dritt an Bord einer Dreimastbark. Die See war ruhig. Nur ein leichter Wind blies. Alma war es trotzdem nicht geheuer. Sie klagte immer wieder über Übelkeit. Es war ihre erste Schiffsreise.

Arne nahm all das kaum wahr. Er trauerte. Der Schmerz darüber, dass sein Vater Hannahs Unglück zu verantworten hatte, war so groß, dass sein Magen immer noch rebellierte. Er hatte keinen Appetit mehr. Überhaupt fühlte es sich so an, als hätte er die Lust an allem verloren. Nicht einmal Hannahs Anblick konnte ihn noch erbauen.

Hannah hingegen schien freudig erregt. Sie würde herausfinden, wer sie war. Und die Aussicht darauf beflügelte sie offensichtlich.

* * *

Am nächsten Morgen kamen sie an der Küste von Jütland an.

Als sie schließlich das Schiff hinter sich gelassen hatten, war Alma mehr als glücklich. Nachdem sie in einem Gasthaus etwas gegessen hatten, suchten sie die Straße auf, die in den Papieren angegeben war. Es war eine vornehme Gegend mit großen Bürgerhäusern und Dienstboteneingängen. Das Haus, das sie unter der angegebenen Adresse fanden, war eine kleine Villa, aber es sah nicht im Entferntesten aus wie das Haus auf der Brosche. Sie sprachen ein junges Dienstmädchen an, das gerade mit Einkäufen in einem Korb auf das Gebäude zuging. Alma konnte ein paar Brocken Dänisch sprechen, aus der Zeit, als das Herzogtum Schleswig noch von der dänischen Krone verwaltet worden war. Da sie nie eine Schule besucht hatte, waren ihre Kenntnisse nur wenig ausgeprägt, aber es reichte, um zu fragen, ob hier die Doostbergs wohnten. Das Mädchen schüttelte den Kopf und meinte, dass sie den Namen noch nie gehört habe. Nachdem sie in dem Haus verschwunden war, befragten sie noch ein weiteres Dienstmädchen, das sie auf der Straße sahen. Auch sie wusste von keiner Familie dieses Namens, die in diesem Viertel wohnte.

Es war ernüchternd. Hier in der Gegend standen auch nirgendwo große Bäume, wie sie auf der Brosche zu sehen waren. Hatten sie sich in die Irre leiten lassen?

»Wo werden wir denn jetzt suchen?«, fragte Hannah.

»Das hat sich unser schlauer Arne sicher schon überlegt«, erwiderte Alma.

»Wir können in einem Postamt fragen. Vielleicht können wir dort eine Adresse herausfinden.«

Als Alma wenig später mit dem Schalterbeamten redete, wurde klar, dass ihre Sprachkenntnisse nicht ausreichten. Er verstand ganz offensichtlich nicht, was sie von ihm wollte.

Plötzlich sagte Hannah: »Ich verstehe, was er sagt. Ich verstehe ihn!«

Alma und Arne sahen überrascht zu ihr.

»Kannst du seine Sprache sprechen?«, fragte Arne irritiert.

Hannah schüttelte den Kopf. »Nein. Aber ich kann einiges verstehen.« Sie nahm die Brosche und deutete auf das eingravierte Gebäude. Der Beamte sagte etwas.

»Was meint er?«, fragte Alma.

»Er sagt, dass er dieses Haus noch nie gesehen hat.« Hannah seufzte. Sie zeigte noch einmal auf die Brosche und wiederholte immer wieder den Namen »Doostberg«.

Wieder erwiderte der Mann am Schalter etwas.

»Ich glaube, er sagt etwas von einer Kirche«, meinte Hannah.

»Wir können bei einer Kirche nachfragen. Die wissen doch auch, wer in der Gegend gemeldet ist«, sagte Arne.

»Genau!«

Also gingen sie zur nächstgelegenen Kirche und klopften beim Pfarrhaus. Wenn die Familie hier in dem Viertel gelebt hatte, dann war sie doch bestimmt auch hier zur Kirche gegangen. Zu ihrem Glück stellte sich heraus, dass der Pfarrer gebrochen, aber annehmbar Deutsch sprach. Diesmal mussten sie sich nicht mit Händen und Füßen verständigen.

»Doostberg?« Der Pfarrer blickte sie nachdenklich an. »Der Name sagt mir nichts. Ich bin seit fünf Jahren hier, aber in meiner Gemeinde heißt niemand so.«

Er sah mit ihnen Taufregister in den Kirchenbüchern durch, aber auch dort fand er den Namen nicht. Als er die Brosche ansah, meinte er noch, dass dieses Haus vielleicht irgendwo auf dem Land stehen könnte, nicht in der Stadt. »Hier hat niemand solch ein Anwesen mit großen Bäumen davor.«

Enttäuscht darüber, dass niemand die Familie kannte, traten sie zurück auf die Straße. Wo sollten sie überhaupt schlafen? Während sie so orientierungslos dastanden, lief ein Zeitungsjunge an ihnen vorbei und pries lauthals die neuste Ausgabe an.

Almas Gesicht erhellte sich plötzlich.

»Was ist?«, fragte Arne. »Hast du eine Idee?«

»Arne, du hast doch in der Stadt gewohnt. Du kennst dich aus mit Zeitungen. Womit füllen die ihre Seiten?«

»Mit Nachrichten.«

»Und mit kuriosen Geschichten.«

»Ich verstehe nicht ganz«, sagte er.

»Komm, lass uns ein Exemplar kaufen. Darin steht doch bestimmt, wo die gedruckt wird.«

Wenig später saßen sie im Gang des kleinen Zeitungsverlags, während der Journalist ihnen gegenüber sie prüfend betrachtete. Dieser junge Mann sah so ganz anders aus als die jungen Menschen im Dorf. Sein Haar war mit viel Pomade zurückgekämmt. Er trug etwas abgetragene, aber gute Schuhe, Leinenhosen mit Hemd und sogar eine Krawatte. Alma hatte sich nach jemandem erkundigt, der Deutsch sprach. Und tatsächlich, er beherrschte die Sprache fließend: »Sie wollen mir also erzählen, dass vor zwölf Jahren ein Schiff gekentert ist. Und diese junge Frau als einzige Überlebende aus einer wohlhabenden dänischen Familie stammt?«

Alma nickte. »Ich habe die Mutter, Albertine Doostberg, gepflegt, bis sie verstarb. Nur ihre Tochter überlebte.«

»Warum sind Sie nicht früher aufgebrochen und haben die Familie gesucht?«, wollte er wissen.

»Weil Hannah nicht bereit dafür war. Jetzt ist sie erwachsen, sie heiratet bald.«

»Ich hatte alles vergessen«, erklärte Hannah. »Ich war doch noch ein Kind. Erst jetzt kommt die Erinnerung an meine Mutter wieder zurück.«

Er nickte. »Ein interessanter Fall. Und ich soll herausfinden, wo die Familie lebt?«

»Das ist doch auch für sie eine gute Geschichte, die die Menschen dann gern lesen«, meinte Alma.

Er lächelte. »Sie sind eine kluge Frau.«

Alma lächelte zurück.

»Ich werde sehen, was ich tun kann.«

»Wissen Sie, wo wir übernachten könnten?«, fragte Arne.

»Ich kann Ihnen ein günstiges Gasthaus empfehlen. Machen Sie sich keine Sorgen.« Er reichte ihnen die Hand. »Nennen Sie mich Johann.«

Der Journalist mietete sie in einem Zimmer in einem sehr billigen Gasthof ein. Als sie dort ankamen, sagte keiner der drei etwas. Zu groß war die Aufregung über all das Neue, was auf sie zukam. Erschöpft schliefen sie ein. Hannah und Alma auf dem kleinen Bett und Arne auf dem Boden, wo er sich eine Strohmatratze ausbreitete.

* * *

In den nächsten Tagen geschah nichts weiter. Arne hatte seine letzten Ersparnisse für diese Reise zusammengekratzt, doch nun war das Geld bald aufgebraucht und er machte den Fehler, Alma in einer ruhigen Minute davon zu erzählen. Die Schäferin wurde ganz unruhig. Darüber hinaus machte das Nichtstun alle drei reizbar. Sie sprachen nicht viel.

»Wenn wir nichts herausfinden, müssen wir zurückkehren oder uns hier eine Anstellung suchen«, stellte Alma fest.

Hannah biss sich auf die Lippe. »Lass uns nur noch zwei oder drei Tage warten, dann können wir immer noch zurückgehen.«

»Der Wirt wird uns ohne Bezahlung nicht länger hier wohnen lassen. Außerdem müssen wir auch noch die Rückfahrt bezahlen. Geld wächst nicht auf Bäumen, Hannah.«

Hannah seufzte. Doch in diesem Moment klopfte es an der Zimmertür.

Es war Johann. »Guten Morgen, wie geht es euch?«

Alle drei standen auf und sahen ihn erwartungsvoll an.

»Ich habe etwas herausgefunden!«

»Haben Sie jemanden von meiner Verwandtschaft gefunden?«, fragte Hannah.

Er schüttelte den Kopf. »Nein, aber ich weiß, wo sie wohnt. Es ist ein gutes Stück außerhalb, auf dem Land. Die Adresse, die ihr hattet, gehörte wohl zu einem Stadthaus, das die Familie nebenbei nutzte und das vor Jahren verkauft wurde.«

»Aber wir haben doch ein Dienstmädchen an der Adresse gefragt, das wusste von nichts!«, sagte Alma.

»Wie alt war dieses Dienstmädchen?«, fragte Johann. »Solche Bedienstete sind oft sehr jung, und sie kommen und gehen. Wahrscheinlich wusste es nicht, wem das Haus vor ein paar Jahren gehört hat. Wie dem auch sei, nun habe ich eine Spur gefunden. Die Redaktion zahlt euch alle Spesen für die Reise, dafür möchte ich diese Geschichte aber allein veröffentlichen.«

Sie nickten.

»Dann geht die Fahrt gleich los. Unten wartet eine Kutsche.«

Während der Reise fragte Johann sie genauestens über alles aus. Den Schiffbruch, das Leben auf dem Lande. Er erzählte auch, was er bis jetzt herausgefunden hatte. »Ich bin auf einen alten Artikel von vor zwölf Jahren gestoßen, der davon berichtet, dass ein Schiff auf dem Weg von Aalborg nach Altona verschwunden ist. So weit stimmt es also.« Er hatte in seiner Tasche jede Menge Hefte und Stifte und machte sich eifrig Notizen. »Ich muss zugeben, es ist eine wirklich spannende Geschichte. Die Leser lieben so etwas.«

Er nahm seine Brille ab und wirkte gleich viel jünger. Arne fragte sich, wie alt dieser Mann wohl war, der so viel wusste.

Die Sonne war schon fast am Untergehen, als Hannah plötzlich aufsprang. »Das kenne ich!«, rief sie. Sie schrie es fast. »Das kenne ich! Jetzt kommen gleich die Bäume, die sich beugen, und dann …«

Sie bogen in einen Schotterweg ab, der einer Allee glich. Die Bäume wirkten tatsächlich wie geduckt, ganz so, wie Hannah es in ihren Träumen beschrieben hatte. Vielleicht waren sie durch den Wind, der hier blies, so gebeugt gewachsen. Es sah aus, als würden sie durch einen Tunnel aus Bäumen hindurchfahren. Dicht stehende Nadelbäume, wohin das Auge reichte.

»Fahren wir jetzt etwa direkt in den Wald hinein?«, murmelte Johann verwundert.

Doch der Kutscher hatte sich mehrmals nach dem Weg erkundigt. Er lenkte sein Gefährt langsam weiter, und tatsächlich lichteten sich nach ungefähr fünfzehn Metern die Bäume, und als würde ein Vorhang aufgehen, sahen sie in einigen Hundert Metern Entfernung ein wunderschönes Schlösschen.

»Das Schloss, das auf der Brosche abgebildet ist«, flüsterte Arne.

Es war keineswegs imposant, mit vielen Türmen oder einem großen Eingang. Eher schlicht in der Bauweise, erinnerte es mehr an ein großes Herrschaftshaus – zweistöckig mit einem hohen dunklen Dach und einem kleinen Glockenturm samt großer Uhr. In der Mitte befand sich eine große dunkle Holztür, zu der von beiden Seiten eine steinerne Treppe führte.

Unzählige große Fenster schmückten das Haus, dazu hellblaue Fensterläden. Davor befand sich eine große, lang gezogene Wiese. Alle vier streckten ihre Köpfe aus den Fenstern, bis Hannah rief: »Haltet die Kutsche an!«

Johann ließ den Kutscher stoppen.

»Ich möchte den Rest laufen, mit euch!«, rief Hannah.

Sie stiegen aus und Arne fiel auf, dass Hannah die Augen schloss und tief einatmete.

»Was ist das für ein Geruch?«, fragte sie.

»Du meinst sicher das Harz der Fichtenbäume«, entgegnete Johann. »Ein sehr intensiver Duft. Das ist ein sehr verbreiteter Baum in dieser Gegend. Habt ihr keine Fichten, wo du herkommst?«

Sie schüttelte den Kopf. Dann flüsterte sie: »Aber ich kenne diesen Geruch.« Bedächtig lief Hannah los. Arne und Alma gingen rechts und links neben ihr. Immer wieder hielt sie kurz inne und schloss die Augen.

»Ist alles in Ordnung mit dir?«, fragte Arne.

»In meinem Kopf tauchen neue Erinnerungen auf. Dieser Geruch war so stark. Sofort konnte ich mich als Kind im Wald sehen. Nun wird es immer mehr, wenn ich die Augen schließe. Kurze, verblasste Bilder und Geräusche. Lachen, ein Ball, die Stimme einer Frau, die mich zu sich ruft.«

Das Schloss sah tatsächlich so aus wie auf der Brosche. Arne hatte das Gefühl, in einer anderen Welt angekommen zu sein. Alles war so geordnet und schön. Das Haus strahlte von Weitem, doch bei näherer Betrachtung merkte man, dass es in die Jahre gekommen war. Die Farbe an den Fensterläden und der Hausmauer blätterte ab. Das fiel ihm sofort auf, vielleicht weil er in den letzten Jahren so viel mit Häuserbau beschäftigt gewesen war. »Komisch, dass solch eine wohlhabende Familie dieses Schloss so verkommen lässt.«

Schließlich standen sie vor der Tür. Wer weiß, wie lange Hannah, Alma und Arne davorgestanden hätten, ohne zu klopfen. Doch Johann hämmerte sogleich beherzt dreimal gegen die Tür.

Es dauerte nicht lange, bis ein älterer Mann in einem Frack öffnete und die Besucher misstrauisch ansah. Er sagte etwas auf Dänisch, Johann antwortete, und der Gesichtsausdruck des Bediensteten wurde noch grimmiger.

»Haben Sie ihm von Hannah erzählt?«, fragte Alma ungeduldig.

Der Mann drehte sich zu ihnen. Auf Deutsch, aber mit starkem Akzent, brummte er: »Wer ist Hannah?«

»Oh, Sie sprechen Deutsch?«, fragte Johann.

»Sehr wohl. In diesem Haus gab es früher häufig deutsche Gäste. Der Graf hat selbst einen Teil seiner Kindheit in Hamburg verbracht.«

Sie sahen sich an. Hatte er gerade Graf gesagt? Stammte Hannah also wirklich aus einer adeligen Familie?

»Ich habe hier ein Mädchen, das zu diesem Haus gehört«, erklärte Johann nun.

Der Mann sah ihn verständnislos an. »Wie bitte?«

»Hier ist Hannah Doostberg, die Tochter von Albertine Doostberg.«

»Die beiden Damen sind leider vor Jahren verstorben.«

»Nein, also ja … Albertine Doostberg verstarb nach einem Schiffsunglück. Aber ihre Tochter hat überlebt, beide wurden von diesen zwei Personen aus dem Wasser gefischt.«

Verbissen, fast grimmig sah der Mann mit dem grauen Haarkranz um seine Halbglatze das Grüppchen an. Hannah versuchte zu lächeln. Der Mann betrachtete sie genauer. Plötzlich wirkte er verunsichert. Er räusperte sich.

Arne, Alma und Hannah rührten sich nicht. Sie standen da wie angewurzelt.

Johann lächelte selbstbewusst. »Sie sehen bestimmt die Ähnlichkeit mit ihren Eltern.«

Der Mann entgegnete nichts mehr, sondern schloss grimmig die Tür.

»Ich glaube, das war es«, flüsterte Arne.

In Hannahs Augen sammelten sich Tränen.

»Nein, nein, gib den Leuten Zeit«, sagte Johann. »Er ist nur ein Bediensteter, er hat nichts zu entscheiden. Ich konnte an seinen Augen erkennen, dass er verunsichert war.«

Arne sah bewundernd zu dem Journalisten. Dieser Mann war unglaublich. So jung, aber er kannte die Menschen.

»Sie hätten uns ein paar Stühle rausstellen können«, witzelte er.

Arne war hin- und hergerissen. Seine Kehle war wie zugeschnürt. Einerseits war er berauscht von dem Gedanken, dass sie das Haus tatsächlich gefunden hatten. Doch was, wenn Hannah hierblieb, ohne ihn und Alma?

Plötzlich bereute er, hergekommen zu sein. Vielleicht war die Wahrheit nicht gut. Hätten sie doch nie die Vergangenheit aufgedeckt! Dann wären sie jetzt noch glücklich in ihrem schönen Leuchtturm und würden bald Hochzeit feiern.

Plötzlich ging die Tür wieder auf.

»Die Herrschaften, Graf Doostberg«, sagte der Bedienstete und deutete auf einen alten Mann, der ihm gefolgt war.

Der alte Mann trug einen Bart, der ziemlich grau und gelb vom Pfeiferauchen war. Dabei sah er das Grüppchen an und seine Augen blieben an Hannah hängen. »Hannah-Luise«, flüsterte er. Tränen flossen ihm die eingefallenen grauen Wangen herunter.

Sie standen verteilt auf der steinernen Treppe. Hannah machte zwei Schritte nach vorn und blickte den Alten an.

Arne hatte das Gefühl, eine gewisse Ähnlichkeit zwischen den beiden zu erkennen. Er hatte dieselbe grüne Augenfarbe wie sie.

»Wir dachten, du seist tot!«, rief der Graf.

Hannah umarmte ihn, und der alte Mann begann laut zu weinen wie ein kleines Kind. Er drückte sie fest an sich. »Dass ich das erleben darf.«

Nicht nur der alte Herr weinte, auch alle anderen wischten sich mit einem Taschentuch oder Ärmel die Augen.

»Darf ich die Herrschaften hereinbitten«, sagte der Bedienstete und führte sie in einen Salon. Es wurden Tee und Brote serviert; währenddessen erzählte hauptsächlich Johann in einer abgekürzten Version, wie sich alles zugetragen hatte.

Immer wieder weinte der alte Mann und sagte: »Dass ich das erleben darf.«

Dann berichtete er: »Nach dem viel zu frühen Tod deines Vaters wollte deine Mutter unsere Verwandten in Hamburg besuchen. Aber ihr seid nie dort angekommen. Wir haben nur die Nachricht erhalten, das Schiff sei untergegangen und alle seien tot.«

Seine Frau habe das alles nicht verkraftet, fuhr er fort. Nachdem der einzige Sohn, Hannahs Vater, zu früh verstorben war, waren nun auch noch die Schwiegertochter und die einzige Tochter ihres Sohnes verschwunden. Das war zu viel für sie. Kein Jahr später starb sie.

»An gebrochenem Herzen«, meinte er. »Seitdem lebe ich allein und warte, dass ich endlich auch sterben darf.«

Hannah nahm seine Hand. »Du wirst nicht sterben, schließlich musst du mich zum Altar führen, wenn ich meinen Verlobten Arne heirate.«

Ihr Großvater lächelte und sah zu Arne. Ihm entging nicht, dass der alte Mann ihn lange musterte.

Arne fühlte sich nicht wohl. Er versuchte zu lächeln.

»Du bist schon verlobt?«, fragte der Graf.

Sie nickte stolz. »Ja, Arne hat mich damals gerettet und er ist mein Held, ich liebe nur ihn und nur ihn werde ich heiraten.«

Arne war überrascht, wie selbstbewusst sie agierte. Was war nur aus dem kleinen Mädchen aus dem Dorf geworden? Plötzlich saß sie hier mit einem Grafen und unterhielt sich ganz ungezwungen mit ihm. Er freute sich für sie, aber es war ihm immer noch schwer ums Herz.

Später wurden ihnen Zimmer zugeteilt. Überall lag Staub und die Möbel waren mit weißen Laken abgedeckt. Das Bett in seinem Gästezimmer roch modrig und war wahrscheinlich seit Jahren nicht mehr benutzt worden.

Erschöpft legte er sich schlafen.

25.

David

Ungläubig hielt er den Brief von der Staatsanwaltschaft in der Hand, den er gerade aus dem Briefkasten gefischt hatte. In dem Schreiben stand, dass Karl den Strafantrag gegen ihn zurückgezogen hatte. Die Staatsanwaltschaft hatte den Fall daraufhin noch einmal geprüft. Da Karl keine bleibenden Schäden davongetragen habe und David als Beschuldigter bisher noch nie wegen einer Straftat aufgefallen sei, könne man kein öffentliches Interesse an einer weiteren Strafverfolgung erkennen und schließe das Verfahren ab.

David musste es mehrmals lesen, um alles zu verstehen. Aber eine Sache schien eindeutig: Die Staatsanwaltschaft hatte das Verfahren gegen ihn fallen lassen. Und zwar weil Karl den Strafantrag zurückgezogen hatte!

Er ging schnurstracks zu seiner Schwester in die Bäckerei. Es war Donnerstagmorgen und nicht viel los.

Emma stellte gerade einen Korb Brioches in die Theke. »David! Was machst du hier?«, wollte sie wissen.

Er sah sich um, beugte sich über den Tresen und flüsterte: »Karl hat die Klage fallen lassen.«

Überrascht sah sie ihn an. »Wirklich?«

David nickte. »Ja, schau, hier.«

Emma warf einen kurzen Blick auf das Schreiben, dann lächelte sie.

»Was ist?«, fragte er. »Warum guckst du so? Steckst du dahinter?« Ungläubig sah er sie an.

»Ich? Nein, wie auch? Indem ich Kalle ein Jahr lang umsonst Brot liefere, oder was?« Sie lachte. Aber das Lachen schien ihm etwas gekünstelt.

»Hm, ich habe das Gefühl, als wüsstest du irgendetwas«, meinte er.

»Was soll ich wissen? Ich freue mich für dich. Vielleicht hat sich jemand für dich eingesetzt.«

Jetzt lachte David ironisch auf. »Ja, klar. Wer sollte für mich ein gutes Wort bei dem Typen einlegen?«

Emma zuckte mit den Schultern.

Er beobachtete sie. »Warst du es vielleicht doch?«

Sie verdrehte die Augen. »Nein, ich war es nicht. Aber wenn du es so genau wissen möchtest, ich habe Marie gebeten, mit Karls Frau zu reden.«

»Nein, hast du nicht!«

Sie lächelte leicht schuldbewusst. Wie seine Eltern, wenn sie früher die Ostergeschenke versteckt hatten und den Kindern erzählten, der Osterhase sei da gewesen.

»Wenn es dich beruhigt: Sie hat abgelehnt. Ich denke aber, dass sie es sich anders überlegt hat.«

David seufzte. »Emma, misch dich bitte nicht in meine Angelegenheiten ein.«

»Einer muss dir doch helfen bei dem Mist, den du baust.«

Ihre Unterhaltung wurde von einem Kunden unterbrochen, der hereinkam und ein kurzes »Moin!« in die Runde rief.

»Moin«, erwiderten die zwei und Emma sagte leise: »Ich muss jetzt weitermachen.«

David lief hinaus. Ob tatsächlich Marie dahintersteckte? Warum hätte sie das tun sollen? Aus Mitleid? Er war verwirrt. Sie war klar in ihrer Aussage gewesen, dass sie ihn nicht wiedersehen wollte. Deshalb hatte er sich auch nicht mehr bei ihr gemeldet. Ihre Worte hatten ihn verletzt, das stimmte. Fast mehr noch als die Selbstvorwürfe, die ihn seit dem Vorfall mit Karl plagten. Als er an diesem Abend nach Hause gekommen war, hatte er sich einfach nur noch klein und dumm gefühlt. Wieso hatte er sich ausgerechnet von Karl zu etwas provozieren lassen, für das er sich selbst hasste? Weshalb war er so schwach gewesen und hatte die Wut sein Handeln kontrollieren lassen?

Er konnte verstehen, dass Marie nichts mehr mit ihm zu tun haben wollte.

Und jetzt? Hatte sie sich wirklich für ihn eingesetzt? Er merkte, dass er sich schämte. Was sollte er machen? Ihr einfach eine Nachricht senden?

Marie

Marie stand mit einer Umzugskiste auf halbem Weg zwischen Küche und Schlafzimmer. Ihre Beine schmerzten vom Treppensteigen. Alle paar Stufen legte sie eine Pause ein. Sie ärgerte sich, dass es im Turm keinen Aufzug gab, und ihr wurde klar, dass man im hohen Alter hier nicht mehr leben konnte. Sie verstand nun, wie es dem Leuchtturmwärter Ernst ergangen war, der irgendwann die Stufen nicht mehr hinaufgekommen war. Sie hatte gerade mal zwei Kisten hochgetragen. Der einzige Lichtblick war, wenn sie nach einem gemeisterten Aufstieg kurz innehielt und durch die Fenster in die Weite blickte. Das war ihre persönliche Belohnung.

Als sie das nächste Mal unten ankam und zu ihrem Auto ging, das direkt vor dem Turm stand, fiel ihr auf, dass sie ihr

Telefon auf dem Beifahrersitz liegen gelassen hatte. Sie wollte es gerade in die Tasche stecken, als sie auf dem Display sah, dass ihre Mutter angerufen hatte. Also ging sie um den Turm herum zum Rosengarten. Es war eine gute Gelegenheit, eine Pause einzulegen.

Sie setzte sich auf die Bank und rief zurück. »Hallo, Mama, du hast angerufen.«

»Du hast dich ewig nicht gemeldet; ich wollte wissen, wie es dir geht.«

»Gut, ich ziehe endlich in den Turm ein.«

»Wie schön. Was macht deine Arbeit? Du wolltest doch eine Geschichte über Wattwürmer schreiben.«

»Illustrieren, Mama, illustrieren!«

»Meine ich doch.«

»Ja, das ist nun doch nicht so angesagt, wurde mir vom Verlag mitgeteilt.«

»Und jetzt?«

»Ich weiß nicht, mal schauen.«

»Von was lebst du denn? Du hast keine richtige Arbeit!«

»Ich bin Illustratorin, außerdem habe ich noch genug Erspartes.«

»Aber wie lange hast du noch Erspartes? Du musst doch schauen, dass auch was reinkommt, Schätzchen.«

»Mach dir keine Sorgen«, beruhigte sie ihre Mutter, auch wenn sie sich selbst jeden Tag Gedanken über dieses Thema machte.

Dann erzählte ihre Mutter ihr noch, was es in der Verwandtschaft Neues gab. Das Gespräch dauerte etwas länger, aber es war eine willkommene Ablenkung.

Als sie zurück zu ihrem Auto kam, fuhr Marie zusammen. Der Kofferraum war leer. Die drei Kisten, die sich noch darin befunden hatten, waren verschwunden.

Oh nein, jemand hat alles mitgenommen, dachte sie völlig aufgelöst.

Es konnte doch nicht sein, dass jemand in dieser kurzen Zeit einfach ihr ganzes Hab und Gut gestohlen und sie nichts mitbekommen hatte. Dann hörte sie Schritte im Treppenhaus. Sie versteckte sich in einer Ecke hinter der Treppe. Vielleicht konnte sie den Eindringling auf frischer Tat ertappen. Die Schritte kamen näher und als sie ganz nah klangen, sprang sie aus ihrem Versteck hervor.

»David?«, rief sie überrascht.

Er schrie auf. »Oh, hast du mich erschreckt!«

»Ich suche meine Kisten«, sagte sie aufgeregt.

Etwas unsicher lächelte er. »Die sind oben.«

»Oben?«

Er nickte. »Ich dachte, du könntest vielleicht Hilfe gebrauchen.«

»Du … du hast sie hochgetragen?«

»Ja, klar.«

»*Wow,* danke.«

»Nein, ich danke dir.«

»Wofür denn?«

»Dafür, dass du bei Karl ein gutes Wort eingelegt hast.«

Marie musste lächeln, als sie an ihr Gespräch mit dem Bürgermeister dachte. »Ein gutes Wort bei Karl kann man nicht einlegen, der ist ein Idiot. Ich habe direkt mit dem Bürgermeister gesprochen. Und der hat Kalle zurückgepfiffen.«

»Mit dem Bürgermeister?« David sah sie mit offenem Mund an.

»Wenn schon, denn schon.«

»Danke, ich stehe tief in deiner Schuld.«

»Ist okay, du bist ein guter Mensch.«

»Mit einem Haufen Problemen«, sagte er.

Marie zuckte mit den Schultern und wusste nicht so recht, was sie sagen sollte. Sie spürte, wie sie sich freute, ihn zu sehen. Wie sie seinen Geruch genoss. Es war der Duft des Meeres, den sie so an ihm liebte. War er erst vor Kurzem im Wasser gewesen? Ihr Herz schlug schneller.

All die Tage, an denen sie sich nicht gesehen hatten, hatte sie sich eingeredet, dass sie ihn gar nicht so sehr vermisste. Doch jetzt, als er vor ihr stand, merkte sie, dass es nicht stimmte. Natürlich hatte er ihr gefehlt. Sehr sogar.

Ob es ihm genauso ging? Auch er wirkte aufgewühlt.

Sie setzte an, etwas zu sagen, doch er kam ihr zuvor: »Ich muss wieder zurück nach Hamburg.«

»Oh. Wann denn?«

»Ich fahre morgen früh.«

»Okay.«

»Mein Projekt hier ist abgeschlossen. Und es ist auch gut, wieder zurück in den Alltag zu kommen. Wie du gesehen hast, reißt der Ort hier zu viele alte Wunden auf.«

Sie wusste nicht recht, was sie sagen sollte. Also nickte sie nur.

Ihr Blick fiel auf die Stofftasche in seiner Hand. Marie erkannte sofort, was sich darin befand.

Er hob die Tasche hoch. »Das hier habe ich oben herumliegen sehen«, sagte er.

»Ach ja.«

Vorsichtig zog er das Notizbuch aus der Tasche.

»Ja, das gehört eigentlich dir«, sagte sie.

»Hast du es bereits fertig gelesen?«, fragte er.

»Wir hatten doch ausgemacht, dass wir nur gemeinsam weiterlesen.«

»Daran hast du dich die ganze Zeit gehalten?« David lächelte.

»Na ja«, gab sie zu, »ein Kapitel habe ich allein gelesen. Aber den Rest nicht. Es hat sich falsch angefühlt. Immerhin ist es die Geschichte deiner Familie. Du solltest dabei sein.«

Er sah das Buch einen Moment lang an.

»Du liebst die Geschichte und ich möchte, dass du sie weiterliest. Ich komme in nächster Zeit nicht dazu. Sieh es als mein Dankeschön an dich an.«

»Vielleicht schaffen wir jetzt noch ein paar Seiten«, schlug sie vor. »Hast du noch so viel Zeit?«

Er nickte. »Komm, wir setzen uns in den Rosengarten.«

26.

Arne

1878

Er stand im Leuchtturm, oben im Laternenhaus, und suchte seinen Vater. Doch dieser war nicht zu finden. Es war dunkelste Nacht, draußen tobte ein Sturm und der Wind pfiff durch die Lüftungsschächte. Das Licht der Laterne war erloschen. Er leuchtete überall mit seiner Petroleumlampe hin, doch er fand nichts. Dann ging er wieder hinunter ins Wachzimmer, auch hier keine Spur vom Vater. Plötzlich klopfte es an der Tür, die zum Treppenhaus führte. Als er öffnete, stand eine sehr alte Frau auf den Stufen, die er noch nie gesehen hatte. Ihr Gesicht war von tiefen Falten zerfurcht.

»Warum suchst du Ernst? Er ist doch gestorben«, sagte sie.

Arne schrie auf und dann war er wach.

Sein Nachthemd war nass geschwitzt. Er setzte sich im Bett auf. Es dauerte eine Weile, bis er begriff, dass er geträumt hatte. Er lief zum Fenster und zog die Vorhänge zur Seite. Die zwei Meter hohen Scheiben boten ihm einen guten Ausblick auf den schier nicht endenden tiefgrünen Wald hinter dem Anwesen. Es war bewölkt und als er das Fenster öffnete, drang Vogelgesang zum ihm herauf. Hier gab es keine Möwen oder das Rauschen des Meeres, dafür viele Vögel, die jeden Morgen ihre Lieder trällerten.

Ein Hahn krähte ganz in der Nähe. Unten sah er Alma, die zu den Tieren lief. Sie gehörten ihr nicht, aber bei ihnen fühlte sie sich wohl.

Sie waren nun schon über drei Monate hier. Der Sommer war bald vorbei. Arne fielen bereits die ersten gelben Blätter auf. Die Zeit verging schnell, es war so viel passiert.

An seiner Tür klopfte es. Es war Hannah.

»Guten Morgen, der Herr, haben Sie wohl geschlafen?«, fragte sie und kicherte. »Schau mal, Großpapa hat mir ein neues Kleid gekauft. Gefällt es dir?« Sie drehte sich stolz und erwartungsvoll im Kreis. Die Haare trug sie halb offen. Ein paar Strähnen über den Ohren waren hinten zu einem Zopf geflochten und mit einer rosafarbenen Schleife festgemacht.

»Du siehst aus wie eine Prinzessin.«

Sie lachte.

»Aber du sahst immer schon wie eine Prinzessin aus«, fügte er hinzu.

»Und die Prinzessin wirst du bald heiraten.«

Er war sich diesbezüglich gar nicht mehr so sicher. Jedenfalls wurde seit Langem nicht mehr über mögliche Hochzeitsvorbereitungen gesprochen. Sie war so sehr damit beschäftigt, ihre neu gefundene Heimat zu erkunden, dass sie kaum noch Zeit für ihn hatte.

»Bist du hier auch so glücklich wie ich?«, fragte sie.

So gern hätte er ihr gesagt, wie es ihm ging. Dass er gar nicht in diese Welt hineinpasste und das Gefühl hatte, dass Hannah sich mit jedem Tag mehr von ihm entfernte. Sie ging vollkommen auf in ihrer Rolle als Enkeltochter eines Grafen. Natürlich, in Wirklichkeit war sie schon immer adelig gewesen, auch wenn sie es lange Zeit nicht gewusst hatte. In gewisser Weise hatten sich seine Ängste bestätigt. Sie wohnten zwar im selben Haus, dennoch war es, als lebten sie in unterschiedlichen Welten.

Doch er ertrug es nicht, diese wunderschönen Smaragdaugen traurig zu sehen. Also strengte er sich an, zu lächeln und zu nicken. »Mir ist nur langweilig, ich brauche eine Arbeit«, erklärte er.

»Wirklich? Mir ist keinen Augenblick langweilig. Allein dieses große Haus zu erkunden und die Menschen kennenzulernen, die für meinen Großvater arbeiten. Arne, wir sind jetzt Adelige, unsere Kinder werden nicht arm sein und im Leuchtturm aufwachsen, wir werden in diesem bemerkenswerten, wenn auch etwas verstaubten, aber immer noch wunderschönen Haus leben.«

»Was ist so verkehrt daran, in einem Leuchtturm zu wohnen?«

»Arne, schau doch mal, welchen Wohlstand wir hier genießen können.«

Arne rang sich ein Lächeln ab. Kristian, der Verwalter, hatte ihm einiges über die Adeligen in Dänemark erzählt. Es war schon über dreißig Jahre her, dass die Adeligen hier Vorrechte besessen hatten. Aber natürlich konnten sie immer noch ihr Vermögen aus früheren Zeiten verwalten.

Er mochte Kristian; er war ein bodenständiger Mann, der ihn an seinen Vater erinnerte. Kristian übte mit ihm Dänisch, im Gegenzug brachte er ihm Deutsch bei.

»Wir werden bestimmt eine Arbeit für dich finden«, meinte Hannah. »Ich spreche mit Großpapa.«

»Ich glaube, du musst jetzt mein Zimmer verlassen. Was, wenn dein Großvater uns hier sieht? Ich bin noch im Schlafgewand.«

»Wir treffen uns gleich beim Frühstück.« Sie kicherte, winkte ihm zu und lief leise aus seinem Zimmer.

Er staunte, wie schnell sich Hannah in ihre neue Rolle eingefunden hatte. Die schicken Kleider standen ihr wunderbar und ihrem Großvater war nichts zu teuer, wenn es um seine wiedergefundene Enkelin ging.

Arne hatte alte Kleidung von Hannahs Vater bekommen. Er musste zugeben, dass ihm alles gut stand, aber sehr bequem fand er es nicht. Obwohl es gemeinhin der Wunsch jedes armen Menschen war, einmal in solchem Wohlstand zu leben, vermisste Arne sein altes Leben. Aber er traute sich nicht, mit Hannah darüber zu sprechen. Sie war so glücklich, und das war doch das einzig Wichtige. Eigentlich. Denn er hatte immer mehr das Gefühl, dass das innige Band, das von Anfang an zwischen ihnen bestanden hatte, zerschnitten war. Da änderte es auch nicht viel, dass sie heute zum ersten Mal seit Wochen wieder das Wort »heiraten« in den Mund genommen hatte.

Alma ging es wie ihm, das wusste er. Sonst wäre sie nicht jeden Morgen früh aufgestanden und hätte die Tiere gefüttert, für die es eine Magd gab. Alma hatte jetzt zwar auch ein sauberes und schönes Kleid der letzten Haushälterin an, aber das hinderte sie nicht daran, in die Küche zu gehen und gemeinsam mit der Köchin das Essen zuzubereiten.

Alma, Hannah und Graf Doostberg saßen bereits am Frühstückstisch, als Arne das Esszimmer betrat.

»God morgen«, begrüßte er die anderen und setzte sich an seinen Platz, wo schon Eier, Brot und Tee auf ihn warteten.

»Ich habe Pfannkuchen für alle gemacht«, verkündete Alma und zeigte auf einen Teller mit aufgestapelten Küchlein.

Er nickte und lächelte.

»Arne«, begann Graf Doostberg. »Mir ist zu Ohren gekommen, dass dir langweilig ist.«

Was sollte er darauf antworten? Er nickte etwas verlegen und sah zu Hannah hinüber. Die lächelte.

»Dagegen werden wir bestimmt etwas machen können«, fuhr er fort. »Hier gibt es viel zu tun. Einer muss sich um unser Land kümmern, die Wiesen und die Tiere. Ich bin schon alt. Und Kristian ist auch nicht mehr der Jüngste.« Dann blickte er Hannah und Arne an. »Zum Glück seid ihr beide jetzt da.«

Arne nickte und aß sein Frühstück. Er hatte jedoch keinen Appetit. Immer wieder musste er an seinen Vater denken. Der Traum, der sich so real angefühlt hatte, hatte ihm wirklich zugesetzt.

Als sie später zu den Pferden gingen, um zu sehen, wie sich Arne um sie kümmern konnte, fragte Alma: »Was ist mit dir, du schaust so traurig?«

»Ach, ich hatte einen komischen Traum.«

»Was?«, wollte sie wissen.

»Ich habe geträumt, dass Vater gestorben ist.«

Alma blieb stehen. »Wirklich?«

Arne nickte.

»Dann musst du sofort zurück.«

Der junge Mann blieb stehen. »Das kann ich nicht, zwischen uns ist es aus. Und ich kann Hannah doch nicht alleinlassen. Wie sollte ich ihr das erklären?«

»Er ist dein Vater. Hast du noch nichts von Vergebung gehört?«, fragte sie.

»Aber er ist schuld, dass Hannahs Mutter und andere umgekommen sind.«

»Das war nicht seine Idee. Andere haben es eingefädelt.«

»Wie meinst du das?«

»Das ist egal. Du musst zu Ernst, es gibt nichts Schlimmeres, als allein zu sterben.«

»Es war wahrscheinlich nur ein Traum.«

»Arne, später wirst du dir nicht vergeben können, ihn in seiner letzten Stunde alleingelassen zu haben.«

Dann kam Kristian. Er erklärte Arne und Hannah, wie viele Pferde sie besaßen, wie viel man damit verdiente, und alles, was man dazu wissen musste. Arne fiel es schwer, zuzuhören. Er dachte über Almas Worte nach.

* * *

In der folgenden Nacht träumte er denselben Traum. Im Morgengrauen lief er hinaus zu den Scheunen und wartete auf Alma, die morgens immer die Hühner und Puten versorgte. Es kam ihm sehr lang vor, bis er sie endlich in der Tür des Dienstboteneingangs erblickte.

Sie erschrak, als sie ihn sah. »Arne, was machst du hier?«

»Ich muss mit dir sprechen.«

»Was ist los?«

Sie setzten sich auf die steinerne Treppe.

Er seufzte. »Alma, ich habe wieder von meinem Vater geträumt. Was soll ich nur tun?«

»War es derselbe Traum?«

Arne nickte.

»Das ist bestimmt ein Zeichen, dass du zu ihm gehen sollst. Du bist sein einziger Sohn, lass nicht zu, dass man ihn wie einen Hund beerdigt.«

»Ich weiß nicht.«

»Arne, das ist eine Vorahnung. Du musst darauf hören, sonst wirst du dir später selbst nicht vergeben können.«

Er sah sie traurig an. Die friesischen Küstenbewohner waren abergläubische Leute. Von Alma war er dies eigentlich nicht gewohnt. Aber sie besaß eine gewisse Weisheit, die ihn immer schon beeindruckt hatte. Hatte sie wirklich recht?

»Mach dich auf und geh!«, sagte sie mit fester Stimme.

»Und dann?«

»Wenn es ihm gut geht, kommst du zurück, wenn nicht, bleibst du so lange, bis er gesund ist oder …«

Er biss sich auf die Lippe. »Ihr seid ja hier in guten Händen …«

Alma lächelte. »Das sind wir, und trotzdem würde ich wirklich gern mit dir kommen.«

»Vermisst du dein Zuhause?«, fragte er.

Sie nickte und sah in die Ferne. »Es ist verrückt, oder? Wir haben hier alles, und trotzdem vermisse ich mein schäbiges Zuhause.«

»Es ist nicht verrückt, mir geht es genauso.«

Sie umarmte ihn. »Wir müssen es nur Hannah schonend beibringen.«

»Nein, du kannst nicht gehen!«, rief Hannah wenig später, als er mit ihr im Salon stand. »Wieso willst du ausgerechnet zu deinem Vater zurück?«, rief sie verzweifelt.

»Ich werde wiederkommen«, antwortete Arne ruhig.

»Aber ausgerechnet zu deinem Vater«, wiederholte Hannah. »Du weißt doch, was er mir angetan hat.«

»Ich weiß. Es ist schwer zu erklären.«

»Ich dachte, wir fangen hier ein neues Leben an. Ohne die Schatten der Vergangenheit«, sagte sie.

»Und das gelingt dir auch gut. Ich freue mich für dich. Aber ich habe noch Verbindungen zur alten Welt, aus der ich stamme. Ich muss nach meinem Vater sehen.«

»Du meinst, es gelingt mir gut? Hier erinnert mich alles an meine Mutter! Und mittlerweile kommen immer mehr Erinnerungen an das Schiffsunglück hoch. Meinst du, es ist leicht für mich, damit zu leben? Ich versuche nur, hier ein neues, besseres Leben zu finden, für uns beide!«

»Warum hast du mir nichts davon erzählt? Ich wusste nicht, wie es dir hier wirklich geht.«

»Wir reden eben nicht mehr so miteinander, nicht so wie früher.«

»Dann muss es eben wieder so werden wie früher.«

Hannah ging ans Fenster und wandte ihm den Rücken zu. »Ach, Arne. Du weißt ganz genau, dass es nie wieder so unbeschwert werden kann wie früher.«

Er atmete tief ein. Ja, das wusste er, wenn er ehrlich zu sich war.

Sie drehte sich zu ihm. »Vielleicht ist es ganz gut, wenn du die Reise unternimmst. Es ist deine Pflicht als Sohn und als Christ. Und wenn du wiederkommst, habe ich hoffentlich genug Zeit gehabt, um meinen Platz hier zu finden.«

Er nickte. Auch wenn er nun noch weniger Lust hatte, fortzugehen und sie zurückzulassen. Würde es wirklich wieder besser zwischen ihnen sein, wenn er zurückkehrte, oder würden sie sich in gänzlich unterschiedliche Richtungen entwickeln?

27.

Ernst

1878

Ernst lag neben dem offenen Fenster und keuchte. Er bekam nur schwer Luft und hustete so stark, dass er sich fast verschluckte. Er lag abgemagert in seinem Bett und versuchte aufzustehen, um sich eine Brühe warm zu machen. Doch er schaffte es nicht. Gestern war zum Glück eine Bäuerin aus dem Ort da gewesen und hatte ihm eine Suppe zubereitet. Die hätte er nur aufwärmen sollen, doch nicht einmal dazu hatte er Kraft. So schnell ging es also bergab. In einem Moment war er gesund gewesen und gleich darauf schwer krank und dem Tod nahe. Das Schlimme war tatsächlich, dass er ganz allein war. Er fühlte sich dem Tod ausgeliefert. Doch dies war die Strafe für die Sünden, die er auf sich geladen hatte. Es geschah ihm recht.

Wie oft hatte er in der letzten Zeit an seinen Sohn gedacht. So auch jetzt. Hatte er Arne eigentlich jemals gesagt, wie viel er ihm bedeutete? Dass er das Einzige war, was ihn am Leben erhalten hatte, nachdem seine Frau gestorben war. Oh, wenn er ihn doch nur noch ein Mal hätte sehen können. Ihn um Vergebung hätte bitten können.

Er blieb liegen, doch sein Husten war so stark, dass er unbedingt Wasser trinken musste. Also nahm er alle Kraft zusammen und versuchte erneut aufzustehen, um sich aus dem Krug einzuschenken. Über die Seite schaffte er es, sich aufzusetzen. Seine Stirn war wegen der Kraftanstrengung von Schweiß bedeckt. Er atmete schwer und Schleim sammelte sich in seinem Hals. Der Husten fühlte sich an, als wollten scharfe Messer seine Brust durchschneiden. Als die Krämpfe etwas nachgelassen hatten, versuchte er aufzustehen. Doch sein von Krankheit und mangelnder Ernährung geschwächter Körper kollabierte, und Ernst fiel wie ein Sack Kartoffeln bewusstlos in sich zusammen.

Als er erwachte, lag er auf dem Boden. Ihm war so schwindelig und schlecht, dass er nicht einmal versuchte, sich zu erheben. Das war wohl das Ende. Wer wusste, wann und ob wieder jemand vorbeikommen würde? So sollte also sein Leben enden – auf dem Boden, eingenässt und allein, würde er entweder am Husten ersticken oder verdursten. Schlimmer als ein Hund würde er verrecken, doch er hatte es nicht anders verdient. Das war eine angemessene Strafe. Jahrelang hatte ihn sein Gewissen gequält. Nicht nur nachts hörte er die Schreie der Menschen, sah das leidende Gesicht von Hannahs Mutter vor sich. Er war ein Monster. Würde er in der Hölle enden?

Plötzlich überkam ihn eine furchtbare, nie da gewesene Angst. Was passierte mit ihm, wenn er starb? Er hatte keinen Frieden. War nicht mit sich im Reinen. Wie konnte er das Geschehene wiedergutmachen? Er war als Christ erzogen worden. Lange hatte er sich keine ernsthaften Gedanken über

Gott mehr gemacht. Schon seit dem Tod seiner Frau nicht mehr. Aber jetzt, in diesen letzten Momenten seines Lebens, beschäftigte ihn nichts anderes. Er wollte nicht in der Hölle enden, aber nach seinen Taten erwartete ihn genau das. Und das machte ihm furchtbare Angst.

»Gott, vergib mir meine Sünden«, versuchte er, laut zu sprechen, doch der Husten hielt ihn davon ab. Er hustete so viel, dass er sich schließlich übergab und wieder einschlief. Er dachte, dass dies nun wirklich das Ende sei. Doch er war zu schwach, um noch ein weiteres Gebet zu sprechen.

Als er Arnes Stimme hörte, war er sich sicher, gestorben zu sein. Er vernahm seinen Sohn nur verzerrt, wie ein Echo.

»Vater! Vater!«, hörte er ihn rufen. Er spürte Arnes Berührung, konnte sich jedoch nicht rühren.

Da fühlte er ein nasses Tuch auf der Stirn. Nur schwer schaffte er es, die Augen zu öffnen. War es wirklich Arne, der da neben ihm kniete? War er noch am Leben? Plötzlich war da dieser Wille, die Augen zu öffnen und zu leben. Es kostete ihn all seine Kraft, doch er schaffte es schließlich, die Augenlider ein wenig zu heben.

Erst war alles verschwommen, doch dann war klar zu erkennen, dass es sein Sohn war, der »Vater, Vater!«, rief.

Ernst konnte nicht anders, er weinte wie ein kleines Kind. So vieles wollte er seinem Sohn sagen, aber er schaffte es nicht, es kamen keine Worte aus seinem Mund. Vielmehr klang alles nach einem Wimmern.

Arne wusch ihm noch einmal das Gesicht. Dann hievte er ihn hoch, um ihn ins Bett zu legen. Wenig später gab er ihm einen Tee zu trinken, der in seiner Kehle brannte. Der Husten überkam ihn wieder, doch all das störte ihn nicht mehr. Sein Sohn war da und kümmerte sich um ihn.

Als Ernst wieder in seinem Bett lag, setzte Arne sich auf die Bettkante. Er war bedrückt. Seinen Vater so zu sehen, schmerzte ihn. Obwohl er wütend auf ihn war und dachte, dass er ihm niemals werde vergeben können, hatte es ihm einen Stich ins Herz versetzt, als er ihn so hilflos und elend auf dem Boden erblickt hatte. Seinen Vater so zu sehen, hatte ihm sofort die Tränen in die Augen getrieben. Es hatte streng nach Urin und Erbrochenem gerochen. Im ersten Moment hatte er gedacht, sein Vater sei bereits gestorben. Doch als er zu husten begann, wurde ihm klar, dass er noch lebte.

Es ist gut, dass ich gekommen bin, sagte er sich.

* * *

Die Tage vergingen wie im Flug. Arne kümmerte sich um seinen Vater und übernahm die Arbeiten am Leuchtturm. Zu seiner Verwunderung besserte sich der Zustand seines Vaters täglich. Er hatte ein Schreiben an das Königliche Kreisbauamt in Tönning verfasst, in dem er um die Neuberufung eines Leuchtturmwärters bat. Doch mittlerweile war er nicht einmal mehr sicher, dass sein Vater die Aufgabe nicht bald wieder übernehmen konnte.

»Arne, bitte bring mir Hannah«, sagte ihm sein Vater eines Morgens. »Ich muss mit ihr reden.«

»Hannah ist in Dänemark. Wie soll das gehen?«

»Bitte, Arne. Es muss sein.«

Vielleicht ging es Ernst doch immer noch schlechter, als er gedacht hatte. Eigentlich wusste er, dass Hannah nicht mit Arne zurückgekehrt war. Aber er verlangte nun immer wieder nach ihr.

Eines Abends, als er gerade im Laternenhaus zugange war, fiel sein Blick auf Almas Haus. Überrascht fuhr er zusammen. Was war das? So etwas hatte er hier noch nie gesehen. Hinter der Scheune stand eine noble Kutsche.

Hannah

Hannah stand am Grab ihrer Mutter. Die Muscheln lagen immer noch dort, allerdings nicht mehr so säuberlich aufgereiht wie beim letzten Mal, als sie mit Alma hier gestanden hatte. Nur das Efeu bahnte sich wieder seinen Weg, und sie musste den Stein freilegen.

Nun sah sie schweigend hinab, versuchte, in sich zu gehen. Sie merkte, dass es ihr viel leichter fiel als vor ihrer Abreise, hier zu sein. Die Mauer des Verdrängens, die sie zurückgehalten hatte, war eingerissen.

»Hannah?«, hörte sie ihren Namen. Arne stand da und sah sie an, als wäre sie ein Geist. »Du bist es wirklich!«

Sie schob sich durch die Büsche und ging ihm entgegen. Bei seinem Anblick merkte sie, wie sehr er ihr gefehlt hatte.

»Was machst du hier?«, fragte er, außer Puste. Er war wohl gerannt.

Hannah fiel ihm um den Hals. »Liebster!«

Arne wirkte überrascht, sie hier zu sehen. Doch Hannah hielt sein Gesicht und küsste ihn. Es waren kleine, kurze Küsse, mit denen sie nicht nur seine Lippen berührte, sondern auch Wangen, Nase, Augen, Stirn. Das ganze Gesicht musste sie berühren. So sehr hatte er ihr gefehlt. Sie hatte Tränen in den Augen.

»Arne, ich habe festgestellt, dass es mir nicht besser geht, wenn du weg bist. Im Gegenteil. Ich habe immer noch so viele offene Fragen, die mich schmerzen und verfolgen. Und du vielleicht auch. Aber ist es nicht besser, wenn wir zusammen sind, wenn uns die Schatten der Vergangenheit jagen?«

»Ich freue mich so, dass du zurückgekehrt bist«, erwiderte er nur.

»Ich komme, um dich zu holen. Wirst du mit mir gehen?«

Er nickte. »Hannah, da ist nur noch eine Sache. Komm bitte, mein Vater möchte dich sprechen.«

Überrascht sah sie zu ihm. »Mich? Warum möchte er mich sprechen?«

»Ich weiß nicht, komm einfach.«

»Geht es ihm schlecht? Glaubst du, er stirbt?«

Arne zuckte mit den Schultern. »Er möchte dir etwas sagen.«

Sie atmete tief ein und aus. Der Gedanke an Ernst widerte sie nach wie vor an. Außerdem hatte sie Angst vor den Wunden, die die Begegnung mit ihm aufreißen konnte. Und doch sagte sie sich, dass sie mutig sein musste. Sie war so weit gereist, um sich der Vergangenheit zu stellen. Nun musste es doch auch möglich sein, die Handvoll Stufen den Leuchtturm hinauf zu bewältigen.

Vor dem Steinhaus trafen sie Alma, die sich mit einem Mann unterhielt, wohl dem Kutscher.

»Alma! Du bist auch zurückgekehrt«, rief Arne.

»Ich kann meine Hannah doch nicht allein so weit reisen lassen. Außerdem muss ich den Verkauf meiner Tiere abschließen. Aber eins muss ich sagen, so eine Kutschfahrt von Hamburg bis Süderwiek … das ist nichts für meine alten Knochen.«

Sie lachten gemeinsam.

»Wohin geht ihr?«, fragte Alma.

Hannah atmete tief durch. Dann sagte sie: »Wir gehen zu Ernst. Er will mit mir sprechen.«

Alma sagte nichts. Sie lächelte nur.

»Na gut«, sagte Hannah.

Hand in Hand lief sie mit Arne zum Leuchtturm. Sie war diese vielen Treppen schon so lange nicht mehr hochgelaufen.

Als sie Ernst erblickte, erschrak sie. Er sah schlecht aus, blass und abgemagert. Da Arne ihr auf dem Weg gesagt hatte, es gehe ihm besser, hatte sie einen Ernst wie vor ihrem Weggang erwartet. Wäre sie nicht immer noch auf ihn wütend gewesen, hätte er ihr nun vielleicht sogar leidgetan.

»Moin«, sagte sie leise und stellte sich an sein Bett.

»Hannah! Danke, dass du gekommen bist.«

Er musste husten. Der Husten klang nicht gut.

»Ich habe großes Unheil über dich, deine Mutter und andere gebracht. Das kann niemals wiedergutgemacht werden. Du hast recht, mir nicht zu vergeben. Ich kann mir ja selbst nicht vergeben. Die Männer aus dem Dorf, ich will ihre Namen nicht nennen, haben mich damals gezwungen, das Licht auszumachen. Sie haben gedroht, Arne etwas anzutun. Und er war doch mein Ein und Alles.«

Hannah wollte etwas sagen, doch er fuhr fort.

»Ich kann mich immer noch an jedes Detail aus dieser furchtbaren Nacht erinnern. Die Sonne war gerade untergegangen und ein Sturm fegte von der See herkommend über den Ort hinweg. Ich war im Laternenhaus, um den Füllstand des Petroleums zu kontrollieren, als die beiden Fischer plötzlich neben mir standen. Sie hatten sich einfach so in den Turm geschlichen. Ich wusste sofort, warum sie gekommen waren. Seit Wochen hatten sie mir ihren Plan unterbreitet. Einmal hatten sie mir von den schlechten Zeiten vorgejammert und dem Hunger, den ihre Familien litten. Ein anderes Mal drohten sie mir, sollte ich jemandem von ihren Plänen erzählen oder mich ihnen in den Weg stellen: ›Dein Arne ist doch das

Einzige, was dir auf dieser Welt geblieben ist, nicht wahr? Es wäre doch furchtbar, wenn auch er eines Tages nicht mehr da wäre. Vielleicht fährt er aufs Meer, ohne dir Bescheid zu geben, und kehrt nicht zurück.‹

Ich wusste, dass sie skrupellose Männer waren, und glaubte ihren Drohungen.

Nun standen sie bei mir – der eine versperrte den Weg zur Treppe, der andere hatte sich an einer der Belüftungsklappen aufgestellt. Langsam öffnete er die Klappe, während der Wind immer stärker blies und schließlich die Laterne auspustete. Im Turm wurde es dunkel. Und draußen auf der See.

Die beiden nahmen mich mit zum Strand. Schweigend ging ich mit ihnen. Es dauerte nicht lange, bis immer lauter Schreie vom Meer an Land drangen.«

Nun erstarben ihm die Worte. Es wirkte, als würde er in sich zusammenfallen. Ernst brauchte einen Moment, bis er sich wieder fing. Niemand der Anwesenden sagte ein Wort.

»Das ist keine Entschuldigung, ich weiß, aber ich sah damals keinen Ausweg. Die Menschen litten Hunger und waren zu allem bereit, und ich hatte ja schon meine Frau verloren. Arne konnte ich nicht auch noch verlieren.«

»Warum erzählst du mir das?«, fragte sie und sah ihn an.

Das erste Mal, seit sie ihn kannte, sah auch er ihr direkt in die Augen. »Weil ich bereit bin, die gerechte Strafe für mein Handeln zu tragen.«

»Wie meinst du das?«, fragte Arne.

»Sobald ich wieder auf meinen Beinen stehen kann, werde ich mich beim Wachtmeister melden und ins Gefängnis gehen.« Bevor er fortfahren konnte, musste er wieder husten. »Sollte ich sterben, bitte ich dich jetzt um Vergebung. Damit auch du Frieden findest.«

Hannah verstand im ersten Moment nicht, was er meinte. Sie blickte zu Arne, dann wieder zu ihm. Sie wusste nicht, was sie sagen sollte. Es war alles zu viel für sie.

Sie verließ das Zimmer. Sie merkte, dass der Schmerz über die Vergangenheit tief saß. Und darüber zu sprechen, ja nur darüber nachzudenken, fühlte sich an wie Messerstiche in ihre Seele. Sie war nicht bereit dafür.

Als Arne ihr hinterherlaufen wollte, bat sie ihn, sie allein zu lassen.

Sie ging nach Hause. Obwohl sie schon so viel gemeistert hatte in den vergangenen Monaten, war sie doch noch ein junges Mädchen. Sie brauchte ihre Mutter, und die Mutter, die immer half, die immer für sie da war, das war Alma. Die Schäferin war gerade im Haus, als Hannah mit Tränen in den Augen zu ihr kam und ihr vom Gespräch mit Ernst berichtete.

Alma hielt sie fest in ihren Armen. »Du solltest ihm vergeben und damit die Vergangenheit gehen lassen – wie das Boot aus Rinde, das du damals mit Arne auf lange Fahrt geschickt hast. Vergeude die Zeit nicht damit, in der Vergangenheit zu leben. Lebe in der Gegenwart. Schau, was du alles hast. Wohlstand, einen Großvater, mich und vor allem Arne – einen Mann, der dich über alles liebt, mehr als sein Leben.«

»Du hast recht, aber diese Wut geht nicht weg.«

»Das wird sie. Je mehr Liebe du hereinlässt, desto mehr wird die Wut verschwinden.«

Hannah umarmte Alma und küsste sie. »Danke, Mutter. Ich liebe dich so sehr.«

»Ich liebe dich auch, meine Tochter, ich liebe dich auch.« Dann fügte Alma hinzu: »Jetzt solltest du zu Arne gehen. Und dann noch einmal zu Ernst. Wir werden beide mit dir gehen und deine Hände halten.«

Sie umarmte ihre Tochter, gab ihr einen Kuss und lächelte. »Und dann werden wir uns nur noch Gedanken über eure Hochzeit machen«, versuchte sie, ihre Tochter aufzumuntern.

Hannah hielt die Hand ihrer Mutter fest und sagte mit Tränen in den Augen: »Ich hätte mir keine bessere Mutter als dich wünschen können.«

28.

Marie

Sie legte das Buch zur Seite – unfähig, weiterzulesen. Mit dem Ärmel wischte sie sich die Tränen ab, die ihr die Wangen entlangliefen. Warum nahm diese alte Geschichte sie nur so mit? Es fühlte sich alles so nah und persönlich an.

Sie blickte zu David. Es war eindeutig zu sehen, dass er ähnlich empfand wie sie. Vielleicht ging es ihm sogar noch näher? Immerhin waren es seine Verwandten, von denen sie hier lasen. Und es ging um alte Wunden in der Seele, die einen zurückhielten. War das nicht auch sein Thema?

Beide schwiegen. Wieder spürte sie diese eigenartige Verbundenheit zwischen ihnen. Wie in den letzten Wochen, wenn sie gemeinsam die alten Notizen gelesen hatten. Obwohl sie sich dagegen wehrte, konnte sie gegen ihre Gefühle wenig unternehmen. Sie genoss seine Gegenwart und wünschte sich seine Berührung. Doch nach außen versuchte sie, sich nichts anzumerken zu lassen.

David war weiterhin still.

»Alles okay?«, fragte sie leise.

»Ich glaube, es geht mir wie Hannah. Ich muss das Vergangene loslassen, aber es ist so schwierig.«

Marie sah ihn an. »Vielleicht ist es gar nicht so schwierig, wie du denkst.«

»Eigentlich dachte ich, diese alten Geschichten würden mich überhaupt nicht mehr belasten, aber dann überkommt es mich ohne Vorwarnung. So wie in dieser Nacht.«

»Dann solltest du jetzt das beschließen, was Alma sagte: deine Vergangenheit nicht mehr deine Zukunft bestimmen zu lassen.«

Eine kurze Pause entstand. Beide sahen auf das alte Notizbuch.

»Aber wie?«

»Mit professioneller Hilfe.«

»Ich fürchte, es wird trotzdem ein langer Prozess.«

»Möglich, aber irgendwann muss man damit beginnen. Weißt du, in meiner letzten Beziehung dachte ich, ich würde meinen Freund kennen, bis er mich eines Besseren belehrte, nach vielen Jahren des gemeinsamen Zusammenlebens. Bei dir war ich mir sicher, es wäre anders. Du warst authentisch. Und dann brichst du einem Typ, wenn auch einem Ekel, die Nase. Ich habe mich gefragt: Was machst du, wenn wir das nächste Mal ins Kino gehen? Einer sagt etwas Doofes, und du brichst ihm womöglich das Genick.«

»Du hast recht, ich muss jetzt an mir arbeiten.«

Dann schwiegen beide. Er packte das Buch wieder in die Stofftasche. Einige Zeit saßen sie ruhig nebeneinander. Sie spürte immer noch die Spannung zwischen ihnen. Wenn er sie jetzt berührte, würde sie es wahrscheinlich zulassen, dachte sie.

Doch stattdessen stand David auf und sagte: »Ich muss jetzt los.«

Marie sah hoch zu ihm.

Er winkte ihr zu und wandte sich zum Gehen. Dann drehte er sich noch einmal um. »Weißt du, was ich noch gedacht habe?«

Sie sah ihn erwartungsvoll an.

»Vielleicht solltest du ein Buch illustrieren, das von Arne und Hannah handelt.«

Ihre Augen weiteten sich. »Das ist eine wirklich gute Idee.«

»Ich kann dir auch die Adresse einer Stiftung nennen. Die ist bemüht, die Kultur dieser Gegend zu erhalten. Sie hat auch meine Arbeit finanziell unterstützt. Vielleicht würde den Leuten dort eine solche illustrierte Geschichte für Erwachsene auch gefallen. Hier …« Er reichte ihr das Notizbuch.

»Für mich?«

»Du kannst es gebrauchen. Mach etwas Gutes damit.« Dann ging er.

Sie sah ihm nach, bis er hinter dem Deich verschwunden war. »Eine *Graphic Novel* über Arne und Hannah«, sagte sie laut.

29.

Hannah

1879

Seit sie auf war, wusste sie, dass dies einer der schönsten Tage ihres Lebens werden würde. Alma stand hinter ihr und putzte sich die Nase, während sie ihre Tochter voller Stolz ansah. Hannah blickte in den körpergroßen, ovalen Spiegel vor sich. Das weiße, mit Spitzen verzierte Kleid fiel zu Boden. Großvater hatte ihr die Perlenkette seiner verstorbenen Frau und ein kleines, einfaches Diadem geschenkt. Ein Mädchen wurde nur dafür bezahlt, ihr die Haare zu einer schönen Hochsteckfrisur zu frisieren. Darin befestigte sie den Schleier.

»Wie eine Prinzessin siehst du aus«, schluchzte Alma. »Dass ich diesen Tag erleben darf!«

Hannah strahlte. »Meinst du, ich gefalle Arne?«

Alma lachte. »So sicher wie das Amen in der Kirche.«

Es klopfte an der Tür. Es war ihr Großvater. »Bist du bereit, mein Engel?«, fragte er. Beim Anblick seiner einzigen Enkeltochter füllten sich seine Augen mit Tränen.

Sie nickte. Er streckte ihr die Hand entgegen. Alma hob ihre Schleppe und den Schleier hoch und sie gingen zur kleinen Familienkapelle, die sich nur wenige Schritte vom Haupthaus entfernt befand. Die Sonne schien wie bestellt und die Vögel zwitscherten noch lauter als sonst.

»Mutter, ich bin so aufgeregt.«

»Musst du nicht sein, alles ist wunderbar«, erwiderte Alma.

»Sehe ich gut aus?«

»Wie eine Prinzessin«, wiederholte sie geduldig.

Ihr Großvater schritt neben ihr. Mit einem dicken Stock stützte er sich beim Gehen etwas ab. Seine Beine schmerzten ihn schon seit Längerem und er lief nur noch wenig. Doch zur Hochzeit seiner Enkelin hatte er es sich natürlich nicht nehmen lassen, sie persönlich zu begleiten.

Der Eingang der kleinen weißen Kapelle war mit Rosen und Kamelien geschmückt. Auch an den Bänken waren weiße Schleifen angebracht.

Es waren nur eine Handvoll Gäste geladen. Drei Vettern mit Familie, alle Bediensteten und der Journalist Johann. Hannah war sehr aufgeregt und wurde erst ruhig, als sie Arne am Altar erblickte.

Ihr Bräutigam war genauso nervös wie sie. Er strahlte, als er sie sah.

Obwohl Hannahs Großvater nicht mehr viel Vermögen hatte und ihm neben den Ländereien nur noch der adelige Name geblieben war, war er bereit, für diese Hochzeit Geld auszugeben. Der Bräutigam bekam einen maßgeschneiderten Frack samt Zylinderhut und Hannah ein Traumkleid nach der neuesten Pariser Mode. Hannah wusste zwar nicht einmal, was die Pariser Mode war, aber als die Schneiderin ihr die Zeichnung des Kleids zeigte, wusste sie, dass es genau dieses Modell sein musste.

»Ich kann immer noch nicht glauben, dass ich das schönste Mädchen auf der Welt heirate«, flüsterte Arne, nachdem ihr

Großvater ihm ihre Hand übergeben hatte. Die Worte des Pfarrers nahm sie kaum wahr.

Nachdem der Bräutigam die Braut hatte küssen dürfen, sah er sie freudestrahlend an. »Ich will gehen, wohin du gehst, und will dich immer lieben und ehren, solange ich lebe«, sagte er.

Sie wiederholte, ohne den Blick von ihm abzuwenden: »Ich will gehen, wohin du gehst, und will dich immer lieben und ehren, solange ich lebe.«

Noch einmal küsste er sie und diesmal achteten sie auf niemanden. Beide verloren sich in der Umarmung. Keiner konnte sie trennen. Niemals.

Später wurde im Garten gefeiert. Alle Stühle und Tische aus dem Schloss waren zusammengetragen und auf der Wiese davor aufgestellt worden. Feinstes Silberbesteck sowie die alten silbernen Kerzenleuchter und Vasen waren auf den frisch gewaschenen und gestärkten Tischtüchern arrangiert.

Hannah flüsterte Arne zu: »So schön hätte ich mir unsere Hochzeit nicht einmal im Traum ausgemalt.«

Er gab ihr einen Kuss. »Mir ist nur wichtig, dass du meine Braut bist.«

Die Gäste standen schon um die Hochzeitstafel herum. Sie warteten nur noch auf das Brautpaar. Als sie sich setzten, wurde geklatscht.

Erst wurde die Suppe aufgetragen, danach Wild, Gans und Kartoffeln. Zum Schluss gab es sogar einen mit viel Zucker verzierten Hochzeitskuchen.

Arne

Er sah sich die Menschen an. Außer Alma, Johann und den Angestellten kannte er niemanden. Er hatte sich seine Hochzeit tatsächlich ganz anders vorgestellt. Vor allem schmerzte ihn, dass sein Vater nicht da war. Egal wie wütend er auf ihn war, er vermisste ihn. Stattdessen saß dieser nun im Gefängnis. Ob er das überleben würde? Arne seufzte. Sein Vater wollte seine Schuld sühnen.

»Liebster, warum schaust du so traurig?«

»Ach, ich bin doch nicht traurig. Im Gegenteil.« Er nahm ihre Hand mit dem goldenen Ring und küsste sie.

Alma hob ihr Glas, um einen Toast auszubringen. »Ich kenne das Brautpaar von klein auf. Die beiden waren schon immer füreinander bestimmt. Das weiß ich jetzt.« Sie sah zu Hannah und Arne, die ihr aufmerksam zuhörten. »Ich wünsche euch ein wunderbares, langes und gesundes gemeinsames Leben mit viel Freude und vielen Kindern.«

Dann trank sie von dem Wein. Alle klatschten begeistert.

Alma blickte die beiden an. »Und ich bete, dass ihr keine Schicksalsschläge mehr erleiden müsst«, flüsterte sie den Brautleuten zu.

30.

Marie

Draußen war es windig und kalt. Marie empfand ihren ersten Frühling an der See als besondere Jahreszeit. An einem Tag schien die Sonne kräftig und warm, und die jungen Blütenknospen, die überall zu sehen waren, erstrahlten in all ihrer Pracht. Am nächsten Tag weckten sie die peitschenden Wellen der Brandung direkt vor ihrem Fenster und der Himmel klarte kein einziges Mal auf. Heute war einer der letzteren Tage gewesen. Dennoch war sie gut gelaunt. Aufgeregt, aber positiv gestimmt.

Sie stand im ehemaligen Wachzimmer im Leuchtturm und sah sich um. Sie wohnte nun schon über ein halbes Jahr hier. Alles war eingerichtet. Viel passte nicht herein. An der Küchenwand hatte sie statt Hängeschränken ein langes Regal aufgestellt, auf dem sie ihr neues Tongeschirr präsentierte, das sie bei einer Künstlerin im Nachbarort gekauft hatte. Ebenso wie einige Glasbehälter, Kerzenständer und ein paar kleine Vasen, die dem Raum Wärme und Schlichtheit gaben. Die neuen Holzdielen quietschten nicht, sie glänzten noch und rochen nach Wald. Das bildete sie sich jedenfalls ein. Sie hatte nicht viele Möbel in diesem Raum, nur noch eine alte Vitrine vom Flohmarkt, die sie weiß gestrichen hatte, einen Tisch und vier Stühle. Die weiße Couch befand sich in der Mitte des Raums. Abends saß sie auf einer der Bänke vor dem Leuchtturm und blickte hinaus in die Nacht oder schaute morgens mit einer Tasse Kaffee in die Ferne. Ihren Schreibtisch hatte sie oben im Laternenhaus aufgestellt. Das war ihre große Muse: der Ausblick.

Sie sah sich noch einmal im Spiegel an. Ihre Haare fielen ihr in Locken fast bis zu den Ellenbogen. Seit sie hier war, hatte sie sie nicht geschnitten. Stolz nahm sie das Buch vom Tisch. »Hannah und Arne«. Auf dem Cover war das Verlobungsbild der beiden zu sehen, das sie fast originalgetreu nachgemalt hatte. Es war unglaublich, wie schnell das Buch fertiggestellt worden war. Die Stiftung, die David ihr empfohlen hatte, hatte sich mit einem regionalen Verlag zusammengetan, der noch einen Titel für das kommende Frühjahrsprogramm suchte. Anfangs war die Frage gewesen, ob sie das schaffen konnte. Es schien fast unmöglich, doch sie vertiefte sich so in die Arbeit, dass sie jeden Tag eine Seite, oft sogar zwei fertigstellen konnte. Am Ende waren es knapp zweihundert geworden.

Sie zog sich ihren Wintermantel über Jeans und Bluse und nahm ihre Tasche. Ihr Handy piepste.

Es war eine Nachricht von Inga.

Bist du bereit für deine erste Lesung?

Ja, ich komme gleich,

schrieb sie zurück. Dann schickte sie noch einen Smiley.

Sie wollte schon losgehen, als ihr Blick auf das Notizbuch fiel, das noch im Regal lag. Das wollte sie unbedingt mitnehmen. Als sie den ledernen Einband berührte, wurde ihr das Herz ein wenig schwer. Sie musste an David denken. Ob er mittlerweile schon in Südamerika war?

In den letzten Monaten hatte sie keinen Kontakt zu ihm gehabt. Anfangs hatten sie sich noch geschrieben. Es ging um Kontakte, Adressen von Stiftungen, mögliche Ansprechpartner und ein beiläufiges »Wie geht es dir?«. Dann meldete David sich immer seltener. Bis es schließlich ganz aufhörte.

Doch als Stammkundin in Emmas Bäckerei wurde sie regelmäßig darüber informiert, was er so machte. Emma hatte ihr berichtet, dass David nach nur wenigen Wochen einen Platz bei einem Psychotherapeuten gefunden hatte. Das fiel in den Zeitraum, in dem es still um ihn geworden war.

»Ist das nicht total schwierig momentan?«, hatte Marie gefragt. »Ich dachte, die sind alle überlastet.«

»Absolut. Aber er hat einen Tipp bekommen, dass ein junger Therapeut neu in eine Praxis eingestiegen war und noch Plätze frei hatte.«

Es freute sie zu hören, dass es sich für David gut entwickelte. Auch für sie ging es voran. Selbst wenn es im Turm im Winter manchmal einsam war. Einmal wäre sie beinahe schwach geworden und hätte Emma fast gefragt, ob es eine neue Frau in Davids Leben gab. Doch als sie an diesem Tag in die Bäckerei kam, erzählte ihr Emma ganz andere Neuigkeiten.

»David hat ein Angebot bekommen, in Südamerika an einem Forschungsprojekt teilzunehmen. Auf den Galapagosinseln.«

»Geht es um die Riesenschildkröten?«, hatte Marie gefragt.

Emma hatte genickt. »Es ist die Chance seines Lebens. Ein ziemlich prestigeträchtiges Projekt mit wichtigen Förderern. Ich hoffe, das ist okay für dich.«

»Für mich? Warum sollte es nicht okay sein?«, fragte sie und hoffte, dass Emma nicht bemerkte, wie ihre Stimme zu brechen drohte.

»Ich wollte es dir nur gleich erzählen. Aber wenn es für dich okay ist … Er wird vielleicht zwei Jahre weg sein. Und danach wird er vielleicht irgendwo an eine ferne Uni wechseln, wer weiß.«

»Solange er glücklich ist, freue ich mich für ihn.« Marie lächelte jetzt. Sie meinte es ernst. Und eines Tages würde sie ihn auch nicht mehr vermissen.

Während sie das Buch in ihre Tasche steckte, versuchte sie, sich an all die schönen Momente mit ihm zu erinnern. Davon hatte es viele gegeben. Und diese hatten sie letztendlich zu ihrem ersten Buch inspiriert. So hatte sie die gemeinsame Zeit in Kunst verwandeln können.

Die Lesung sollte in Ingas Pension stattfinden. Ihre Aufregung wurde stärker, je näher sie der Pension kam. Helene und Inga hatten das Kaminzimmer in genau den richtigen Ort für ihre Lesung verwandelt, indem sie um einen Sessel mit kleinem Tisch vor dem Kamin herum dreißig Klappstühle aufgereiht hatten. Neben der Tür waren ein Büchertisch und ein paar Stehtische aufgebaut.

»Da ist ja unsere Autorin!«, rief Inga stolz. Sie umarmte Marie. »Na, wie geht es dir?«

»Ich bin furchtbar aufgeregt.«

»Möchtest du einen Sekt zum Entspannen?«

»Später auf jeden Fall.«

»Du schaffst das.«

Im Flur traf sie Joy, die gerade die Pension betreten hatte. Gemeinsam mit ihr packte sie Bücher aus Kartons und stapelte sie auf dem dafür vorgesehenen Tisch.

»Unsere erste Lesung im Ort!«, rief Joy begeistert.

»Das stimmt«, sagte sie.

»Ich freue mich so für dich.«

»Ich sterbe vor Aufregung«, flüsterte Marie.

»Sei einfach du selbst und alles wird gut. Einatmen und ausatmen.« Dabei atmete sie leise und tief mit ihr ein und dann wieder aus.

Langsam füllte sich der Raum. Es kamen überwiegend Dorfbewohner. Sogar Karl mit Frau und der Bürgermeister waren anwesend. Das hatte sie nicht erwartet. Gerade war sie dabei, noch einmal durchzugehen, was sie zeigen wollte. Sie hatte die eingescannten Seiten in ihrem Laptop gespeichert, der an einen Projektor angeschlossen war. So konnte sie die Bilder an die Wand beamen, damit die Gäste sie auch sahen.

Ein Schatten fiel auf ihr Buch. Als sie hochsah, stand David vor ihr. Er hatte sich verändert. Seine Haare waren etwas länger und er trug einen Dreitagebart, was ihm sehr gut stand. Und er wirkte nicht mehr so ernst. »Du siehst aus, als stünde ein Geist vor dir«, meinte er lächelnd.

»Dich hätte ich hier nicht erwartet.«

»Emma hat mir von der Lesung erzählt. Das lasse ich mir doch nicht entgehen.«

»Ich dachte, du bist auf den Galapagosinseln?«

Er nickte. »Nächste Woche geht es los.«

Marie wusste nicht recht, was sie darauf erwidern sollte. »Du siehst, ich bin deinem Vorschlag gefolgt«, sagte sie schließlich und deutete auf das Buch vor ihr.

Er lächelte. »Das freut mich.«

»Und danke für den Tipp mit der Stiftung. Ohne sie hätte sich wahrscheinlich nicht so schnell ein Verlag bereit erklärt, das Buch herauszugeben.«

Es entstand eine kurze Pause.

»Schön, dich zu sehen. Du siehst umwerfend aus«, sagte er. Etwas in seinem Auftreten hatte sich verändert. »Auch ich bin deinem Vorschlag gefolgt und habe mir professionelle Hilfe gesucht«, fügte er hinzu.

Sie nickte anerkennend. »Das musst du mir alles erzählen«, bat sie.

In diesem Moment kam Helene dazwischen. »Du kannst gleich anfangen«, sagte sie zu Marie.

»Ich gehe mal zu meinem Platz«, verkündete David. Auf dem Weg zu seinem Stuhl kam er an Karl vorbei, den er sachlich, aber freundlich begrüßte.

Joy trat nach vorn und stellte Marie vor. »Vor nicht allzu langer Zeit kam eine junge Künstlerin zu uns, um in den alten Leuchtturm einzuziehen. Nach nur wenigen Monaten in unserem Dorf hat sie ein Werk geschaffen, das so mit unserer Geschichte verwoben ist, dass ich, als ich die *Graphic Novel* probelesen durfte, einen dicken Kloß im Hals hatte. So sehr hat mich das Buch mitgenommen. Marie entführt uns mit ihren Zeichnungen in eine längst vergessene Welt. Viel Spaß dabei.«

Alle applaudierten.

Dann bekam Marie das Mikro. »Danke, liebe Joy. Für alle, die es nicht wissen … Joy war eine der ersten Personen, die ich hier kennenlernen durfte, und, Mann, bin ich froh, dass es dich gibt, Joy, sonst wäre meine Wohnung immer noch eine Baustelle.«

Es gab Gelächter im Publikum, nur nicht vom Bürgermeister.

»Überhaupt bin ich dankbar, so viele freundliche und hilfsbereite Menschen hier meine Freunde nennen zu dürfen.« Dabei sah sie zu Helene, Inga und ihren Männern hinüber. »Doch dieses Buch wäre nicht entstanden, wenn ein Mann sich nicht mit mir auf dieses Abenteuer eingelassen hätte.« Sie blickte zu David. Er lächelte etwas beschämt. »Deshalb widme ich die Geschichte diesem Menschen.«

Dann begann Marie, prägnante Stellen aus der ersten Hälfte des Buches vorzulesen, und Joy projizierte die Bilder an die Wand.

Am Ende gab es einen langen Applaus. Es folgten ein paar Rückfragen aus dem Publikum. Basierte das wirklich alles auf einer wahren Geschichte? Marie zeigte das Notizbuch, das sie im Leuchtturm gefunden hatten. Wie hatte sie recherchiert, dass sie die Geschichte in derart realistisch wirkenden Bildern hatte darstellen können? Marie erläuterte, dass die Arbeit im Turm so inspirierend gewesen sei und es außerdem noch Zeichnungen aus der Zeit gab, die ihr als Referenz gedient hatten. Ob sie weitere Geschichten und Illustrationen über die Küste anfertigen wolle? Die Antwort war: ganz bestimmt. Der Regionalverlag, der das Buch herausgab und auch noch eine eigene Kommunikationsagentur betrieb, hatte schon einige Illustrationen bei ihr in Auftrag gegeben. Und er war sogar an dem Kinderbuch mit einem Wattwurm interessiert, das sie ursprünglich für einen anderen Verlag konzipiert hatte.

Anschließend setzte sie sich an den Büchertisch und signierte. Helene und Inga verkauften Sekt und Saft, was gern in Anspruch genommen wurde.

Danach gingen die Besucher nach und nach.

Als Letzter stand David wieder vor ihr und legte ein Buch vor sie. »Ein Autogramm der Autorin, bitte.«

Sie sah zu ihm auf, dann schrieb sie etwas. »Lies es aber erst zu Hause.«

»Okay. Ich bin schon gespannt, wie es ausgeht.«

»Genau wie das Originalbuch.«

»Das habe ich nie fertig gelesen. Ich habe es dir damals im Turm überlassen, aber wir waren ja nicht bis zum Ende gekommen.«

»Ach ja, stimmt. Ich kann es dir jetzt auch gern zurückgeben«, sagte sie und drückte es ihm kurz entschlossen in die Hand.

»Irgendwie habe ich ja immer gehofft, du würdest es noch einmal mit mir zusammen lesen«, entgegnete David.

»So, dann gehen wir jetzt gemeinsam zum Griechen essen!«, unterbrach Joy das Gespräch, die plötzlich neben ihnen stand.

Marie sah zu ihr auf. Dann blickte sie zu David. Er wirkte etwas enttäuscht, sagte aber: »Ich gehe dann mal.«

»Äh, nein, warte. Joy, das machen wir ein anderes Mal, okay? Ich bin verabredet.«

Joy sah zu David und nickte nur. Dann ging sie zu Helene. »Wir müssen uns ohne die Autorin amüsieren«, verkündete sie und lächelte.

David half ihr, alles aufzuräumen. »Wo sind wir denn verabredet?«, fragte er, als sie wenig später zu seinem Auto gingen.

»Am Leuchtturm?«, schlug Marie vor.

Er nickte.

»Du wolltest mir noch von deiner Therapie erzählen«, sagte sie, als sie losgefahren waren. »Natürlich nur, wenn es dir nicht zu persönlich ist.«

»Das geht schon. Ich hatte Glück, dass ich gleich einen Platz bekommen habe. Es ist wirklich sehr aufschlussreich, auch wenn es sicher noch ein längerer Prozess sein wird. Die Tatsache, dass da jemand ist, mit dem man sich unterhalten kann und der die richtigen Fragen stellt, hat mir schon geholfen, einige Dinge klarer zu sehen und entspannter zu werden.«

»Das freut mich für dich. Wirklich.«

Als sie ausstiegen und den Weg vom Parkplatz emporliefen, blickte David zur erleuchteten Leuchtturmspitze. Wehmütig, wie es ihr schien.

»Wenn du das Ende noch nicht gelesen hast, dann weißt du gar nicht, dass Arne nach zehn Jahren zurückkehrte, weil Hannah an Cholera gestorben war«, sagte Marie.

»Was? Das ist ja furchtbar. Jetzt bereue ich, dass ich das Ende überhaupt noch lesen wollte.«

»So schlimm ist es nicht. Traurig, ja. Aber auch hoffnungsvoll.«

Er sah sie ungläubig an.

»Komm, setzen wir uns.« Marie deutete auf die Bank bei den Rosensträuchern. Sie hatte links und rechts davon zwei Solarlaternen aufgestellt, die den Platz nun in ein warmweißes Licht tauchten.

Sie ließen sich nieder und David schlug das Notizbuch auf. »Diesmal versuche ich zu lesen«, sagte er.

Dann begann er: »Arne stand bei den Rosenbüschen vor dem Leuchtturm und beobachtete seinen Sohn Mads, der beim Stall war und die Tiere fütterte. Es war nun ein Jahr her, seit die Cholera in Hamburg ausgebrochen war. Und das ausgerechnet, als sie als Familie zum ersten Mal in die Hansestadt gereist waren, um Verwandte zu besuchen. Es war beinahe wie ein schlechter Scherz des Schicksals. War Hannah bei ihrer ersten Reise nach Deutschland verschont worden, erkrankte sie dieses Mal an der furchtbaren Seuche und verstarb nach wenigen Tagen. Arne wäre am liebsten mit ihr gegangen. So unerträglich war der Schmerz. Doch er wusste, dass er seine ganze Kraft aufbringen musste, um seine Verantwortung als Vater wahrzunehmen.

Arne war danach nicht nach Dänemark zurückgekehrt. Es waren schöne Jahre als Verwalter auf dem Anwesen gewesen, aber ihm fehlte das Meer. Gemeinsam mit Mads war er nach Süderwiek gezogen. Sein Vetter Emil hatte zwischenzeitlich die Stelle des Leuchtturmwärters von seinem Vater übernommen. Emil war zuvor einige Jahre als Matrose in aller Herren Ländern unterwegs gewesen. Er war handwerklich begabt und wusste, wie er einen Leuchtturm in Schuss halten konnte. Doch Emil war im Herzen Seemann geblieben, und so war er froh gewesen, als er die Stellung an Arne übergeben konnte. Inzwischen hatte sich Mads wunderbar eingelebt. Der Junge erinnerte Arne oft an ihn selbst, als er in seinem Alter gewesen war. Und an seine Hannah. Er war sein Trost im Leben.

Natürlich trauerte er immer noch. Aber er erinnerte sich an jeden einzelnen Moment, den er mit Hannah erlebt hatte. Das konnte ihm niemand nehmen. Er bereute nichts. Wenn er ihr niemals seine Liebe gestanden hätte, dann hätte es weder die schönen Zeiten mit ihr gegeben noch Mads.

Vielleicht würde der Junge eines Tages die Familientradition fortführen und ebenfalls Leuchtturmwärter werden. Oder auch nicht. Alles, was er ihm wünschte, war, dass er glücklich wurde und genau wie er einmal die vollkommene Liebe erleben durfte.«

David und Marie blickten beide im selben Moment vom Buch auf. Sie saßen dicht nebeneinander. Sie hörte seinen Atem und spürte, wie ihr Herz lauter schlug. Hoffentlich hörte er es nicht.

David sah sie nicht an. Sein Blick haftete immer noch auf dem Buch. Marie wünschte sich, ihn zu berühren. Seinen Atem nicht zu hören, sondern zu spüren.

Doch David stand auf. »Ich glaube, ich sollte jetzt gehen«, murmelte er und setzte sich in Bewegung.

Sie sah ihn überrascht an und nickte wortlos. Verzweifelt überlegte sie, was sie sagen konnte, um ihn zur Umkehr zu bewegen. Doch ihr fiel wieder einmal nichts ein.

Plötzlich blieb David stehen.

»Hast du etwas vergessen?« Ihr Blick fiel auf das Notizbuch. Sie nahm es in die Hand und hielt es in seine Richtung.

David ging nicht darauf ein. »Fühlst du dich auch manchmal so, als würdest du bereuen, Chancen nicht genutzt zu haben?«, fragte er leise.

»Manchmal.« Jetzt lächelte sie, legte das Buch zur Seite und ging auf ihn zu. Direkt vor ihm blieb sie stehen und sah ihn an. Endlich konnte sie seinen Atem auf ihrer Haut spüren.

Da küsste er sie. Ihre Lippen berührten sich kurz, bevor er wieder von ihr abließ.

»Was ist mit den Riesenschildkröten?«, fragte sie.

»Die kommen auch ohne mich zurecht. Zudem wimmelt es dort nur so von Top-Wissenschaftlern. Hier an der Nordsee ist es auch nett, und in Südamerika gibt es keine Marie.«

Ihr Atem stockte für einen Moment.

»Würdest du dir denn wünschen, dass ich hierbleibe? Oder kannst du dir immer noch nicht vorstellen, mit einem Mann zusammen zu sein, der einem anderen die Nase gebrochen hat?«

»Ich habe das nur so gesagt, damit es möglichst endgültig klang, es aber schon oft bereut.«

»Es ist okay. Es hat mir einen Schubs in die richtige Richtung gegeben.«

»Eine genutzte Chance.«

Er nickte.

Marie atmete tief ein. Sog seinen Geruch ein. Auch sie wollte diese Chance nutzen.

»Du hast meine Frage nicht beantwortet«, erinnerte er sie.

»Das mache ich gleich«, erwiderte sie lächelnd und ging auf die Zehenspitzen. Dann küsste sie ihn. Es waren dieselben Küsse wie damals, als Hannah ihren Arne hier ganz in der Nähe nach langer Pause wiedergesehen hatte.

David umarmte sie.

Diesmal würde sie ihn nicht wieder gehen lassen.

Nachbemerkung

Hat euch die Reise nach Süderwiek gefallen? Der kleine Ort an der Nordseeküste ist – wie auch Marie, Joy, Inga und all die anderen Figuren in diesem Roman – nur meiner Fantasie entsprungen. Dafür gibt es in der Region um Husum und Sankt Peter-Ording ganz viele echte, zauberhafte Ortschaften, die mir als Vorbild für diesen Ort gedient haben. Ebenso wie die Menschen, die ich bei meinen Besuchen dort kennengelernt habe und die mich inspiriert haben, eine Romanreihe über die Nordsee zu schreiben.

Da ich in letzter Zeit immer wieder nach Rezepten zu meinen Büchern gefragt wurde, habe ich für euch ein Bonus-eBook zur Süderwiek-Reihe zusammengestellt. Alle Neuabonnentinnen und Neuabonnenten meines Newsletters erhalten das »Nordseeträume-Kochbuch« mit zahlreichen Inspirationen und Bildern, die zum Träumen einladen, kostenlos hier: *https://bit.ly/2T0Q0fw*

* * *

Mein Dank gilt meinen Erstleserinnen Simona und Sandra, die das Manuskript mit ihrem Fachwissen bereichert haben, meinen Agenten Julie und Tim, Jenny vom Verlag sowie meinen Lektorinnen Marketa und Monika. Besonders danken möchte ich auch euch – den Leserinnen und Lesern. Für euch ist dieser Roman entstanden.

Eure Ella

Folge dem Autor/der Autorin auf Amazon

Wenn dir dieses Buch gefallen hat, folge Ella Wünsche auf Amazon. Dann erhältst du eine Benachrichtigung, wenn der Autor/die Autorin sein/ihr nächstes Buch veröffentlicht. Um dem Autor/der Autorin zu folgen, gehe bitte folgendermaßen vor:

Desktop:

1) Suche auf Amazon.de oder in der Amazon App nach dem Namen des Autors/der Autorin.
2) Klicke auf den Namen des Autors/der Autorin, um auf die Autorenseite zu gelangen.
3) Klicke auf den »Folgen«-Button.

Smartphone und Tablet:

1) Suche auf Amazon.de oder in der Amazon App nach dem Namen des Autors/der Autorin.
2) Klicke auf einen Titel des Autors/der Autorin.
3) Klicke auf den Namen des Autors/der Autorin, um auf die Autorenseite zu gelangen.
4) Klicke auf den »Folgen«-Button.

Kindle eReader und Kindle App:

Wenn du dieses Buch auf einem Kindle eReader oder in der Kindle App liest, wird dir automatisch angeboten, dem Autor/der Autorin zu folgen, nachdem du die letzte Seite des Buches gelesen hast.

Printed in Poland
by Amazon Fulfillment
Poland Sp. z o.o., Wrocław

19574078R00181